Sindrome
Psiquica
GRave

Alicia Thompson

Síndrome Psíquica Grave

Tradução de
FABIANA COLASANTI

1ª edição

— **Galera** —
RIO DE JANEIRO

2015

CIP-BRASIL. CATALOGAÇÃO NA FONTE
SINDICATO NACIONAL DOS EDITORES DE LIVROS, RJ

Thompson, Alicia, 1984–

T389s   Síndrome psíquica grave / Thompson, Alicia; tradução de Fabiana
Colasanti. – Rio de Janeiro: Galera Record, 2015.

Tradução de: Psych major syndrome
ISBN 978-85-01-08630-3

1. Ficção americana. I. Colasanti, Fabiana. II. Título.

CDD: 028.5
11.7092   CDU: 087.5

Título original em inglês:
PSYCH MAJOR SYNDROME

Copyright do texto © 2009 by Alicia Thompson

Todos os direitos reservados. Proibida a reprodução, no todo ou em parte,
através de quaisquer meios.

Capa de Igor Campos Leite

Texto revisado segundo o novo Acordo Ortográfico da Língua Portuguesa.

Direitos exclusivos de publicação em língua portuguesa somente para o Brasil
adquiridos pela
EDITORA RECORD LTDA.
Rua Argentina 171 – Rio de Janeiro, RJ – 20921-380 – Tel.: 2585-2000,
que se reserva a propriedade literária desta tradução.

Impresso no Brasil

ISBN 978-85-01-08630-3

Seja um leitor preferencial Record.
Cadastre-se e receba informações sobre
nossos lançamentos e nossas promoções.

EDITORA AFILIADA

Atendimento e venda direta ao leitor:
mdireto@record.com.br ou (21) 2585-2002.

Para o Vovô Don

Síndrome Psíquica Grave: Uma desordem comum na qual um estudante de psicologia, sobrecarregado por doenças, efeitos e desordens, começa a analisar constantemente a própria vida.

Leigh Nolan
Introdução à Psicologia

FRASES INCOMPLETAS DE ROTTER

1. Eu gosto *de ler romances incrivelmente não realistas e mal-escritos.*
2. A época mais feliz foi *... não consigo lembrar.*
3. A minha casa *cheira a incenso o tempo inteiro.*
4. Eu me arrependo *de ter comprado o primeiro disco da Avril baseada em apenas uma música.*
5. Na hora de dormir *eu invento histórias na minha cabeça.*
6. Eu sou *muito sensível em relação às coisas mais esquisitas.*
7. O que me incomoda *é quando as pessoas confundem "acento" com "assento" ou "seção" com "sessão".*
8. As pessoas *são idiotas. (ver acima)*
9. Uma mãe *às vezes pode envergonhar muito você, principalmente quando insiste em trazer o baralho de tarô para todas as reuniões de pais e professores.*
10. Eu sinto *um pouco de pavor regularmente.*
11. Meu maior medo *é de ficar perdida no deserto ou de ser enterrada viva. Ou de nunca encontrar a felicidade.*
12. Quando era criança *eu gostava muito de brincar de "faz de conta".*
13. Eu sofro *toda vez que tenho que dirigir meu carro.*
14. Eu me dei mal *em Geometria... duas vezes.*

15. Homens *me deixam confusa, mas é legal tê-los por perto*.
16. Eu preciso *de café da Dunkin' Donuts para viver*.
17. Eu odeio *o modo como serviços de estacionamento perseguem você*.
18. Esta universidade *é uma pequena universidade de artes liberais na Califórnia*.
19. Meu pai *usa um tapa-olho só como enfeite*.
20. Eu gostaria *que Rotter nunca tivesse se formado em Psicologia*.

> DISSONÂNCIA COGNITIVA: Uma inconsistência entre o que uma pessoa acredita ser verdade e o que sabe ser verdade. Na teoria da dissonância, isso estabelece uma sensação desagradável que as pessoas tentam reduzir reinterpretando partes de suas experiências para torná-las consistentes com as demais.

— PSICOLOGIA é uma total enganação.

Considerando que eu vinha ensaiando essa declaração desde que me ocorrera pela primeira vez, há cerca de dez minutos, fiquei um pouco decepcionada com a reação da minha colega de quarto. Ami nem mesmo levantou os olhos do que estava fazendo, que parecia envolver passar esmalte com glitter em tiras de plástico-bolha. Ela estuda Artes Plásticas com especialização em instalações artísticas (de todas as coisas). Já desisti completamente de entender o que ela faz. Nem jogo mais fora os pratos de papel sujos que Ami deixa por aí, para que, em possibilidades remotas, sejam algum tipo de manifestação sobre o consumismo na cultura ocidental.

— Psicologia — corrigiu Ami — é a sua vida. — Levantando o plástico-bolha até a boca, ela o assoprou cuidadosamente, como se fosse uma pedicure de 30 dólares daquele salão no shopping que faz minhas cutículas sangrarem. É sorte do país eu não saber nenhum segredo do governo, porque eu teria dito àquelas mulheres qualquer coisa para que parassem de me torturar.

— Bem, então a minha vida é uma total enganação.

Despenquei na cama, cobrindo com o braço a fileira de caras do Elvis da minha colcha. A colcha foi um presente de formatura da minha mãe, para que toda vez que me deitasse me lembrasse de que ela e meu pai sentem minha falta. Sério, foram as palavras dela. E não foi porque fui para a faculdade que ela ficou toda cheia de breguices para cima de mim, ela é assim mesmo. Se há alguém que consegue dizer coisas realmente floreadas e profundas, por outro lado, é a minha mãe. É mais ou menos assim que ela ganha a vida, afinal de contas.

É claro que a colcha também me fazia lembrar de que o Elvis do início da carreira era *muito* melhor do que o Elvis gordo de roupa brilhosa, e de que você pode encontrar qualquer coisa na seção de tecidos do Wal-Mart. Mas isso era só um bônus.

Ami largou o esmalte e se virou para mim.

— A sua vida não é uma total enganação, Leigh. Por que você diria uma coisa dessas?

Apoiando o corpo em um cotovelo, me estiquei em direção a minha mochila e puxei uma folha de papel amassada com "Frases incompletas de Rotter" escrito em cima. Dei um último olhar enojado antes de jogá-la para Ami.

Ela a examinou, lendo rapidamente a página antes de olhar para mim de novo

— E daí?

— E daí? Sabe o que é isso? — Ami não respondeu, e eu não esperei sua resposta. — Sabe o que são livres associações, não sabe?

— Humm... são de graça?

— Rá! — falei, sem achar a menor graça. — Conhecendo Freud, é provável que tenha custado um órgão vital a cada sessão de cinquenta minutos. Livre associações são mais um dos truquezinhos dele para descobrir os desejos do seu subconsciente ou seja lá o quê. E essa é basicamente a ideia por trás dessas frases. Você tem, tipo, um milissegundo para completar os espaços, e o que diz supostamente revela seus verdadeiros pensamentos e sentimentos.

Ami estava me dando o que eu considero seu "olhar de psicologia" — nariz enrugado, olhos espremidos de dúvida.

— *Isso* parece ser uma merda — concordou ela.

É por isso que Ami é a melhor colega de quarto do mundo, mesmo tendo sido selecionada aleatoriamente. No começo, eu a odiava, porque ela ocupava todo o espaço do closet, mas levei só uma semana para perceber que Ami é totalmente fantástica e, sejamos sinceros, precisa muito mais do closet do que eu, com essa história de roupas vintage e excêntricas. Ela também sempre me dá força e compreende totalmente minha necessidade de dissecar qualquer acontecimento. Passamos horas criticando um artigo da *Cosmopolitan* ou um episódio de *Gossip Girl*, até os mínimos detalhes. Uma vez, comentei com ela (meio de brincadeira) que poderíamos destroçar verbalmente um copo d'água, se quiséssemos. Uma hora depois, já havíamos discutido a falta de sabor da água e passado para a questão copo versus caneca enquanto receptáculo para beber.

Fiz um gesto na direção da folha de papel.

— Por exemplo — falei. — Eu só escrevi que gosto de ler livros de romances.

— E é verdade —afirmou Ami, o olhar nas fileiras de romances baratos nas minhas prateleiras. Há livros de mérito literário real misturados ali (quase todos que tive que ler no ensino médio), mas a maioria tem títulos como *Doce santuário* ou *A proposta escandalosa* ou, o meu favorito, *A amante virgem do magnata playboy grego.*

— E é verdade — concordei com pesar. — E aí, depois, mencionei que brincava muito de "faz de conta" quando era criança. Quem é que não inventava terras misteriosas aos 5 anos, com nomes como a Terra dos Macacos ou a Terra do Castelo ou seja lá o quê?

— São muitas terras — falou Ami, com um meio-sorriso.

Atenção: manter mundos imaginários da infância para mim mesma, de agora em diante. Meus pais haviam jurado que isso não era tão esquisito assim, mas o que eles sabem sobre esquisitice? Minha mãe ensina dança xamânica no centro comunitário feminino local e meu pai faz um voto de silêncio de uma semana anualmente. A opinião deles sobre o que é "normal" é um pouco distorcida.

A razão de a minha mãe ser assim é óbvia. Seu pai era um militar superconservador, então ela fugiu de casa bem nova, e se juntou ao movimento hippie. Claramente uma reação cem por cento contrária à sua criação. Mas o meu pai? Ainda não temos um diagnóstico formado em relação a ele. É a velha discussão de natureza versus criação — ele nasceu sendo um esquisitão ou a minha mãe o transformou em um, com suas maluquices?

— Tanto faz. De alguma forma, essas duas declarações supostamente demonstram o padrão geral de que não encaro as coisas e prefiro a ficção à realidade.

A linha entre as sobrancelhas de Ami ficou mais profunda.

— Isso tudo porque você disse que gosta de ler?

— Também porque disse que gostava de inventar histórias na minha cabeça — fui forçada a admitir. — E porque, aparentemente, mostro uma preocupação exagerada com os detalhes em vez de observar o quadro geral, o que por sua vez indica um desejo de não *ver* o quadro geral.

Uma expressão passou pelo rosto de Ami por um segundo. Eu não podia ter certeza, mas quase parecia ser concordância.

— Onde exatamente você ouviu tudo isso? — perguntou ela. — Achei que estava fazendo uma matéria, não terapia.

— É, mas hoje, em Introdução à Psicologia, nós fizemos algumas dessas avaliações subjetivas e aí "analisamos" uns aos outros — bufei. — Como se fosse ético deixar que pessoas com menos de dois meses de faculdade analisassem umas às outras. Nós ainda nem declaramos oficialmente no que vamos nos formar.

— Quem a analisou? — perguntou Ami. Pode contar com ela para ir direto ao ponto.

— Ellen.

Ami fez uma expressão de desagrado e assentiu, entendendo tudo. Ellen carrega *O dicionário de Psicologia* aonde quer que vá. A pior parte? Ela o decorou durante o verão. Agora carrega o livro só para se exibir.

Na ginástica olímpica, Ellen seria aquela ginasta que sabe que não é tão talentosa quanto outras garotas e passa dez horas por dia no ginásio tentando compensar. Por acaso também é minha maior rival em basicamente tudo, desde que descobri, no primeiro dia de Introdução à Psicologia, que quer entrar exatamente para o mesmo campo que eu: pesquisa sobre imagem corporal e distúrbios alimentares. Ela está convencida de que entende tudo a respeito porque foi bulímica durante dois meses no segundo ano do ensino médio. Enquanto isso, eu *sei* que ela entende porque, quando preenchemos nossas avaliações no primeiro dia (foi só para fins informativos! Nós nem as entregamos!), ela ficou resmungando para si mesma, "Você consegue, Ellen. Só concentre-se. Concentre-se". É, porque *isso* não é coisa de maluco.

Ami arrancou o papel de mim de novo.

— Então de onde a Ellen está tirando toda essa história de "preocupação com os detalhes"? — perguntou ela, seus olhos varrendo a página como se a resposta estivesse escondida entre as letras de um caça-palavras.

Eu não precisava olhar. As respostas já estavam gravadas a fogo no meu cérebro.

— A preocupação com erros gramaticais. Mas isso me incomoda! Não é "Pra mim ir", é "Para EU ir". Isso é, tipo, gramática básica.

É claro que a Ellen também afirmou que havia mais umas cinco frases nas quais eu mostrava "preocupação excessiva com coisas pequenas", sendo uma delas a frase a respeito de o meu pai usar um tapa-olho. Bem, ele usa. E não é que ele tenha algum problema no olho — apesar de provavelmente ter desenvolvido um, de tanto usar o maldito acessório. Ele só acha que ajuda os negócios.

Meus pais têm uma pousada esotérica em Sedona, Arizona. Por apenas US$ 129,95 por noite, você tem café da manhã de primeira e uma avaliação esotérica de dez minutos. Meus pais acreditam piamente no que fazem, mas não descartam alguns artifícios de marketing. É aí que entra o tapa-olho do meu pai. Acho que eles ficaram de coração partido quando escolhi fazer psicologia em vez de habilidades psíquicas.

— Você repetiu geometria duas vezes? — falou Ami, dando uma risadinha e erguendo os olhos do papel. — Isso parece mais algo que eu faria. Achei que você adorasse matemática.

— Estatística — corrigi. — Amo estatística. Estatística realmente significa alguma coisa. Geometria é só um bando de contas e triângulos. Para que provar o que você já sabe? Se parece um triângulo, vou chamar de triângulo sem precisar usar aquela história de lado-ângulo-lado.

— Você gosta de estatística só porque ela mascara a verdade ainda mais do que você às vezes — observou Ami; incorretamente, devo acrescentar.

Sempre achei que estatística era mais ou menos como aqueles dizeres que você vê nas camisetas. Você sabe, "armas não matam pessoas, pessoas matam pessoas"? Bem, estatísticas não mentem. As pessoas mentem. Às vezes as estatísticas podem fazer uma mentira soar melhor, mas isso é só boa matemática.

Mas nem é por isso que gosto de estatísticas. Gosto principalmente porque, com exceção da divisão longa, é a única parte da matemática em que fui bem algum dia. Felizmente, também é a única parte da matemática com a qual vou ter que lidar como estudante de psicologia.

Quando digo às pessoas que estou planejando me formar em psicologia, normalmente recebo uma das três respostas: A) Ah! Você está me analisando agora?, B) Psicologia... não é bem uma ciência exata, é? ou, C) Então, o que há de errado com *você*?

Sei a resposta para as duas primeiras. A) Provavelmente sim. B) Não, não é, mas é por isso que gosto disso. É a última que sempre me pega. As pessoas partem do princípio de que alunos de psicologia têm algo errado, algo sobre o que esperam aprender ou até mesmo resolver. Não estou dizendo que não há *nada* de errado comigo. Tenho problemas suficientes — como o trabalhinho de Rotter pode demonstrar —, só não sei se eles podem ser definidos como algum tipo de desordem ou doença.

Não gosto de estranhos ou de situações estranhas. Sou teimosa demais. Posso estar quase assustadoramente calma e de repente ficar chateada de maneira exagerada com algo idiota. Tenho um certo prazer doentio em esperar até absolutamente o último minuto para fazer qualquer coisa, como se precisasse de desafios extras na minha vida. Preferiria estar com chiclete no rosto a admitir que coloquei acidentalmente chiclete no rosto. E, é claro, uma em cada dez frases que saem da minha boca provavelmente não é cem por cento verdade.

(Está bem, até isso pode ser manipular a verdade, mas soa muito bem quando respaldado por números, não é?)

Sempre presumi que todos os meus problemas eram defeitos de personalidade, coisas que não podem ser consertadas de verdade, não mais do que um pessimista por natureza pode ser ensinado a ver o copo como meio-cheio. Porém, quanto mais penso a respeito, mais vejo o problema principal: eu simplesmente não gosto de mudanças. Passo horas incontáveis todos os dias desejando poder mudar algo em mim mesma mas, na hora H, agarro cada pontinho fraco que tenho como se fosse um cobertor de segurança.

É como aquela piada clássica: quantos terapeutas são necessários para mudar uma lâmpada? Um, se a lâmpada quiser ser mudada.

Ami, é claro, continuou lendo, sem nenhuma consideração ao meu silêncio introspectivo.

— Você não menciona o Andrew aqui — observou ela.

Ah, merda.

— Andrew! — Pulei da minha cama me embolando no jogo de lençóis extralongos. — Eu me esqueci completamente do nosso encontro hoje!

Há momentos, como este, em que fico realmente feliz por Ami não estudar psicologia. Freud — ou até mesmo Ellen — faria uma festa com o fato de eu ter me esquecido de um encontro com o cara com quem namoro há mais de um ano. Especialmente já que fui eu quem sugeriu o encontro, para começo de conversa.

Ami saltou de sua posição de ioga no chão e me seguiu até o estreito corredor que separava o quarto do banheiro que servia como nosso closet. Eu estava remexendo nas roupas como uma louca, então não podia ver seu rosto, mas podia adivinhar sua expressão. A cara "Andrew" da Ami — uma mistura de frustração, antipatia e resignação — era ainda pior do que sua cara de "psicologia".

As habilidades de análise da Ami também não devem ser menosprezadas. Vocês deviam tê-la ouvido dissecando nossa crítica ao "copo d'água".

— Então, o que houve? — pressionou ela. — Você conseguiu enfiar uma propaganda do seu café preferido e Avril Lavigne, apesar de eu não acreditar que se arrependeu de ter comprado aquele CD quando encontro as músicas dela no seu iPod o tempo inteiro. Mas você nem mencionou seu namoradinho do colégio.

A forma como Ami disse a palavra *namoradinho* fez com que parecesse uma doença, e não respondi. Isso foi em parte porque estava ocupada tentando encontrar uma roupa que ficasse bonitinha sem parecer que estava fazendo muito esforço para ficar bonitinha — o que não é uma tarefa fácil. Mas também não tinha certeza do que dizer e estranhamente não consegui pensar em uma maneira de sair pela tangente.

Logo antes da formatura, quando tive que arrancar o siso e não podia comer nada sólido, Andrew me surpreendeu com uma caixa inteira de potinhos de pudim de chocolate. E quando me recusei a tomar os analgésicos porque tive medo de ficar viciada e depois, como a Winona Ryder, começar a surrupiar coisas de lojas chiques, ele ficou a meu lado e me garantiu que a dor ia passar logo. Foi a coisa mais fofa que alguém já fez por mim. Então *por que* eu não mencionei o Andrew?

— Humm... escrevi que os garotos me deixam confusa mas são legais de ter por perto — falei, agarrando uma bata de seda vermelha para usar por cima do jeans. Espiei discretamente pela camiseta para ver o sutiã branco de algodão ali debaixo, antes de catar outro, de renda preta, na cômoda. Eu sabia que não era crime querer ficar bonita para o meu namorado, mas ainda me sentia muito desconfortável ao ser tão óbvia a respeito. Embrulhei o sutiã subversivo nas roupas e fui para o banheiro me trocar, fechando a porta atrás de mim. Eu esperava que isso encerrasse a conversa.

Ami não se intimida com muita coisa e certamente não se intimidaria com uma porta de madeira mal pintada que nem fecha direito.

— O que é confuso a respeito do Andrew? — zombou ela.

— Ele é um aluno de filosofia afetado que acha que é a dádiva de Deus para a intelectualidade.

Nunca entendi muito bem por que Ami e Andrew se dão tão mal. Quero dizer, sim, ela está certa. Ele pode ser *um pouco* insistente quando começa com um de seus sermões sobre niilismo ou sobre o que constitui uma alma. E pode ser meio arrogante, a ponto de soar como um sabe-tudo. Mas isso só demonstra a paixão que tem por suas convicções... certo?

Na verdade, foi exatamente o que me atraiu no Andrew no começo. Ele era o único cara no meu colégio que se interessava mais por Platão do que por futebol americano e acreditava em almas gêmeas em vez de pegações aleatórias em festinhas. Ironicamente, nós nos conhecemos em uma festa, mas não ficamos nem nada. Em vez disso, conversamos durante horas — eu me lembro que, em um determinado ponto, ele falou algo realmente profundo sobre a condição humana. Ou talvez tenha sido sobre condicionador de cabelo. Era difícil me concentrar, com seu cabelo castanho caindo de forma tão delicada por cima de um dos olhos. Não importa quantas vezes jogasse a cabeça para trás, aquela mecha sempre caía de novo. Era a coisa mais fofa que eu já tinha visto.

Obviamente, Ami não tem todas essas lembranças ótimas, então continua a achar que ele não me trata tão bem quanto eu mereço. O que, de certa forma, é muita lealdade e fineza da parte dela — mas completamente infundado. Bem, na maior parte do tempo. Se é que existe alguma coisa, o maior problema de Andrew é que ele é inteligente demais. Ele tem tanta coisa na cabeça o tempo todo que não é de admirar que seja um pouco distraído às vezes.

E, ainda assim, esta noite era *eu* quem quase havia esquecido do nosso encontro. Por isso me esforcei bastante para ficar bonita; até passei o rímel da Ami nos cílios, na esperança de que um pouco de impacto fizesse meus olhos parecerem mais prateados do que cinza. Andrew sempre fala do meu cabelo — que é exatamente da cor do café do Dunkin' Donuts, como eu gosto, com duas doses de leite e duas doses de açúcar — então eu o deixei do jeito que ele gosta, caindo em uma cortina reta até o meio das minhas costas.

Meu cabelo é a única coisa de que gosto em mim. Não que eu tenha problemas com minha imagem (bem, além dos normais). É só que meu nariz é pontiagudo demais, meu queixo, anguloso demais e tenho uma constelação esquisita de sardas na lateral do meu pescoço. E, apesar de não ter tido nenhum problema em ser reconhecida como uma garota desde o fiasco do corte de cabelo em cuia no segundo ano, digamos que sempre me encaixo no tópico "andrógino" quando as revistas estão dando dicas sobre que tipo de biquíni usar (só para vocês saberem, tem tudo a ver com frente-única).

Só quando abri a porta e vi Ami ainda ali de pé eu me lembrei que ela estava falando comigo. Por baixo da pele azeitonada, seu rosto parecia um pouco pálido, o rosto contorcido de culpa.

— Leigh, você sabe que eu não quis dizer isso — começou ela — Você e o Andrew estão juntos há muito tempo... Eu perco as chaves do meu carro a cada dois meses, então de jeito nenhum ia conseguir manter um namorado por um ano inteiro. Só achei que eu e ele não nos damos bem, mas não tenho nada contra ele. É sério.

Em Sedona, há uma churrascaria perto de casa chamada Confie em Mim Churrascos. Nós jamais comemos lá, simplesmente por causa do nome. Portanto a expressão é sério teria me alertado, mesmo que já não fosse suficientemente claro que Ami não gostava do Andrew desde o primeiro minuto em que os apresentei. Não que Andrew seja um grande fã da Ami também. Ele acha que ela é uma artista maluca (o que meio que é verdade) e que devia viver com um pouco mais de responsabilidade (o que provavelmente não lhe faria mal). Ele odeia as roupas que ela inventa com achados de brechó, odeia que ela fique acordada até as 4 da manhã e durma até as 2 da tarde e odeia quando ela às vezes resmunga coisas sobre ele em espanhol fluente que nem eu, que ganhei o prêmio *sobresaliente* em excelência em espanhol no colégio, entendo. Ele também acha que ela é péssima influência para mim.

Não sei sobre a última parte, mas depois de passar os primeiros meses da minha vida universitária tentando fazer com que gostassem um do outro, aprendi a aceitar o fato de que eles não se dão bem e provavelmente nunca vão se dar. Ami é minha colega de quarto e Andrew é meu namorado. Só tento mantê-los separados e, se isso não der certo, espero que eles não se matem.

— Então, como estou? — perguntei para Ami, dando uma voltinha.

— Maravilhosa — declarou ela. — A não ser...

— A não ser o quê? — perguntei, olhando para baixo. A blusa não era decotada demais, era? Até parece que tenho muito para mostrar. Tinha decidido usar meus sapatos "de festa", o que basicamente significava chinelos forrados com um material preto brilhante e borboletinhas desenhadas. Dois meses na Califórnia e já perdi completamente o hábito de usar sapatos de verdade.

— É só... — Sua voz sumiu, e ela franziu os lábios. — Talvez você pudesse mudar um pouco. Tenho umas pulseiras de baquelite que iam ficar incríveis, ou um sapato de bico fino de pele de crocodilo legítimo. Comprei por uma *pechincha* no Village.

Revirei os olhos.

— Boa tentativa, Ami, mas não. Quando você veste algo assim, parece saída de uma *Vogue* dos anos 1960, enquanto eu pareço uma menina de 7 anos que se divertiu um pouco demais revirando o armário da mãe.

Ami deu uma risadinha abafada antes de olhar para o papel ainda em sua mão, como se tivesse acabado de se lembrar dele. Com um movimento decidido, ela o amassou e o jogou na direção da lata de lixo, onde ele quicou na parede e aterrissou no linóleo arranhado, em uma bola inofensiva.

— Você não precisa da Ellen Chandler, ou, aliás, de um cara chamado Rotter, para fazê-la duvidar da sua vida — disse ela. — Vá se divertir e, para variar, pare de analisar demais as coisas.

> DEMONSTRAÇÃO DE APAZIGUAMENTO: Um
> gesto ou padrão de comportamento que assinala
> derrota em um conflito.

ANDREW morava do outro lado do campus, no que todo
mundo chamava de suítes. Basicamente eram iguais aos dormitórios normais, só que, em vez de um aposento grande,
havia dois quartos separados com uma área comum. Não
eram tão boas quanto os apartamentos ou os privativos
(que eram reservados para os alunos de tese), mas eram
melhores do que eu e Ami tínhamos. E eram *definitivamente* melhores do que o Dormitório C, com quartos do
tamanho de caixas de sapatos e um banheiro comunitário.
O critério para quem morava no dormitório C parecia não
ter pé nem cabeça — calouros, estudantes transferidos ou
alunos de intercâmbio. A única exigência parecia ser que
você precisava ser meio excêntrico e estar disposto a botar
a escrivaninha dentro do armário.

É claro que, quando finalmente estacionei em frente
às suítes, minha maquiagem estava toda derretida, meu
cabelo estava lambido, e o tecido fino da minha blusa,
grudado nas costas. Isso tudo era efeito colateral de dirigir
o que Ami chama de "monstro verde" ou, como eu gosto
de dizer, Gretchen.

Gretchen é o meu Gremlin 1971, completo, com vidro arredondado na parte de trás que a faz parecer uma espaçonave feia e esquisita. Ela é minha queridinha, mas eu não estava brincando nas Frases Incompletas quando disse que dirigi-la é um sofrimento. Os assentos são de vinil verde, é feita de metal imperdoavelmente escaldante e o ar não funciona. Aparentemente, costumava funcionar, porque há um botão indicando: FRIO — MAIS FRIO APENAS PARA USO NO DESERTO, o que às vezes é tão fofo que perdoo o ar por não funcionar e outras parece uma provocação tão grande que quero quebrar o botãozinho de uma vez por todas.

Andrew diz que Gretchen é o carro menos prático que ele já viu, considerando-se que a boia do tanque não funciona e é preciso usar um milhão de truques só para dar a partida. Eu chamo isso de sistema antifurto, já que é praticamente impossível abrir as portas a não ser que você saiba o movimento certo (um movimento de quadril em algum ponto entre uma batida e um empurrão) e qualquer aspirante a ladrão ficaria sem gasolina antes de chegar a Sacramento. Essas características são especialmente interessantes se considerarmos que as trancas também não funcionam. Quando digo isso a Andrew, porém, ele só comenta que o maior sistema de segurança da Gretchen é o fato de que ninguém nem iria querer roubá-la... nunca.

É fácil para Andrew falar. Ele anda por aí em um BMW seminovo que seus pais lhe deram de presente de formatura. É, eu ganhei uma colcha do Elvis e ele ganhou um BMW. Não que eu esteja reclamando — Elvis é sensacional. Mas os pais do Andrew podiam pelo menos ter tido a decência de lhe dar um Kia ou alguma coisa assim.

Por outro lado, tenho que admitir (não que jamais vá dizer isso na frente da Gretchen) que é bem legal andar no BMW. Ele tem ar-condicionado, uma boia de tanque que funciona e até a opção completamente frívola mas maravilhosa de aquecer seu assento se você quiser. Mas, toda vez que ando nele me sinto tão culpada que compenso fazendo Andrew andar na Gretchen, esperando que nenhum dos dois perceba minha queda secreta pela indústria alemã.

Eu me desgrudei do banco, batendo a porta com o quadril para fechá-la atrás de mim. Havia um pedacinho de papel amarelo sob um dos meus limpadores de para-brisa semifuncionais; gemi. Ele viera chacoalhando por todo o caminho até o apartamento do Andrew, mas simplesmente o ignorei, esperando que voasse para longe e eu pudesse me esquecer dele.

Não sei por que faço isso comigo mesma. A maioria das pessoas toma uma decisão muito simples quanto ao estacionamento da universidade — compram uma licença de estacionamento, penduram no retrovisor e então podem estacionar onde bem entenderem. É um sistema incrível e tenho certeza de que funciona para algumas pessoas, mas simplesmente não faz o meu estilo. Preciso de mais procrastinação, mais estratégia e, aparentemente, mais estresse nas minhas vagas. Já estamos na metade do semestre e eu *ainda* não comprei a licença, apesar de ter sido avisada umas 20 mil vezes que deveria arrumar uma durante a orientação.

Subi as escadas para o dormitório do Andrew e bati à porta. Andrew sempre me diz que posso entrar de uma vez, mas por algum motivo simplesmente não me sinto à vontade fazendo isso. Ninguém atendeu de início e esperei por alguns segundos antes de erguer a mão para bater de novo.

Minha mão ainda estava erguida, suspensa em um punho fechado, quando a porta foi aberta de supetão. Era o colega de quarto do Andrew, Nathan. Puxei a mão de volta, sobressaltada, e por alguns momentos fiquei ali, parada como uma idiota.

Não foi apenas o timing do Nathan que me pegou de surpresa. Ele abriu a porta usando apenas um par de jeans de cintura baixa, o violão pendurado nos ombros nus. Sou fiel ao Andrew e tudo o mais, mas vou contar uma coisa: Nathan tem um belo tórax.

Ele me olhou de cima a baixo antes de chegar para o lado e me deixar entrar.

— Andrew está no quarto — disse Nathan secamente, deixando que eu fechasse a porta enquanto voltava para o sofá, dedilhando o violão.

— Valeu — resmunguei. Acho que Nathan não gosta muito de mim, apesar de eu sempre ter sido muito simpática com ele. Talvez haja algo a respeito de colegas de quarto e relacionamentos que simplesmente não funciona. Seja lá por que, eu sempre sinto uma vaga onda de desaprovação emanando do Nathan.

Entrei no quarto do Andrew, batendo de leve na porta aberta.

— Oi — falei. — Pronto para o nosso encontro?

É claro que eu já sabia a resposta. Ele estava sentado à mesa, ainda vestindo uma camiseta velha e calças de pijama, digitando furiosamente. Ele girou na cadeira para ficar de frente para mim.

— Ah, Leigh, sinto muito — falou, correndo os dedos pelo cabelo castanho. — Esqueci completamente.

O fato de eu ter feito exatamente a mesma coisa há apenas uma hora não é importante.

— Você *esqueceu*? — repeti, incrédula.

— Eu disse que sinto muito — respondeu ele — É só que realmente tenho que terminar este fichamento até o final da semana.

— Um fichamento? Andrew, você só precisa escrever tipo três páginas. Com espaçamento duplo.

— É, mas preciso ler seis capítulos deste livro primeiro. — Ele indicou um livro velho com um título em francês que eu esperava não ser mesmo *escrito* em francês. Apesar de ele achar que é ótimo, Andrew tem problemas com idiomas. Uma vez, tentou conversar em francês com a dona da padaria *C'est La Vie*, na nossa cidade, e ela lhe deu um biscoito porque achou que ele era deficiente mental.

— Tudo bem — falei. — Mas você não precisa ler o negócio todo. Só dê uma olhada nas partes boas, levante uma ou duas questões e enrole por algumas páginas falando como isso fez você se sentir.

— Isto não é psicologia, Leigh.

Não, era filosofia: o curso mais inútil do mundo. Quero dizer, você só pode roubar uma certa quantidade de ideias alheias antes que isso se transforme no bom e velho plágio. E sei que dizem que a imitação é a melhor forma de lisonja, mas tenho quase certeza que Kant mandaria Andrew tomar você sabe onde se ouvisse algumas das merdas exageradas que ele inventa.

— Vou fingir que você não disse isso — falei, empurrando a porta com o cotovelo. Não havia necessidade de Nathan ouvir *esse* assunto em particular ser discutido de novo. — Em psicologia, só para você saber, chamaríamos isso de negação. Mas tanto faz. Você vai ter que comer alguma hora; vamos comer alguma coisa rápida.

— Por que não vamos até o Hyatt e comemos alguma coisa lá?

O Hyatt é o nome do refeitório da Universidade Stiles. Bem, não oficialmente. Mas, há uns dez anos, a mesma empresa fornecia a comida para o hotel Hyatt lá perto e para a universidade, então o nome pegou. Não se deixe enganar por isso.

— Qual é — reclamei. — Temos passado pouquíssimo tempo juntos desde as férias. Vamos sair.

— Olhe — falou Andrew, jogando as mãos para o ar. — Desculpe se você acha que não quero ficar com você. Mas não sei o que posso fazer sobre isso.

Opa. Isso tinha sido desnecessário.

— Que tal não dizer coisas como "desculpe se *você* acha" e só pedir desculpas?

— E lá vamos nós com a lavagem cerebral pseudocientífica — falou Andrew. — Eu *pedi* desculpas. O que mais você quer?

— Que seja de verdade.

Em um mundo perfeito, eu teria dito essa frase com calma e dignidade, deixando que ela pairasse cheia de dor entre nós. Em vez disso, me senti bem patética. Eu podia sentir as lágrimas queimando meus olhos e dei as costas para Andrew, de modo que ele não me visse chorar.

— Esqueça — falei.

Eu estava magoada, zangada e frustrada, mas principalmente me sentia... idiota. Eu me sentia uma idiota, parada ali, usando um dos meus melhores sutiãs e tanta maquiagem quanto havia usado na festa de formatura. Eu me senti uma idiota por todas as vezes em que respondera *sim* à pergunta, *Você* realmente *acha que um namoro de colégio pode atravessar a faculdade?*

Quando você é a única que não está procurando por alguém para ficar na orientação, lhe perguntam *muito* isso. Acreditem.

— Espere — falou Andrew, pulando da cadeira e massageando meus ombros de leve. — Me desculpe, Leigh. Só estou muito estressado com essas seis matérias. Podemos tentar isto de novo?

Até o orientador acadêmico do Andrew o havia chamado de "louco terminal" (não reconhecido pelo *DSM-IV*[1], aliás) quando Andrew disse que planejava cursar seis matérias no mesmo período. Mas ele é assim.

— Pode ser — concordei, relutantemente.

Ele sorriu — o mesmo sorriso largo e maroto pelo qual eu havia me apaixonado —, e senti minha raiva começar a diminuir.

— Ótimo — disse ele. — Só me dê alguns minutos e estarei pronto.

Depois que Andrew fechou a porta, fiquei enrolando no corredor, passando as pontas dos dedos sob os olhos cuidadosamente para não borrar o rímel. (Atenção: não pegar o rímel da Ami emprestado se houver possibilidade de choro, já que o dela não parece ser à prova d'água.)

Quando consegui recuperar o controle, entrei na sala, virando ligeiramente o rosto enquanto ia até o sofá. Nathan havia vestido a camisa, ainda bem, mas era eu quem me sentia estranha e exposta demais com a blusa sexy e provavelmente coberta de rímel.

— Quer beber alguma coisa? — perguntou ele.

---

[1] Diagnostic and Statistical Manual of Mental Disorders: Manual de Diagnóstico e Estatísticas de Desordens Mentais. (*N. da T.*)

Minha garganta parecia apertada e ardendo, e não pude fazer muito mais do que assentir. Não mencionei o que eu queria beber e Nathan não perguntou. Em vez disso, pegou duas Cocas no frigobar que servia como mesa de canto, colocando uma na minha frente antes de se acomodar novamente no sofá.

Esperei que ele quebrasse o silêncio, mas não foi o que aconteceu e, em vez disso, passamos vários minutos constrangedores assistindo à TV. Nem registrei o que estávamos vendo até um carro de repente bater com toda a força em uma mureta, no que o narrador disse ser a "vigésima-sétima das cinquenta melhores perseguições de carro".

— Isso foi bem assustador — comentei estupidamente.

— É — concordou Nathan, sem afastar o olhar da tela.

Como Ami e eu, Nathan e Andrew eram colegas de quarto selecionados aleatoriamente. Mas, enquanto Ami e eu já fizemos um pacto — vamos morar juntas durante os próximos quatro anos, aconteça o que acontecer, e vamos ser madrinhas de casamento uma da outra —, não sei dizer se Nathan e Andrew são amigos ou não. Eles parecem se dar bem, mas isso não significa que não queiram secretamente pular no pescoço um do outro. Os caras são bem estranhos mesmo.

Não sei muita coisa sobre Nathan. Ele quer se formar em Matemática — aposto como não repetiu nenhuma vez em Geometria, muito menos duas vezes — e acorda cedo todos os dias para correr. Esses dois fatos imediatamente me fazem pensar que ele deve ser supercareta.

— Então, humm — falei, sem ter a menor ideia do que ia dizer em seguida. Talvez algo sobre como os comerciais parecem estar cada vez mais engraçados, apesar de isso ser uma observação pessoal, já que eu não vou me lembrar de todos os comerciais que foram ao ar há dois anos de qualquer jeito.

Mas aí Nathan desligou a TV, se levantou e foi para o quarto dele, sem mais nem menos! Como se não tivesse estado sentado no sofá, prestes a ter uma conversa totalmente normal sobre comerciais.

Toda vez que penso que talvez Nathan não me odeie *completamente*, percebo que o problema nunca foi que ele me odeie. Ele simplesmente não dá a mínima para mim.

— Pronta para ir? — falou Andrew, finalmente saindo do quarto, usando uma camisa polo e calças cáqui. Era óbvio que fizera um esforço para se vestir bem, e sorri.

— Claro — respondi. — Deixe-me só jogar fora o resto desta Coca.

— Por que abriu, se não queria?

— Sei lá — falei.

Ele me deu um olhar estranho, mas aí seu rosto se iluminou.

— Ah! — disse ele. — Tenho uma coisa para você. Espera só um segundo.

Ele desapareceu dentro do quarto novamente e saiu com um saco de supermercado.

— O que é isso? — perguntei.

— Um monte daqueles negócios adesivos para você pendurar pôsteres — falou ele. — Peguei um monte durante a orientação e guardei para você. Sei o quanto adora os seus pôsteres.

E adoro mesmo. Encontrei um site em que você encomenda 20 pôsteres por US$ 100 — o que significa muitos pôsteres, por uma pechincha enorme. Então agora tenho o suficiente para durar os quatro anos da faculdade, mesmo que eu mude a decoração a cada estação, como eles sempre falam naqueles programas de design.

— Obrigada — respondi.

Tentei não deixar aquilo me incomodar enquanto seguia Andrew até seu BMW com bancos aquecidos individualmente, mas, por algum motivo, não conseguia esquecer. Nathan me ignora, Ami odeia Andrew e, quanto a Andrew e eu... bem, quem sabe? Ele às vezes faz coisas tão atenciosas que penso o quanto ele é perfeito, mas depois parecemos brigar por causa das coisinhas mais insignificantes.

Estou começando a achar que, para uma futura psicóloga, eu realmente não sei de nada.

> PRINCÍPIO DA REALIDADE: Na teoria de Freud, o conjunto de regras que governa o ego e dita a forma pela qual ele tenta satisfazer o id obtendo prazer de acordo com o mundo real e suas exigências.

OPTAMOS por comer em um restaurantezinho tailandês perto do campus. Ou melhor, Andrew optou. Provavelmente sou a única pessoa em todo o estado da Califórnia que odeia comida tailandesa. Mas a gente tinha ido a um restaurante tailandês no nosso segundo encontro e, na época, parecia um momento esquisito para dizer que passei metade da noite preocupada se ia vomitar molho de amendoim em cima da camisa superbranca dele. Então, infelizmente, depois que Andrew percebeu que na Califórnia havia um restaurante tailandês a cada cem metros, era só o que comíamos.

Pedi o arroz frito desta vez, como havia pedido todas as outras desde o fiasco do molho de amendoim, e Andrew me lançou um olhar irritado por cima do cardápio.

— Você sempre pede a mesma coisa — comentou ele. — Relaxe um pouco, Leigh.

Faço isso porque, de tudo, o arroz frito é o que mais parece com comida chinesa. Posso fechar os olhos e fingir que estou comendo no Shanghai Sun.

— No nosso segundo encontro, pedi yakisoba com molho de amendoim — lembrei a ele.

Andrew só deu de ombros e fiquei brincando com o guardanapo no meu colo, enquanto observava o restaurante. Os espelhos habituais estavam pendurados em todas as paredes e havia uma fonte com lírios falsos na entrada. A iluminação do restaurante parecia a de uma mina. Nunca entendi por que acham iluminação fraca tão romântica. O lugar para visão noturna é uma sextape da Paris Hilton — não em um restaurante que pode tentar me matar com molho de amendoim.

— Ah! — Eu não podia acreditar que quase havia me esquecido do elemento central de qualquer boa conversa: fofoca maldosa sobre pessoas com quem costumávamos estudar. — Lembra aquele garoto do nosso último ano de Inglês, o que gostava de ser chamado Pookie?

— Lembro — disse Andrew cautelosamente. — Por quê?

— Ele é totalmente gay! — falei. — Parece que até entrou para uma fraternidade homossexual. Os pais o deserdaram. Pode acreditar?

— Leigh, isso são só boatos do ensino médio.

Fiquei olhando para ele de boca aberta como se Andrew tivesse dito que *America's Next Top Model* era só um reality show idiota, e não o maior experimento sociológico dos nossos tempos.

— Você não entende? — perguntei. — Isso significa que não errei nenhuma.

— Não errou nenhuma?

Erguendo a mão, contei nos dedos.

— Um, Danny. Sempre achei que ele era gay, não importava o que a namorada dele dissesse. Aí ele saiu do armário, exatamente como previ. Dois, Melvin. De novo, eu falei e, de novo, todo mundo duvidou de mim. Mas então ele começou a namorar aquele garoto por quem eu era completamente apaixonada no sexto ano. O que nos leva ao número três: Pookie. Sério, eu devia ter meu próprio programa de TV.

— Sabe de uma coisa? — disse Andrew, segurando minhas mãos. — Se vou perder uma noite de estudos por causa disso, vamos pelo menos falar sobre algo importante. E não só coisas do colégio.

— Certo — falei. É claro que tudo que eu queria era trocar histórias sobre quem havia se tornado alcoólatra nos dois primeiros meses de faculdade. As estatísticas eram perturbadoramente altas. — Bem, então escolha um assunto.

— Está bem — falou Andrew. — Que tal as nossas teses? Por um momento, eu achei que ele tinha dito *fezes*.

— O quê?

— Já pensou sobre isso, não é? — perguntou Andrew. — Sobre o que planeja escrever na monografia? Estou pensando em uma reflexão a respeito das abstrações de Kant sobre a disputa do panteísmo.

Ah, *teses*. Eu provavelmente teria mais a dizer sobre o assunto anterior.

— Humm — comecei. — Na verdade não pensei muito a respeito.

— Sério, você nem *pensou* a respeito?

— Não é como se eu não soubesse o que quero estudar — falei. — E tenho mais três anos para escolher o assunto para a monografia. Não é nada de mais.

Esse é um dos inconvenientes da Stiles University. É muito pequena e eles levam essa história de "assuma o controle da sua educação" extremamente a sério. Isso significa que, enquanto o resto do país está preocupado com a semana de inscrição nas fraternidades, os alunos da Stiles estão pirando com o peso do seu futuro acadêmico inteiro.

Andrew podia ser o garoto propaganda.

— Só falta você me dizer que ainda não pensou na pós-graduação.

Grilos. Sério, dava para ouvir grilos.

— Você *não* pensou na pós-graduação?

O hábito de Andrew de repetir as coisas estava começando a ficar irritante.

— Quero dizer, pensei um pouco sobre isso. Tipo, humm, eu não me incomodaria em ir para a Universidade da Carolina do Norte ou Berkeley. Ou para a UCLA.

— Berkeley é meio liberal — falou Andrew. — Mas não aguento mais ouvir falar na UCLA. Só porque é perto daqui, todo mundo fala como se ela fosse a melhor universidade no país. Diga uma pessoa séria que tenha estudado na UCLA.

Com certeza existem mil pessoas superimportantes que estudaram na UCLA. Especialmente no campo da psicologia, considerando que no momento a UCLA está entre as três melhores faculdades de psicologia clínica no país. Eu só não consegui pensar em nenhuma delas na hora.

— Jack Black — chutei.

Andrew bufou.

— Posso até adivinhar. Comunicação?

Na verdade, eu não sabia. Mas acho que ele não chegou a se formar. Mas olha só para ele — não é como se precisasse do diploma. Ele é um gênio da comédia, cara.

— Bem, qual universidade você prefere, então? — desafiei, já cansada do exemplo do Jack Black.

— Harvard — respondeu Andrew. — Ou Yale.

Alguém tinha lido o *Jornalzinho Ivy League*. Não me entendam mal, eu ficaria felicíssima se entrasse para uma universidade com metade da reputação de Harvard ou de Yale, mas com certeza há coisas mais importantes do que só um nome chique no diploma... certo?

E, é claro, havia uma questão mais importante. Se eu fosse estudar na Califórnia e Andrew estivesse na Nova Inglaterra, com cinco mil quilômetros nos separando, o que iria acontecer com a gente?

Espere um segundo. Por que estávamos nos estressando tanto com isso?

— Olhe — falei. — Você não quer conversar sobre o colégio e eu acho que é meio sem sentido conversar sobre a pós-graduação quando ainda nem terminamos o primeiro semestre da faculdade. Então vamos falar de outra coisa, pode ser?

— Certo. Você escolhe o assunto.

Eu queria perguntar se ele achava que havíamos nos distanciado nos últimos meses, desde que a nossa rotina do Arizona mudara, quando paramos de estudar para as provas das turmas avançadas e de se pegar no quarto dele. Fiquei imaginando o que *ele* dizia para todas aquelas pessoas irritantes que perguntavam se namoros de colégio podem atravessar os quatro anos de faculdade. Queria perguntar a ele se estava feliz ou se achava que éramos felizes juntos.

Eu queria saber por que a gente estava namorando há mais de um ano e ainda não tinha transado.

— Qual é a sua maior preocupação? — deixei escapar.

Andrew pareceu genuinamente surpreso.

— A minha o quê?

— Sua maior preocupação — repeti. — Qual é o seu maior medo? O que mais o irrita? Qual foi a época mais feliz da sua vida? Hoje, na aula de Introdução à Psicologia, nós preenchemos uns questionários e percebi... que nós nunca conversamos de verdade sobre esse tipo de coisa.

— Putz, Leigh — falou ele. — Sei lá.

— Pense um pouco.

— Está bem... Então acho que as respostas são: palhaços, palhaços e quando não estou perto de palhaços.

Eu dei um tapinha de brincadeira no braço dele por cima da mesa.

— Fala sério.

— Ah, eu estou falando — respondeu ele, sem se abalar. — Nunca viu o filme *It*? E aquele assassino em série, aquele que se vestia de palhaço? Isso é capaz de me deixar com insônia.

— John Wayne Gacy — informei. — O nome do assassino era John Wayne Gacy.

— Nossa, valeu. Dar um nome a ele ajuda muito.

Revirei os olhos.

— Respondi que meu maior medo era ficar perdida no deserto, ou ser enterrada viva, mas, sério, acho que isso não devia contar. É um medo comum. *Ninguém* quer ser enterrado vivo.

— Você não tem medo de ficar perdida no deserto.

Fiquei olhando para ele de boca aberta, sem acreditar.

— Tenho, sim.

— Não tem, não.

— Então por que carrego tantas garrafas de água no carro?

Andrew abriu a boca mas a fechou rapidamente, balançando a cabeça.

— Você é esquisita — disse ele. — Não me entenda mal, é maneiro. Mas você é seriamente perturbada.

Não valia a pena discutir. Há pelo menos uma caixa e meia de garrafas d'água que ficam rolando no meu banco de trás, só para o caso de eu me perder no meio do nada, como na história de uma garota que li em uma revista. Ela ficou em uma vala ao lado da estrada durante quatro dias inteiros e ninguém nem pensou em olhar ali. Se ela por acaso não tivesse um galão de água no porta-malas, poderia ter morrido. No final, ainda tiveram que amputar a perna dela por causa de corte que infeccionou. Ou algo assim — fiquei tão apavorada pela ameaça de desidratação que não prestei muita atenção à parte da gangrena.

— Então, qual foi o seu momento mais feliz, sério? — perguntei.

— Sempre que estou com você — disse Andrew, sorrindo. — E você está sendo vista e não ouvida.

— Rá-rá. — Suas técnicas de evasão estavam começando a me frustrar. — Qual é, Andrew. Me conte algo real. Sua maior preocupação. O que o faz sofrer. *Alguma coisa.*

Andrew esfregou a testa.

— Não faça isto, Leigh.

— Não fazer o quê? — desafiei.

— Não me analise — respondeu ele, sem pensar duas vezes. Seu rosto estava assustador, vermelho e inchado, e as veias em seu pescoço haviam começado a latejar. Meu coração estava a mil e isso devia ter me assustado, a brusquidão com que o clima mudou. Mas, em vez disso, eu me senti *viva*. Podia ser uma discussão, mas pelo menos não eram os duelos de monólogos que eu e Andrew vínhamos trocando ultimamente.

Aí, de maneira igualmente súbita, a raiva sumiu e uma culpa fria tomou seu lugar. Andrew realmente era um bom namorado, não importa o que Ami achasse. E nós funcionávamos juntos — não importa o que Nathan pudesse pensar. Realmente não era justo da minha parte exigir tanto agora, quando estávamos ambos tentando nos acostumar a um novo ambiente.

— Sinto muito — falei rapidamente, esticando o braço para segurar a mão dele da forma como ele tinha segurado a minha antes. Andrew estava certo. Nós provavelmente não teríamos problemas se eu não me esforçasse tanto para criá-los.

— Não, *eu* sinto muito — disse ele, suspirando. — Vamos só curtir o resto do jantar, tudo bem?

— Tudo bem. — Sorri para ele e, por um breve instante, foi como se tivéssemos recapturado tudo que fora perdido, preso entre nós como borboletas em uma rede. Nem me incomodei quando o garçom trouxe meu arroz com molho de amendoim por engano.

Bem, talvez eu tenha me incomodado um pouco. Sempre morri de nojo de amendoim e o cheiro daquele molho já estava começando a revirar o meu estômago. Mas aí me lembrei do que o professor de Introdução à Psicologia dissera sobre terapia de casal: falamos de *trabalhar* a relação porque nem sempre é divertido. Andrew e eu não éramos perfeitos. Nunca seríamos. Mas, enquanto nos encontrássemos no meio do caminho, tudo estaria bem.

Quando cheguei em casa depois do jantar, Ami estava deitada na cama, balançando a cabeça com a música que saía aos berros do seu iPod enquanto arrumava centenas de grampeadores coloridos. Ela só levou alguns segundos para me ver no vão da porta e se sentou, tirando os fones dos ouvidos.

— Como foi o jantar? — perguntou ela.

A pergunta era ao mesmo tempo inócua e muito significativa. O jantar tinha sido bom durante as poucas horas em que me senti segura, sabendo que não estava sozinha. Eu não me importava com o que todas as outras pessoas pensavam. Não sou o tipo de garota que quer curtir a liberdade de ser jovem ou sei lá o quê. Afinal, algumas pessoas *nunca* encontram alguém com quem passar o resto de suas vidas, então o fato de eu ter conhecido o Andrew quando tinha apenas 17 anos só significa que tenho muita sorte.

— Foi legal — falei finalmente. Ami deve ter sentido o cansaço na minha voz, porque só concordou. Ficamos em silêncio por um instante.

— Então... o que você está fazendo? — perguntei educadamente.

— Isto? — Ami fez um gesto na direção dos grampeadores, como se eu pudesse estar me referindo a qualquer outra coisa. — No final, vou colar isto em um padrão abstrato em um móbile feito de cupons velhos.

A arte de Ami é fortemente baseada em argamassa.

— O que significa? — perguntei. Já tinha desistido de tentar entender sozinha.

Ami deu uma risadinha.

— Querida, não é para *significar* nada. Às vezes a arte só deve ser bonita.

Fiquei olhando para ela, perplexa. Então a coisa mais estranha aconteceu. Eu simplesmente comecei a rir. Ri tanto que a minha barriga doía. Ri até lágrimas escorrerem pelas minhas bochechas. Ri até ficar ajoelhada no chão, uma das mãos apoiada na cômoda para me segurar. E, depois que comecei, simplesmente não conseguia parar.

Aparentemente era contagioso, porque logo Ami jogou a cabeça para trás e começou a rir também — uma gargalhada vinda do fundo da barriga que me fez começar tudo de novo.

— Nem sei do que a gente está rindo — falou ela, arfando.

— Nem eu — admiti, enxugando lágrimas dos olhos. A declaração brusca de Ami fizera todo o sentido para mim. Às vezes a arte é esteticamente agradável, sem nenhuma outra razão escondida. E comecei a pensar... Talvez outras coisas fossem assim também. Talvez não fosse um problema se todas as mínimas coisas não tivessem uma racionalização, opinião ou algum tipo de significado assustador por trás. Talvez eu devesse apenas deixar para lá.

COMPORTAMENTO PRÓ-SOCIAL:
Comportamento que beneficia outros
indivíduos ou grupos de indivíduos, também
conhecido como comportamento prestativo.
O comportamento pró-social inclui motivações
altruístas, mas também fazem parte dele
comportamentos que podem ser motivados
pelo egoísmo.

A CAFETERIA do campus era chamada, inexplicavelmente, de Monóculo do Sapo. Nosso mascote do campus não era um sapo — na verdade essa é uma universidade tão pequena que nem temos esportes organizados. Na livraria vendemos umas minibolas de futebol com os dizeres UNIVERSIDADE STILES: INVICTA DESDE 1952 impressos nelas. Entenderam? Nós nunca jogamos nenhum jogo! Isso sempre me mata de rir.

A falta de esportes foi um *grande* motivo para eu ter me inscrito, além da falta de gregos. Não gregos, como um povo. Quero dizer gregos como fraternidades, irmandades ou o filho desse amor incestuoso, as "fratandades".

E, sim, o Monóculo do Sapo tem um enorme pôster de um sapo segurando um monóculo. É totalmente bizarro, mas todo mundo aceita sem muitos problemas porque a cafeteria também tem as melhores vitaminas *do mundo*.

Eu estava pedindo a minha preferida — uma Joelho de Abelha, que é o paraíso misturado com mel em um copo — quando ouvi a voz rascante e familiar da minha orientadora acadêmica atrás de mim.

— Leigh Nolan — disse ela. — Justamente a psicóloga que eu queria ver.

Eu esperava sinceramente que a Dra. Harland estivesse vendo uma psicóloga — e uma verdadeira PhD, não uma menina que ainda achava que *Hell Date* era um programa de qualidade. A Dra. Harland é tão velha que podia ter comparecido a uma das famosas festas do Gatsby, e tão senil que provavelmente acha que estava lá. Por isso, o que ela considera ser uma piada engraçada — me chamar de psicóloga quando ainda nem passei em Introdução à Psicologia — parece muito mais sinistro quando não fica claro se ela está brincando. Se me chamasse de cosmonauta, eu teria que me perguntar se, lá no fundo, ela não acreditava de verdade que eu era uma.

— Dra. Harland, oi — falei, abrindo um sorriso amarelo. — Justamente a professora que *eu* queria ver.

— Venha, Leigh. — A Dra. Harland é uma dessas pessoas que usam o seu nome o tempo todo. — Sente-se comigo e vamos discutir sua carreira acadêmica.

Depois da minha noite com Andrew, o aluno mais entusiasmado e dedicado que já se matriculara em Stiles, a última coisa que eu queria fazer era discutir o meu futuro. Mas é óbvio que eu não tinha escolha. De jeito nenhum eu podia dizer à minha orientadora acadêmica para dar o fora e me deixar em paz com o meu Joelho de Abelha. Além disso, essa mulher tinha o poder de tomar algumas decisões bastante cruciais na minha "carreira acadêmica", como ela dizia.

A Stiles College funciona com o sistema de contrato, o que significa que, a cada semestre, você assina um contrato para o número de matérias passar/repetir que planeja cursar e em quantas precisa passar. Isso inspira uma inveja tremenda nos meus amigos de colégio que acabaram indo para Arizona State. Meus avós acham que não vou ser capaz de fazer nada com o "diploma de brinquedo" que vou conseguir aqui, enquanto minha mãe está decepcionada por eu não ter ido para uma faculdade de deusas que ela encontrou nas montanhas, onde você pode se formar em Reiki ou em pensamento holístico.

Digamos apenas que este último verão foi um redemoinho exaustivo de "É, não ter coeficiente de rendimento é sensacional" e "eu juro que é certificada".

— Então — disse a Dra. Harland, parando para acertar a saia longa que escondia a meia-calça com fios puxados. Suas meias-calças sempre tinham fios puxados. Fiquei imaginando se ela não percebia ou só não dava a mínima. — Psicologia. É um assunto fascinante.

— É mesmo.

— Já pensou que área da psicologia quer estudar? Sei que é cedo, mas você pode até começar a pensar sobre o assunto da sua monografia.

Eu estava começando a me preocupar de verdade que houvesse algum prazo secreto para a monografia (tipo, ESTE SEMESTRE) sobre o qual eu não sabia. Qual era o problema com esse pessoal?

— Na verdade, pensei um pouco nisso — menti.

— Ah, é verdade, o uso de adjetivos em sites de relacionamentos na internet.

Não chegou nem perto.

— Chegou perto — falei. — Distúrbios de imagem corporal em meninas adolescentes.

Ela assentiu com delicadeza.

— Certo, certo — falou, dando um golinho em um chá extremamente perfumado.

Por algum motivo, senti necessidade de me explicar melhor.

— Sabe, só acho que é difícil ser uma garota hoje em dia. Tipo, se você pegar qualquer revista para adolescentes, ela está cheia de mensagens conflitantes. Algumas matérias dizem para ser você mesma, mas depois há artigos sobre celebridades, anúncios e colunas de aconselhamento que dizem às meninas que elas não são boas o suficiente do jeito que são. Você precisa ser mais magra, mais bonita, mais popular e mais estilosa.

Houve um silêncio constrangedor enquanto a Dra. Harland ficou só olhando para mim.

— Bem, não *você* — disse eu.

— Esperemos que não — falou a Dra. Harland, simpática.

Eu respirei fundo.

— De qualquer modo, provavelmente farei uma pesquisa ou algo assim sobre imagem corporal com as adolescentes.

Eu tinha outro discurso totalmente pronto, algo sobre a forma como as revistas exploravam a baixa autoestima das meninas para vender mais produtos de beleza e remédios para acne. Mas a Dra. Harland fez um sinal com a mão ossuda.

— E como vai obter essa amostragem? — perguntou ela.

Eu não podia acreditar que não havia pensado nessa questão. Ah, é mesmo. Eu tinha SEIS semestres inteiros antes de ter que decidir o assunto da monografia, que dirá conduzir o estudo.

— Humm... o shopping?

Foi como se eu tivesse acabado de anunciar que ia injetar arsênico em recém-nascidos.

— O shopping? — repetiu ela sem acreditar.

O meu Joelho de Abelha estava começando a derreter no topo do copo, deixando uma camada aguada de mel e noz-moscada no fundo.

— É claro que não no shopping. — Tive que voltar atrás rapidamente. — Isso violaria claramente os padrões de seleção aleatória e uma amostragem representativa.

A Dra. Harland pareceu um pouco mais tranquila.

— Sem falar na questão ética — completou. — Não se esqueça, Leigh, para estudar menores de idade, você tem que consultar os pais e possivelmente os professores também. Não é um processo fácil.

Sites de relacionamento estavam começando a parecer uma ótima ideia. Ninguém tenta proteger tarados de meia-idade fingindo ser Brad Pitt.

— Bem, vou começar a me preparar. Sabe, para o último ano. Quando isso tudo vai importar de verdade.

— Na verdade — começou a Dra. Harland, finalmente parecendo um pouco satisfeita —, acabei de saber através de um colega sobre um programa de orientação em uma escola da região. Não só seria uma excelente experiência, como também lhe daria a oportunidade de trabalhar de perto com a população que a interessa.

Orientação? Eu não tinha certeza se eu podia ser "orientadora" de alguém.

— Quero dizer... — comecei a dizer.

— Excelente! — Ela sorriu. — Então vou dar seu e-mail para Linda, da Simms Middle School. Tenho certeza de que

49

não preciso lhe dizer, Leigh, o quanto é importante botar os pés dentro de um colégio, tanto literal quanto figurativamente, se você quer trabalhar com uma população em idade escolar.

— Não — admiti, apesar da sensação desesperadora de que tinha que acrescentar a palavra *senhora* no final da frase.

— Você é uma garota inteligente, Leigh — disse a Dra. Harland de repente, como se a ideia tivesse acabado de lhe ocorrer. — É bom vê-la pensando sobre seu futuro acadêmico aqui na Stiles e trabalhando com a comunidade também.

Meu sorriso foi tão sem graça quanto o Joelho de Abelha esquecido no copo.

— É — falei. — Bem, nunca é cedo demais para começar.

A Simms Middle School não parecia nem um pouco com a escola que eu havia frequentado. A minha escola ficava num prédio baixo, pequeno e sem graça, de estuque castanho com telhas de latão amarronzadas sobre os corredores. Era, em uma palavra, horrenda. Está bem, talvez duas palavras — era muito horrenda.

Mas a Simms era num prédio alto — três andares! — e pintado de bege com detalhes em verde-maçã. Tinha duas alas enormes que eram conectadas no segundo e terceiro andares por passarelas cobertas. Enquanto a minha mascote fora uma irritante mas nada intimidadora vespa, a Simms era o lar dos orgulhosos leões-da-montanha. O refeitório até tinha um pátio com mesinhas redondas e guarda-sóis, iguais às que ficam do lado de fora do Taco Bell. Fiquei com tanta inveja!

Olhei para o papel em minhas mãos. As aulas acabavam às 15h30 e o programa de orientação começava às 15h40, o que significava que eu tinha apenas alguns minutos para encontrar a SALA 134 A, como estava escrito no papel. Como eu ia encontrar uma sala com uma letra no final?

— Dá licença — falou uma menina pequena a meu lado. Se bem que eu não devia dizer *pequena*. Ela era só uns três centímetros mais baixa do que eu e pelo menos uns 15 quilos mais gorda, apesar de a maior parte disso estar no seu peito. Tinha os maiores seios que eu já havia visto. Eu não conseguia afastar o olhar, mesmo sabendo que não devia ficar encarando. Essa garota tinha 13 *anos*?

Ela jogou as tranças pretas e pesadas por cima do ombro.

— Você estuda aqui? — perguntou, nem um pouco simpática.

Perfeito. Essa candidata à cirurgia de redução de mama de 13 anos estava perguntando a *mim*, com 18 anos e ainda entusiasmada por caber em um sutiã tamanho M, se eu estudava na escola dela.

— Não — respondi, sem nenhuma simpatia.

A garota fez algum tipo de som de estalo com os dentes e lábios. Eu podia tentar imitar aquele som por um milhão de anos sem nunca me aproximar do absoluto desdém que ela conseguiu transmitir em um único estalo.

— Você *não* estuda aqui? — repetiu ela, o ligeiro aumento no tom da sua voz fazendo isso parecer mais uma frase de descrença do que uma pergunta de verdade.

— *Pareço* estudar aqui? — Eu sabia que isso havia sido um erro no segundo em que falei, porém era tarde demais. Naquela manhã eu tinha tomado um cuidado especial com a roupa, escolhendo uma calça cor de chocolate imitando camurça e uma camisa social lilás com mangas três-quartos. Com certeza não era um traje executivo, mas definitivamente não o que eu me lembrava de ver as garotas usando na minha escola.

— Mais ou menos — disse ela, apertando os olhos para o meu cabelo, que estava preso em um coque arrumado, e aí para os meus pés. Olhei para baixo. Havia me esquecido completamente que tinha posto meu All Star hoje — o preto desbotado com os cadarços esfarrapados e buracos na lona macia. Eram meus únicos sapatos fora chinelos e eu tinha saído do colégio havia tanto tempo que não me lembrava que chinelos eram calçados-non-gratos no campus.

Deviam ter sido aqueles sapatos.

— Eu tenho uma bolsa — observei na defensiva. Certo, e daí que eu já tinha visto meninas de 5 anos com bolsas no shopping, mas eu mesma só começara a carregar uma há um ano, quando percebi que vivia perdendo o dinheiro que havia posto amassado nos bolsos.

— E daí? — escarneceu ela, erguendo a própria bolsa. E a dela provavelmente não fora comprada na liquidação do Wal-Mart por US$ 8,99, o que significava que era mais cara do que a minha. — O que tem aí dentro?

Vasculhei a bolsa.

— Dinheiro, recibos velhos, coisas assim — falei. Como eu tinha me metido nessa?

— Quanto dinheiro?

Eu estava tentada a dizer a ela para cuidar da sua vida, mas não podia recuar agora, de jeito nenhum.

— Cinco... 15 dólares — disse eu, exagerando um pouco a quantia. Eu não queria parecer ridícula na frente de uma garotinha de colégio.

— Eu tenho trinta — se vangloriou ela. — Algum cartão de crédito?

Isso estava começando a ficar muito constrangedor.

— Humm... meu cartão de débito. Mas ele tem o logo da Visa, então tecnicamente pode ser considerado um cartão de crédito.

Ela ergueu dois retângulos de plástico.

— Tenho um Visa *de verdade*, porque ele está em todos os lugares em que eu quero estar — falou, parafraseando o comercial com uma precisão assustadora. — Também tenho um cartão Citibank para as minhas recompensas. O que mais você tem?

— Um celular? — ofereci, sem ter mais certeza da superioridade do conteúdo da minha bolsa.

Ela desconsiderou o meu celular acenando com o próprio.

— Eu também — falou —, *com* um ringtone do Kanye West.

O meu era uma versão eletrônica e sem graça de *Für Elise*, um dos ringtones pré-programados.

— Ah, é? — falei com escárnio, já completamente envolvida na nossa competição. — Bem, eu tenho isto! — Ergui meu estojo de pílulas anticoncepcionais como se elas fossem uma medalha de ouro olímpica. Ela não tinha como saber que haviam sido basicamente inúteis para mim até agora.

A garota zombou.

— Pílula? Por favor. Eu comecei a tomar anticoncepcionais desde que fiquei menstruada dois anos atrás.

Ela tomava pílula desde os 11 anos? Só podia ter comido muito frango com hormônios. Li uma matéria em algum lugar sobre como injetam tantos hormônios na maior parte das carnes hoje que as garotas começam a se desenvolver assustadoramente cedo. Enquanto isso, eu estava brincando de Barbie até quase os 14 anos, embora dissesse que era só porque as garotas mais novas da minha rua me obrigavam.

53

Finalmente, tropecei nele — meu bote salva-vidas. O único item na minha bolsa em que de jeito nenhum essa coisinha vai poder tocar por vários anos. Com um floreio, brandi minha carteira de motorista.

— Aposto que você não tem uma destas — disse eu, sorrindo afetadamente.

Ela a arrancou da minha mão e a estudou por um longo momento antes de devolvê-la, dando de ombros.

— Tanto faz — falou. — Eu só queria saber se você sabia onde era uma sala.

— Qual sala? — perguntei automaticamente, mesmo sabendo que de jeito nenhum eu poderia ajudar essa garota. Aliás, mesmo se eu quisesse, o que não tenho certeza que era o caso à essa altura.

Ela apertou os olhos para um cartão em suas mãos.

— Sala 134 A? — ela leu. — Tenho que ir a alguma reunião idiota lá. O orientador da escola está me obrigando.

— Sala 134 A? — repeti que nem uma idiota.

— É, foi o que eu disse. Você sabe onde é?

— Não... mas também estou indo para lá. Sou uma das orientadoras.

Era difícil dizer qual de nós ficou menos entusiasmada.

O programa já estava à toda quando a menina (acabou que seu nome era Rebekah) e eu encontramos a sala. Eles se reuniam uma vez por semana e vinham fazendo isso há um mês, então estava realmente à toda quando Rebekah e eu finalmente nos juntamos ao grupo. No total, contei mais umas dez orientadoras e mais ou menos o mesmo número de alunas.

— Podem se sentar no chão — disse uma mulher muito gorda com cachos muito grandes, sorrindo para nós. — Estamos começando a discutir gravidez na adolescência.

Ótimo. Eu teria odiado perder a melhor parte. Sentei de pernas cruzadas no chão. Rebekah me lançou um último olhar de superioridade antes de se acomodar do outro lado da sala.

A mulher gorda — acho que a tal Linda — me entregou uma folha de papel dobrada.

— O que é isto? — perguntei.

— Isto é a sua vida — respondeu ela enigmaticamente antes de se afastar para distribuir outros papeizinhos sinistros.

— O que você tirou? — perguntou para mim uma das garotas. Ela era tão pequena que podia ter se passado por uma menina de 7 anos, com aquele cabelo ruivo despenteado. — O meu diz... alguma coisa sobre um *ffff-d*?

Eu olhei para o papel dela.

— PhD — corrigi. — É um diploma que você tira, na universidade. — Percebi que havia outras coisas em seu papel: o número 24 e as palavras *não* e *sim*.

— Tipo uma nota? — perguntou ela. Quando franziu a testa, suas sardas se aproximaram.

— Não tipo um 10 ou um 6, não. Mas como um nível estudantil, sim. — Tentei pensar em como ser mais clara — Sabe como o sétimo ano é mais adiantado que o sexto ano? — perguntei.

Ela assentiu, interessada.

— Eu estou no sétimo ano.

Eu nunca teria adivinhado, mas enfim.

— Bem, ter um PhD é, tipo, estar no ano mais adiantado de todos, depois do ensino médio, e da faculdade e até depois de mais estudo. Você tem que estudar por — fiz uma aritmética mental rápida — mais ou menos 23 anos antes de conseguir um PhD. É uma coisa muito legal.

— Porque significa que você é inteligente?

Discordei.

— Porque significa que você se esforçou muito.

Ela obviamente não entendia a diferença. Acho que era um pouco cedo demais para começar um sermão sobre características inatas *versus* comportamento, e como é mais positivo enfatizar o comportamento porque este pelo menos pode ser modificado. Talvez quando ela chegar ao oitavo ano eu tente de novo.

— O meu nome é Molly — falou ela.

— Leigh — respondi, antes de perceber que parecia que eu estava só repetindo o final do nome dela. — O meu nome é Leigh — esclareci, dando-lhe um sorriso enquanto desdobrava meu próprio papel. No meu estava listado: mestrado, 26, sim e não. Eu não entendi mesmo essa tarefa.

— Muito bem, pessoal. — Linda bateu palmas uma vez e vinte garotas se viraram para olhar para ela. — Nesta simulação, esses papéis são sua vida. Imaginem que vocês tiveram uma gravidez inesperada e precisam encarar os desafios que acompanham um bebê. A primeira parte é quanto estudo vocês têm. A segunda é a sua idade. A terceira parte é se seus pais aprovam a gravidez e a última é se o pai da criança está envolvido com você e com o bebê. Também vou entregar uma folha de exercícios para guiar suas respostas.

Olhei para o papel nas minhas mãos. *Essa* era a minha vida? Até onde eu podia ver, a única parte ruim era que o pai não estava mais envolvido. Se bem que, com o índice de divórcios, quem sabe tenha sido melhor assim. Pelo menos eu teria controle total sobre a criação do meu filho. Nenhum pai para desfazer os castigos e passar sobremesas por debaixo da mesa. Se você olhasse pelo ângulo certo, podia até ter sido algo muito bom.

E meus pais teriam aprovado? Humm, claro — tenho 26 anos e um *mestrado*. É estranho, mas duvido que, na vida real, meus pais sequer titubeassem se eu anunciasse que estava grávida. Minha mãe só ia querer saber qual seria o signo do bebê e o meu pai começaria a misturar umas poções pré-natais malucas para aumentar minha conexão espiritual com o feto ou sei lá o quê.

Dei uma espiada no papel da Molly. Tinha ainda mais estudo que eu e era dois anos mais nova! Para ter um PhD aos 24 anos, ela precisaria ter, tipo... 18 anos quando se formasse na faculdade. O que significava que teria apenas 14 quando se formasse no ensino médio. O que significava que poderia ter entrado no primário com um ano. E o que, seus pais não aprovam o fato que vai passar seu QI de gênio para um bebê cujo pai, por falar nisso, está envolvido e a apoia? Essa tarefa era ridícula.

— Então... — comecei a dizer, mas a Linda se aproximou e jogou outra folha de papel para mim. Dei uma espiada nas perguntas antes de erguer a mão. — Humm, Linda?

Ela se virou, um olhar curiosamente amigável mas resignado no rosto.

— Sim?

Olhei para as perguntas de novo.

— É só que... Não entendo como devemos responder isto.

O sorriso dela congelou em seu rosto.

— O que você quer dizer?

Rebekah e Molly estavam ambas olhando para mim, assim como o resto das orientadoras e das meninas. Agora que eu estava olhando em volta, reconheci vagamente várias garotas da faculdade entre as orientadoras. Até Ellen, minha arqui-inimiga acadêmica, estava sentada mais para o fundo, usando uma saia risca de giz impecável, olhando para mim como se eu fosse louca.

(E se vocês estão pensando que dois meses é muito pouco tempo para ter uma arqui-inimiga, saibam que Ellen é a única pessoa em Introdução à Psicologia que leu o primeiro capítulo *antes* da primeira aula. Quem faz isso?)

— Bem... como, por exemplo, a primeira pergunta.

Linda remexeu os papéis nas mãos, virando um de cabeça para cima para conseguir ler.

— "Como você vai lidar com o dia a dia"? — Ela olhou para mim sem entender. — É uma pergunta absolutamente legítima, uma que muitas mães de primeira viagem têm que enfrentar.

— Sei disso. — Tentei dar meu melhor sorriso de não-estou-sendo-difícil-eu-juro. — Mas eu tenho mestrado e 26 anos de idade. Tenho certeza de que simplesmente vou contratar uma babá ou colocar meu filho em uma escolinha pré-montessoriana. Ou, porra, meus pais aprovam, então é só jogar o pirralho para cima deles.

Tenho quase certeza de que eu não devia dizer "porra". Ou chamar crianças de pirralhos. Ou, por falar nisso, expressar nenhum tipo de decepção com esse programa de orientação (pelo menos não até a segunda ou terceira reunião).

A máscara da Linda estava começando a cair. Ela claramente não estava gostando disso.

As meninas, por outro lado, estavam. Elas riam e discutiam suas próprias vidas de mentira com um interesse renovado. A combinação estranha do entusiasmo delas com a evidente desaprovação de Linda realmente me estimulou. Senti como se estivesse no colégio de novo.

O sorriso de Linda havia sumido por completo.

— Gravidez na adolescência é um assunto sério — disse ela.

— Eu sei — fiz questão de frisar. — Eu vi *Juno*. Só acho que talvez devêssemos parar de nos preocupar sobre se Jennifer Aniston se arrepende de não ter tido um filho com Brad Pitt e nos concentrar mais na garota daquele filme *Quinze anos e grávida*.

Linda tinha saído diretamente de *Querida, encolhi os lábios*.

— Vou lhe dizer uma coisa...

Ela fez uma pausa cheia de expectativa e passaram-se alguns momentos antes que eu percebesse que estava esperando que eu dissesse meu nome.

— Ah, Leigh.

— Bem, Leigh, vou lhe dizer uma coisa. Já que você parece saber tanto sobre o assunto, por que não comanda a próxima reunião e nos mostra o que acha ser uma boa apresentação sobre gravidez na adolescência?

Era esse o meu castigo? Algumas pessoas podem odiar falar em público, mas não eu. Adoro, sério. Não é que seja uma oradora maravilhosa — só gosto da sensação que tenho quando estou fazendo isso. Imagino que seja parecida com a emoção que os ladrões sempre dizem sentir quando estão prestes a roubar uma obra de arte ou alguma coisa muito valiosa.

— Tudo bem — falei.

Linda olhou para mim sem entender de novo.

— Ótimo. Já que isso está resolvido... vejo vocês na semana que vem. — A sala virou um alvoroço de garotas de 13 anos correndo para a porta. As orientadoras as seguiram só com um pouco mais de calma e Ellen parou enquanto passava por mim

— Leigh — disse ela — Por que está aqui?

Dei de ombros.

— Só estou fazendo a minha parte.

— Não, não está, não — soltou ela. Eu nunca a vira tão abertamente hostil antes. Ela sempre parecia tão controlada.

— Você nem se importa. Só está aqui para passar o tempo, enquanto algumas pessoas — disse, e sua expressão deixou muito claro que se referia a ela mesma — estão aqui para desenvolver um talento crucial para liderança e fazer a diferença.

E ter mais alguma coisa para botar no seu currículo, é claro.

— Opa, Tracy Flick, fique calma. — Ergui as mãos no que eu esperava ser um gesto conciliatório. — Você sabe que é possível *nós duas* estarmos aqui para fazer a diferença?

Ela me olhou, confusa. Era óbvio que não era fã de Election.

— Tanto faz. Só pare de atrapalhar o grupo, e fique fora do meu caminho.

Ela deu meia-volta e saiu com estardalhaço pelas portas duplas. Não dava para acreditar nisso. Como a minha atividade extracurricular se tornara um duelo?

AGRESSÃO RELACIONAL: Uma estratégia para obter vantagem social através da manipulação das alianças sociais. De acordo com as pesquisas, os machos tendem a ser mais agressivos fisicamente, enquanto as fêmeas são mais agressivas relacionalmente.

— ESTOU pensando em me tornar vegetariana — disse Ami, empurrando um pedaço de frango borrachento pelo prato.

Mais de 85 por cento do corpo discente da Stiles é vegetariano, então parte de mim queria convencer Ami a continuar sendo carnívora. Éramos uma raça em extinção (que contribui para a extinção prematura de outros animais... então, sim, eu vejo a ironia). Mas por outro lado eu não podia culpá-la, já que as opções de carne do grêmio estudantil eram uma porcaria. A maioria das universidades tinha alunos fazendo lobby por mais frutas e legumes. Nós tínhamos comedores de carne acampando na frente do nosso bufê de saladas, gritando: "Se é vermelho e sangrento, é o que devíamos estar comendo!"

— Você percebe que, se virar vegetariana, não vai mais poder comer a *quesadilla* de frango do Taco Bell — falei.

Ami fez uma pausa.

— Bem, então vou abrir mão da carne vermelha.

— Nada de cheesebúrgueres duplos, então? — observei.

— Merda. — Ami jogou um pedaço de frango na boca.
— De que adianta?

— Ah, meu Deus! — exclamei.

— Eu sei, mas gosto de fast food — confessou Ami — com toda a sua glória gordurosa. É como você disse, todo esse papo de gordura trans é só propaganda mesmo, inventada pelos...

— Não — falei. — Não é isso. Sydney Belcher está vindo na nossa direção. Acho que ela vai *se sentar* com a gente.

— Quem é Sydney Belcher? — Ami olhou por cima do ombro.

— Ela é estudante de psicologia do último ano — falei por entre os dentes —, e *pare de olhar*!

Neste exato instante Sydney chegou a nossa mesa, um brilho de decisão assustador em seus olhos.

— Oi, Leigh — disse ela.

Sydney não é só uma estudante de psicologia. Ela é *a* estudante de psicologia e por acaso também é minha professora-assistente de Introdução à Psicologia. Não é nem que seja uma aluna tão boa assim. Ela foi presidente do Clube de Psicologia, mas eu soube que o último evento patrocinado pelo clube foi há dois anos, quando alugaram *Vamos Falar de Sexo* e o passaram no auditório. Sydney também compareceu a mais palestras importantes do que a maioria dos professores, mas todo mundo sabe que ela só vai nessas coisas para poder paquerar alunos da pós. Ainda assim, ela é inacreditavelmente intimidante. Só interagi com essa garota por medo e pelo tipo de respeito reverente que você talvez tenha em relação a Deus.

— Quem é a sua amiga? — perguntou Sydney, puxando a cadeira a meu lado e abrindo um largo sorriso. Dei um suspiro de alívio. Era sempre difícil descobrir em que ponta do espectro bipolar você estaria com ela. Comecei a apresentar Ami, mas Sydney me interrompeu.

— Então, o que você vai fazer no seu projeto final de Introdução à Psicologia?

Sydney estava me encarando cheia de expectativa e a minha mente acelerou furiosamente para descobrir o que dizer. Qual era o prazo? Achei que tínhamos até a semana dos exames finais para entregá-lo, mas talvez eu não estivesse sabendo de alguma coisa.

— Humm — falei —, o uso de adjetivos em sites de relacionamentos na internet. — Considerei por um segundo a possibilidade de que todo mundo já tivesse entregado seus projetos. Será que eu já devia ter terminado?

— Ótimo — disse ela. — Bem, eu gostaria de reunir todos os meus alunos. Você sabe, para uma espécie de grupo de estudos. O que você acha?

Eu preferia arrancar as cutículas de novo. Não sou muito de coisas em grupo, para começar, mas com Sydney como moderadora, este grupo particularmente cheirava a problema.

— Claro — falei, e aí algo me compeliu a acrescentar —, na verdade, estava pensando em como seria legal se alguém organizasse algo assim.

Sydney só ficou olhando, para minha surpresa.

— Bem, vai ser bem pequeno. Só eu, você, Joanna, Ellen e Jenny. Você conhece Joanna, Ellen e Jenny... certo?

Eu só havia interagido com Sydney pouquíssimas vezes e, ainda assim, já sabia como ela funcionava. Isso era típico dela — reapresentar você às pessoas como se fosse incapaz de conhecer alguém sem sua influência. Ela faz isso mesmo quando a universidade é pequena e as pessoas em questão estão no meu período. Com certeza em algumas semanas ela vai estar me apresentando Ami. *Ah, Leigh, você conhece Ami? Ela está estudando para se formar em Belas Artes. Não é sensacional?* Isso é que é Desordem de Personalidade Narcisista.

— É, eu conheço as duas — falei sorrindo entre dentes. — Na verdade, na semana passada mesmo Joanna e eu fomos surfar.

Sydney arqueou as sobrancelhas depiladas demais.

— *Você* surfa?

Não, mas sabia que Joanna surfava. Joanna era o estereótipo da garota californiana, pele bronzeada e cabelos descoloridos, sua conversa largamente salpicada de palavras como *sinistro* e *surreal*. Acho que até a vi patinando uma vez. Na realidade, minha experiência com ela se limitava à vez em que peguei sua caneta emprestada.

— Claro, eu surfo sempre. Quando as ondas estão boas, é claro — acrescentei, com uma jogada de cabelo que indicava que uma surfista do meu calibre tinha que ser muito crítica com as ondas. — Eu adoraria me reunir com Joanna, Jenny e Ellen. Aliás, essa história da Ellen e do noivo é uma pena.

Sydney se inclinou para a frente, um brilho de cobiça em seus olhos.

— O que houve? — perguntou ela, praticamente salivando.

É de conhecimento geral que o noivo de Ellen é um completo babaca e que os dois já teriam terminado a essa altura se ela não tivesse essa necessidade obsessiva de manter as aparências. Portanto, me senti bastante segura em balançar essa fofocazinha em particular na cara de Sydney. Com toda certeza alguma coisa estava acontecendo com Ellen e o noivo, mesmo que eu não estivesse por dentro dos detalhes sórdidos.

Olhei em volta como se estivesse examinando a área.

— Eu provavelmente não devia dizer nada — murmurei, arrependida. Pelo canto do olho vi Ami esconder um sorriso por trás da mão.

Por um segundo senti aquela satisfação, como espremer uma espinha, mas eu devia saber que não era bom me meter com Sydney. Sem encontrar satisfação discutindo a vida amorosa da Ellen, ela se virou para a minha.

— Você ainda está com seu namorado do colégio, certo? Andrew alguma coisa?

Cautelosamente, assenti.

— Por mais de um ano agora — falei, a resposta vindo quase automaticamente. *Ah, há quanto tempo vocês estão juntos? Por mais de um ano agora.* — Andrew Wieland. Ele estuda filosofia.

— Uau! — Sydney soltou a interjeição necessária, mas, pelo tom de voz, não estava impressionada. — É, acho que o encontrei uma vez. Ele só pareceu tão... — Ela deixou a frase morrer, retorcendo os dedos com unhas longas demais enquanto procurava a palavra certa.

— Tão... o quê?

— *Seco* — terminou ela. — Mas eu tenho certeza que vocês são perfeitos um para o outro. — Então aparentemente eu agora sou seca também. — Ele divide o quarto com Nathan McGuire?

— É — respondi laconicamente. Essa era a parte de estudar em uma universidade pequena que ninguém lhe contava. Claro, você pode ir a pé a qualquer lugar no campus em menos de dez minutos e, sim, é legal que as turmas não tenham mais do que 30 alunos. Mas todo mundo sabe *tudo* sobre todo mundo. É como um gigantesco jogo de telefone sem fio, ou um grupo de costura.

Ela bateu os cílios, grudentos e grossos por causa do rímel.

— Para um calouro, ele é *gato* — falou cheia de entusiasmo.

— Acho que sim — dispensei. — Se você gosta desse tipo de coisa.

Esse tipo de coisa sendo cabelo escuro, olhos verdes e um corpo alto, musculoso e esguio que rivalizava com qualquer galã adolescente. Eu já vi o cara sem camisa, lembrem-se. Mas ele tem o traquejo social de uma criança de dois anos esquisita e obcecada por matemática.

— Bem, *eu* acho que ele é gostoso — reiterou Sydney, para o caso de eu ter ficado, de alguma forma, confusa da primeira vez. — É verdade que o pai dele morreu há alguns anos?

Fiquei surpresa, mas não quis demonstrar.

— Humm, é, acho que sim.

Sydney fez uma cara que podia tão facilmente significar "isso é interessante" quanto "que pena", e aí jogou o cabelo longo e pintado de preto para trás antes de dar uma espiada no relógio caro de grife.

— Eu adoraria ficar e bater papo, Leigh, mas tenho uma reunião daquele projeto de pesquisa sobre os rituais de acasalamento dos leões-marinhos da Califórnia. — Ela riu, um som agudo que ficou ressoando no meu ouvido como um tinido. — Como eu acabo enrolada nessas coisas?

Você se ofereceu como voluntária, Sydney.

— Eu a manterei informada sobre o grupo — falou Sydney, já me dispensando enquanto se levantava, alisando a saia curta demais. — E você, *me* manterá informada sobre o Nathan.

É, eu aviso quando ele decidir fazer uma lobotomia. Sorri com a ideia, sem ligar se Sydney pensava que era para ela.

— Com certeza.

Sydney saiu andando como uma cegonha de salto alto, o queixo projetado no ar. Ela usa salto com tudo — jeans, shorts, *especialmente* minissaias. A pior parte é que é óbvio que ela não sabe andar com eles, já que nunca dobra os joelhos e, em vez disso, usa os braços para se impelir, bambeando dos lados como uma malhadora determinada. A cabeça fica jogada para a frente como uma girafa superansiosa e, de alguma forma, ela consegue projetar peitos (seu grande orgulho) ao mesmo tempo. Tudo isso junto cria um visual muito, muito engraçado.

— É triste isso do pai do Nathan, se for verdade — disse Ami depois de Sydney ter ido embora. — E Sydney está certa; ele é gato.

— Cale a boca — falei, mas estava sorrindo. De uma forma doentia, eu me divirto com pessoas como Sydney. Ela é como um caso ambulante. De *quê*, eu não faço ideia, mas é divertido tentar descobrir.

> RITMOS CIRCADIANOS: Nossos ritmos
> circadianos endógenos mais familiares controlam
> o estado de vigília e o sono.

CHEGUEI em casa naquela noite e encontrei um e-mail do Dr. Justus, meu professor de história, me esperando. Se dependesse de mim, eu nunca faria uma matéria que não fosse de psicologia durante meus quatro anos inteiros, mas aparentemente há algo chamado "abrangência de temas" que eles encorajam aqui. Além disso, tecnicamente não posso me inscrever para outras aulas de psicologia até passar em Introdução à Psicologia e de jeito nenhum a Dra. Harland me deixaria assinar um contrato para só uma matéria.

O e-mail estava endereçado a mim, com meu nome inteiro no assunto, como se eu pudesse confundir o e-mail enviado para a minha caixa de entrada com um para outra Leigh.

LEIGH NOLAN,
SENTIMOS SUA FALTA NA AULA HOJE. POR FAVOR, OBSERVE, NO ENTANTO, QUE SUA AUSÊNCIA NÃO A EXIME DE ENTREGAR O TRABALHO DE ANÁLISE CRÍTICA DO TRIMESTRE. ESPERO POR ELE NO MEU ESCANINHO AMANHÃ.
JUSTUS.

— Merda. — Fiquei olhando para o monitor, incrédula, enquanto Ami aparecia por trás de mim, comendo batatas chips com estardalhaço no meu ouvido. — Lembra que matei minha aula de história porque não fiz o trabalho?

— Achei que você tinha matado aula porque o cinema de um dólar estava passando *Dirty Dancing: Ritmo Quente*.

— Bem, sim — falei. Aquele filme é genial. Todo mundo pira com a fala "Ninguém coloca Baby no canto", mas a minha parte favorita é quando Baby grita o nome do Johnny com uma voz supersexy, e aí não tem NADA a dizer. Ela só fica parada ali, como uma idiota. — Mas agora parece que eu tenho que estar com meu trabalho de análise crítica pronto e entregar para o Dr. Justus até, tipo... amanhã.

Ami se inclinou por cima do meu laptop, as batatinhas silenciadas por alguns momentos enquanto lia o e-mail.

— O que é uma análise crítica? Tipo resumir um livro, ou algo assim?

De tempos em tempos, eu fico irritada com quão pouco Ami realmente estuda. Ela é a única caloura que conheço que tem dois dias de folga por semana e já declarou em várias ocasiões que seu objetivo é evitar escrever um único trabalho ou até mesmo fazer uma prova durante a faculdade. E ela está totalmente explorando o sistema de contrato, já que encontrou um orientador que a deixa se safar com "tutoriais" duvidosos. Eu não me importo até momentos como esse, quando percebo como ela sabe pouco a respeito de habilidades fundamentais de pesquisa. Quero dizer, isso vindo de uma garota que achou que o estilo da ALM era um movimento de moda.

— É basicamente só um trabalho de crítica — expliquei —, que analisa pessoas ou acontecimentos e sua significância histórica. No começo do semestre, escolhemos tópicos e sei lá como acabei com um trabalho sobre Albert Speer, o "bom nazista".

— Quem disse que ele é bom?

— Nuremberg — falei com a cara séria.

Ami assentiu como se isso fizesse todo sentido.

— E você fez... quantas páginas?

Abri um sorriso largo para ela.

— Zero? — As sobrancelhas de Ami se ergueram. — Você ainda nem começou?

— Eu pesquisei, se é isso que você quer dizer — falei, indignada. — Mas se está perguntando quanto eu realmente escrevi...

Ami balançou a cabeça.

— Você não devia ter trabalhado nisso durante os últimos dois meses? Eu sabia que você era de procrastinar, mas, cara.

Olhei de volta para o e-mail no monitor, as palavras queimando minhas retinas. Aí comecei a digitar.

Dr. Justus, obrigada pelo lembrete. Apesar de estar ansiosa para ler seus comentários a respeito da minha análise crítica, infelizmente estou fora da cidade e assim não posso deixá-la no seu escaninho até a semana que vem.

Ami engasgou com um pedaço de batata.

— E se ele vir você pelo campus? Presumo que você não vai matar todas as suas outras aulas. E se ele falar com algum dos seus outros professores? Além disso, você sabe que ele só vai pedir para você mandar o trabalho por e-mail.

Relutantemente, deletei a última frase do e-mail. Por mais que eu odiasse admitir, Ami estava certa. A regra número dois da mentira é torná-la tão hermética quanto possível. O que só

70

nos leva de volta à regra número um: nunca seja pega. Aquela mentira tinha furos demais para que meu blefe fosse seguro. Meus dedos descansaram em cima do teclado enquanto eu pensava, até que finalmente comecei a digitar de novo.

Apesar de estar ansiosa para ler seus comentários a respeito da minha análise crítica, o meu computador está com algum vírus que apagou todos os meus documentos. O departamento de informática do campus está tentando recuperá-los, mas não está certo no momento se serei capaz de reaver todos.

— Ah, meu Deus — gemeu Ami. — Você é tão ridícula. O que vem depois, Leigh? Por que não "o cachorro comeu o meu dever de casa" ou "devo ter posto o trabalho na outra mochila"?

Sem paciência, deletei as últimas frases.

— Então o que você sugere?

— Sei lá... por que você simplesmente não manda um e-mail para o Dr. Justus e diz que vai botá-lo no escaninho amanhã?

Girei na cadeira para encará-la.

— Ah, entendi — falei, animada. — E aí, quando ele me retornar e disser que nunca o recebeu, eu vou reagir como se estivesse muito confusa e preocupada e insistir que o deixei lá. Aí, eu já terei escrito o trabalho e simplesmente me oferecerei para mandar outra cópia para ele.

Ami colocou as mãos nos meus ombros, seus olhos negros como tinta prendendo os meus, cinzentos.

— Ou você pode simplesmente fazer o trabalho.

— Escrever tudo? Esta noite?

— Você não me engana nem por um segundo, Leigh. Toda vez que tem um trabalho para entregar, você faz isso. Pesquisa e sublinha obsessivamente e aí, na noite anterior, entra em pânico e começa a inventar desculpas idiotas sobre por que não o fez ou a planejar como largar a matéria. Mas você sempre se recupera, escreve um relatório incisivo de cinco páginas sobre um livro que não leu e o entrega no dia seguinte. Você é uma máquina.

Sorri para ela.

— Eu trabalho melhor sob pressão, não é?

— Tanto que me dá vontade de vomitar — disse Ami com um sorriso. — Agora, mãos à obra.

Ami pode ser encorajadora quando quer, mas inevitavelmente sua própria falta do que fazer a leva a se tornar a maior distração de todas. Na primeira hora em que sentei para fazer o trabalho, ela me perguntou se queria sair para tomar sorvete, descer para verificar a nossa correspondência e pintar as unhas. No final, eu acabei ligando para Andrew. Como esperado, ele também estava estudando e me disse para ir para lá.

— Você pode colocar o seu laptop na cama, se quiser — disse ele quando cheguei lá.

Olhei para o quarto. A cama de solteiro de Andrew estava coberta de roupa suja e papéis, e havia pilhas de livros da biblioteca em todas as superfícies imagináveis. O chão não estava muito melhor, com caixas pela metade ainda espalhadas por ali.

— Há algum outro lugar onde eu possa trabalhar? — perguntei, sem acreditar muito. Trabalhar encurvada sobre o laptop, com roupa suja empilhada atrás de mim para que a cabeceira não machucasse minhas costas, não era exatamente minha maneira ideal de fazer as coisas.

— Você quer dizer, tipo a mesa? — Andrew gesticulou mordazmente para os papéis espalhados pelo tampo de mesa, cobrindo até mesmo metade do teclado do computador. — É onde eu estou trabalhando, Leigh.

— Acho que vou só estudar na sala comum, então. — Eu suspirei, dando-lhe um sorriso para ele saber que eu estava tentando me manter positiva. — Provavelmente é melhor que a gente não fique no mesmo quarto, de qualquer modo. São menos distrações assim.

Andrew franziu o nariz para mim.

— A mesinha de centro na verdade está um pouco grudenta agora. Houve um pequeno acidente envolvendo molho de pato. — Seu rosto se iluminou. — Mas, ei, por que você não usa o quarto do Nathan? Ele vai ficar a noite toda fora e tenho certeza de que não se importaria.

Como se isso não fosse ser esquisito.

— Não sei, não...

Mas Andrew já estava me guiando para fora do seu quarto e para o quarto do Nathan.

— Vamos — disse ele —, ele nem vai saber.

Eu só havia visto uma nesga do quarto do Nathan pela porta aberta antes e, tenho que admitir, estava curiosa. A primeira coisa que me chocou foi que não era tão arrumado quanto pensei que seria. Não que fosse um desastre, mas, na minha cabeça, um estudante de matemática travado devia ter pelo menos um pouco de TOC. Mas, como Andrew, Nathan tinha vários livros da biblioteca ao lado da mesa, numa pilha perigosamente alta. Ele devia estar no meio da troca das cordas de seu violão, porque o instrumento estava deitado, vazio em sua cama, com cordas enroladas e jogadas de qualquer jeito ao lado dele. E no chão havia uma camiseta embolada do Velvet Underground que reconheci como a que o vira usando ontem.

— Tem certeza de que Nathan não vai precisar do quarto? — perguntei.

Andrew deu uma risadinha.

— Sim, tenho certeza. Ele tem um encontro importante esta noite. Eu não ficaria surpreso se não o visse durante a próxima semana.

— Sério? Eu não sabia que ele estava saindo com alguém.

Andrew deu de ombros.

— É meio recente. Lembra-se da Heather, a garota que passou a semana de orientação bêbada no pátio, gritando sobre o quanto gostava de sexo? — Ele não esperou pela minha resposta. — Ela é o encontro importante do Nathan.

— Ah — disse eu. Havia muitas Heathers (e não do tipo descolada, de filme de comédia de humor negro), então isso na verdade não dizia muita coisa. Várias meninas haviam encarnado o personagem da mulher "louca por sexo". Sou totalmente a favor da libertação sexual das mulheres, mas... que nojo.

— De qualquer modo, se você precisar de qualquer coisa, é só entrar no meu quarto. — Andrew se inclinou para perto para me dar um beijo rápido na testa. — Ah, mas tente não fazer isso muitas vezes... está bem, amor? Não posso me dar o luxo de me desconcentrar agora.

Com isso, Andrew foi embora, fechando a porta atrás de si. Se era estranho estar no quarto de Nathan com Andrew, era ainda mais estranho estar lá sozinha, com a porta fechada. As paredes eram cobertas de pôsteres de bandas — a maior parte das quais eu já ouvira falar, mas algumas, não. Tom Waits, Gang of Four, Velvet Underground... Espiei mais de perto para ler as letras pequenas em um pôster do *Great Rock 'n' Roll Swindle* do Sex Pistols.

Sentindo-me como uma intrusa, tirei alguns papéis da mesa dele com cuidado para abrir espaço para o meu laptop. Havia folhas pautadas cobertas de números e equações incompreensíveis, pautas com formações de acordes e um envelope remetido por Patricia McGuire (a mãe dele?). Fiquei particularmente surpresa por descobrir que Nathan gostava de desenhar... gatos. Havia pequenos desenhos de caras de gatos, um gato correndo atrás de um rato, gatos brincando com novelos de lã... quem diria que Nathan McGuire se correspondia com a mãe e tinha uma queda séria por gatos?

Acho que, na análise junguiana dos sonhos, gatos representam a *anima* ou o *self* feminino do homem. O que quer que *isso* signifique.

Eu me sentei e abri o laptop, decidida a trabalhar. Afinal de contas, eu saíra do meu próprio quarto por causa de Ami e suas interrupções frequentes. Um e-mail que eu *não* queria escrever para o Dr. Justus (que é meio ríspido e velho) era o que dizia a verdade.

Caro Dr. Justus, eu só queria escrever para pedir desculpas pelo meu fracasso em entregar um trabalho de análise crítica. Entenda, primeiro havia essa garota que só carregava uma melancia e que acabou dançando com o empregado bad boy em um resort de verão. Aí eu estava no quarto do colega de quarto do meu namorado e simplesmente tive que xeretar um pouco. Sabe, dar uma olhada na coleção de DVDs dele, saber se ele usa cueca tipo sunga ou samba-canção, se guarda corpos de estudantes de humanas ou ciências sociais debaixo da sua cama... esse tipo de coisa.

(Samba-canção, por falar nisso. E ele tem muitos DVDs de música, ainda que eu tenha visto a primeira temporada de *Flight of the Conchords*. Nada embaixo da cama... que eu tenha conseguido encontrar, pelo menos. Mas esses estudantes de matemática são espertos.)

Depois de várias horas, eu só tinha dez páginas e já estava começando a cansar. Os números vermelhos brilhantes do despertador do Nathan diziam 1h15. Parecia tão mais tarde.

Eu me levantei, ouvindo um estalar satisfatório nas costas enquanto me alongava. Durante a última meia hora eu não ouvira nenhum som de teclas vindo do quarto do Andrew e, quando bati na porta, não houve resposta. Sem fazer barulho, entrei de mansinho.

Ele estava dormindo! Andrew, "não posso me dar o luxo de me desconcentrar", Wieland havia caído no sono! Não dava para acreditar. E, a não ser que ele sempre desligasse o computador e vestisse o pijama quando estudava, ele fora dormir *de propósito*. Eu queria sacudi-lo. Como ele ousava ir dormir quando eu ainda tinha mais dez páginas para escrever?

Mas ele parecia tão tranquilo dormindo. Em vez de acordá--lo, uma parte de mim considerou se enroscar ao lado dele e dormir um pouco também. Eu estava tão cansada...

Dez páginas. Era o que eu tinha que continuar dizendo a mim mesma. Dez páginas e uma página de referências. Aí amanhã eu mataria a aula de Teatro em Língua Inglesa (juro, isso não está se tornando um hábito, mas essa aula é muito idiota) e dormiria o dia inteiro. Eu só tinha que passar dessa noite.

Estava estudando direto há meia hora quando a porta se abriu de supetão e Nathan entrou, parecendo tão sobressaltado quanto eu.

— O que você está fazendo aqui? — gaguejei depois de recuperar o fôlego.

— O que *eu* estou fazendo aqui? — repetiu ele, sem acreditar. — Este é o *meu* quarto. Qual é a sua desculpa?

Como se a situação toda já não fosse surreal o suficiente, eu não podia acreditar que estava vivenciando a discussão clássica do "o que você está fazendo aqui", tão comum em sitcoms e comédias românticas. Mas lá estava eu, sentada na cadeira do Nathan, à mesa *dele*, enquanto ele continuava de pé no vão da porta olhando para mim como se estivesse considerando seriamente a política estadual sobre confinamento involuntário em um hospício.

— Eu precisava de um lugar tranquilo para estudar — tentei explicar. — Ami estava me distraindo e então vim para cá, mas Andrew precisava da mesa para estudar e tinha algum problema com molho de pato e ele disse que você não voltaria para casa hoje, então...

Só aí é que eu realmente me toquei das roupas do Nathan. Ele e Heather deviam ter ido ao Olive Garden ou sei lá onde, porque ele estava definitivamente muito mais arrumado do que jamais o vira, usando uma camisa branca impecável e calças cargo verde-escuras. Eu achava que ele não tinha nada além de camisetas de banda.

Também parecia muito cansado. Os punhos da camisa estavam enrolados e o botão de cima estava desabotoado. O cabelo escuro parecia bagunçado como se eu tivesse passado os dedos pelos cachos a noite toda. Ou talvez tenha sido Heather.

— Eu sinto muito — falei, juntando os meus livros. — Vou sair do seu pé em um minuto. — Só pensar sobre os cabelos dele e eu estava virando uma idiota balbuciante. — Do seu quarto, quero dizer.

Nathan me deu um olhar exausto.

— Quanto mais você precisa fazer?

— Umas dez páginas? E uma página de referências.

— E quando você tem que entregar?

Eu estava estudando história europeia contemporânea, então talvez estivesse enganada, mas podia ter jurado que a Inquisição Espanhola acabara há centenas de anos.

— Humm... amanhã.

Seus olhos verdes se arregalaram.

— *Amanhã?* — repetiu ele. — Nada como a emoção do último minuto, não é?

— Bem, obrigada por me deixar usar o seu quarto. Ou não *deixar*, exatamente, mas não pirar por eu tê-lo usado. Ou... você sabe. — Percebi que estava tagarelando de novo e provavelmente parecia uma idiota, porque estava usando o queixo para manter os livros no lugar e não conseguia abrir a boca direito, senão os livros iam despencar. — Então, enfim, vou para casa agora. Valeu, mais uma vez, e... sinto muito.

Nathan me deteve à porta e, por algum motivo, comecei a pensar nos desenhos de gato de novo.

— Ouça — disse ele, esticando as mãos para os livros. — Nós dois sabemos que, se você voltar para o quarto, Ami vai estar lá e vai querer ver *A garota de rosa-shoking* pela centésima vez. Você nunca vai conseguir fazer o trabalho lá.

Eu só consegui ficar olhando de boca aberta para ele.

— *A garota de rosa-schoking* é um bom filme — protestei debilmente.

Ele me deu um sorriso torto.

— É, mas não é nenhum *Gatinhas e Gatões*, tem que admitir. E você ainda tem dez páginas para escrever.

— E uma página de referências — acrescentei, ainda me sentindo um pouco derrotada.

— A questão é que eu provavelmente só vou apagar, então você pode terminar seu trabalho aqui, se já o começou. — Ele esfregou o lado de seu maxilar. — Quero dizer, se você quiser.

Se eu não soubesse, acharia que Nathan McGuire — colega de quarto do meu namorado, que tenho quase certeza que me despreza — havia acabado de me convidar para estudar em seu quarto enquanto ele dormia. Era uma ideia tão bizarra que nem consegui absorvê-la.

— Esqueça — disse Nathan abruptamente, dando um passo para o lado para me deixar passar. — Eu nunca deveria ter oferecido.

— Não! — A palavra saiu da minha boca antes que eu pudesse impedir. — Quero dizer... eu agradeço de verdade. Realmente tenho muito trabalho a fazer.

O olhar dele passou pelo meu rosto antes de ele assentir laconicamente e colocar meus livros de volta na mesa.

— Está bem — falou.

Ele atravessou o quarto até a cômoda, tirou algumas roupas de uma das gavetas e foi para o banheiro. Eu mal tinha conectado o laptop de novo quando ele voltou, usando uma camiseta cinza e calças de flanela. Fiquei sentada ali, sem saber o que dizer.

— Você pode deixar a luminária da mesa ligada — disse Nathan, e então, com um farfalhar das cobertas, ele estava dormindo.

— Leigh! — A voz era baixa e urgente no meu ouvido. — Leigh! Acorde!

— Nathan? — Em meu estado semiadormecido, achei que devia ser ele. Mas então abri os olhos e vi Andrew me encarando.

Fiquei ereta na cadeira na mesma hora, minhas costas protestando imediatamente. — Que horas são? — perguntei, dando uma espiada no despertador na estante do Nathan, que também servia como mesinha de cabeceira, centro de entretenimento e, se a última prateleira com pelo menos três pares de All Star devesse ser considerada como tal, seu armário de sapatos. Onze e dezessete. Tive um ataque de pânico por dois segundos até me lembrar que havia terminado o trabalho por volta das cinco da manhã antes de finalmente adormecer. O Dr. Justus normalmente verificava seu escaninho por volta da hora do almoço, o que significava que eu estaria forçando a barra se parasse para imprimir o trabalho na minha própria impressora.

— Posso usar a sua impressora? — perguntei ao Andrew. Pela primeira vez, percebi como ele parecia irritado.

— Por que você não usa a do *Nathan*? — explodiu ele. Não entendi nada.

— Acho que já abusei demais, não?

— Não sei, será? Como você acha que me senti quando Nathan veio me dizer hoje de manhã que a *minha* namorada estava dormindo na mesa dele?

Levei alguns segundos para registrar que Andrew estava com ciúmes. O Andrew — normalmente tão equilibrado e calmo — estava com ciúmes de verdade!

— Sinto muito — falei, tentando esconder o sorriso. — Eu estava estudando e simplesmente perdi a noção do tempo. Não foi nada de mais.

Andrew grunhiu.

— Bem, foi desagradável ouvir como ele pareceu convencido quando me disse para acordá-la e saber se você tinha terminado o trabalho. Como se ele soubesse o que é melhor para a *minha* namorada.

Apesar de estarmos namorando há mais de um ano, eu ainda sinto uma emoçãozinha quando ouço as palavras *minha namorada* saírem de sua boca, principalmente quando ele enfatiza a primeira palavra como estava fazendo agora. Eu estava acordada há cinco minutos e ele já me chamara assim duas vezes. Eu gostava desse humor possessivo.

Ele suspirou.

— Desculpe, Leigh. Eu não devia tê-la colocado nessa posição. Realmente não achei que ele fosse voltar para casa ontem à noite. Heather deve estar perdendo a manha se ela...

— Não se preocupe — interrompi. — Como eu disse, não foi nada de mais.

Andrew esticou a mão para tocar meu rosto.

— Eu sei — disse ele. — Só pensei que, se você ia dormir aqui, seria comigo.

Era a primeira vez que ele falava em dormir com ele em algum tempo, e eu sabia que tinha que tomar cuidado.

— Eu quero passar a noite com você, Andrew — falei baixinho.

Ele sorriu, seus olhos castanhos cálidos no meu rosto.

— Sério?

— Sério — garanti.

Andrew deu um beijo apertado nos meus lábios.

— Bem, então vamos conectar a impressora para você.

> FACILITAÇÃO SOCIAL: A ideia de que estar
> em um grupo ajuda na realização de tarefas
> simples, mas, na verdade impede a realização
> de outras, mais complexas.

INFELIZMENTE, só tive a chance de usufruir de três horas de
sono entre a noite passada quase em claro e a grande apresentação sobre gravidez na adolescência na Simms Middle School.
Eu estava cansada e meio grudenta, e o litro de refrigerante
que bebera mais cedo me deixou estranhamente agitada e
precisando muito de um banheiro. Mas pelo menos desta vez
eu estava dez minutos adiantada e sabia aonde ir. Estava até
usando sapatilhas de Ami para a ocasião, apesar de serem um
tamanho menor do que os meus pés e estarem começando
a me machucar de verdade. De alguma forma, achei que a
mensagem de "não façam sexo ou podem acabar tendo um
bebê" seria menos convincente em All Stars velhos.

Levei algum tempo para criar a minha abordagem. Afinal
de contas, o projeto D.A.R.E.[2] era baseado em montes de
pesquisa e anos de experimentação e ainda era bastante inefi-
caz na prevenção do consumo de drogas. Na realidade, havia

---

[2] Programa Educacional de Resistência às Drogas e à Violência do Departamento
de Polícia de Los Angeles (*N. da T.*)

um grupo grande de pessoas na minha escola que achava o cúmulo da ironia usar as antiquadas camisetas da D.A.R.E. enquanto acendiam um baseado. Mas também, essas são as mesmas pessoas que dão gargalhadas com os últimos reality shows sobre várias pessoas correndo para ganhar um prêmio de um milhão de dólares ou dormindo com o mesmo cara na esperança de serem selecionadas como o verdadeiro amor dele no final.

Era difícil descobrir o que eu poderia dizer em meia hora que alertasse um grupo de meninas pré-adolescentes contra a gravidez. Se essa fosse uma das minhas aulas da faculdade, eu teria preparado uma apresentação de PowerPoint e encerrado a questão. Mas tenho quase certeza de que a aluna média do ensino fundamental está mais interessada em assistir ao clipe da Christina Aguilera em quarto lugar na MTV do que ficar sentada durante meia hora vendo uma apresentação de slides cheia de dados e pesquisas.

Ellen já estava lá quando cheguei. Ela olhou para as minhas mãos, quase vazias a não ser por uma pequena pilha de cartões de referência.

— Você não tinha que fazer algum tipo de apresentação hoje?

Como se ela não tivesse passado a última semana me importunando sobre isso.

— Sim — respondi sucintamente.

Ellen ergueu as sobrancelhas, mas pelo menos não falou mais nada. Algumas das outras orientadoras começaram a chegar e então o último sinal tocou e as meninas começaram a entrar também. Rebekah me lançou um olhar de ódio, mas Molly sorriu para mim enquanto se sentava no chão.

— Você vai falar hoje? — perguntou ela. — Você é engraçada.

Não pude evitar de me sentir emocionada.

— Bem, obrigada — falei, contendo o ímpeto de mostrar a língua para Ellen. Aposto como as meninas a achavam tão engraçada quanto assistir ao canal de notícias. Na semana passada, quando fizemos um círculo e nos apresentamos, Ellen listou seus interesses de pesquisa e o fato de que trabalhava meio período como arquivista em uma firma de advocacia no centro da cidade. Todas as outras só haviam falado sobre seus animais de estimação ou suas cores favoritas.

Naquele momento, Linda entrou e a reunião começou oficialmente. Tínhamos algumas garotas novas, então foi determinado que faríamos o círculo *de novo*, só que desta vez ela se decidiu por uma apresentação mais focada.

— Por que todo mundo não diz seu nome hoje? — sugeriu ela, olhando em volta da sala com olhos brilhantes. — E aí, depois, digam... qual seria o nome do seu primeiro filho!

Bela maneira de desencorajar a gravidez na adolescência, Linda. Aposto que o D.A.R.E. nunca teve que lidar com esse tipo de besteira. *Vamos apenas nos apresentar e, enquanto estamos fazendo isso, digam aos outros a sua droga preferida.*

Não foi surpresa quando, na sua vez, Ellen disse que não queria ter filhos.

— Meu noivo e eu somos muito focados no trabalho — disse ela, dando de ombros despreocupadamente.

Ellen nunca seria a heroína de um romance brega. Nos romances, a protagonista é sempre uma mulher maternal e carinhosa que não se incomoda quando a sobrinha pequena do herói assoa o nariz em seu caríssimo vestido de seda. Aí o herói vê como ela é diferente de sua ex-namorada, que surtou quando a menina espirrou no vestido de grife *dela*, e se apaixona.

Finalmente chegou a minha vez.

— Rocky — disse eu. — Em homenagem a Rocky Balboa, o garanhão italiano.

Todo mundo riu, mas eu não estava brincando totalmente. Qualquer pessoa que tenha assistido a qualquer um dos filmes do Rocky ficaria orgulhosa em criar um filho com esse nome. Quero dizer, quem pode não defender uma homenagem a um cara que derrotou Ivan Drago e o comunismo, tudo em uma só luta incrível? Ninguém que ame os Estados Unidos, com certeza.

Quando o evidente encorajamento à procriação havia acabado, Linda finalmente se virou para mim.

— Então, Leigh — disse ela, aquele sorriso falso que era sua marca registrada estampado no rosto. — Na semana passada você teve algumas coisas interessantes para dizer a respeito de gravidez na adolescência. Gostaria de partilhá-las agora?

— Claro — disse eu, me levantando. — Mas, antes, posso pedir duas voluntárias?

Molly esticou a mão de imediato. Percebi que Rebekah estava examinando as unhas como se *spoilers* da mais nova série de TV estivessem escritos em seu esmalte. Eu queria muito escolhê-la, mas havia dito "voluntárias". E infelizmente a parte dos métodos de pesquisa de Introdução à Psicologia já havia gravado na minha cabeça que os experimentos agora deviam ter *participantes* em vez de *objetos*. Semântica idiota.

— Molly. — Acenei a cabeça na direção dela. Olhei em volta da sala e meus olhos pousaram em uma menina ligeiramente acima do peso com cabelo louro-acinzentado. Acho que ela havia dito que seu nome era Kathy, ou será que era o nome que queria dar à sua filha? Eu não conseguia me lembrar.

— E, humm... você — falei, apontando para Kathy ou para a futura-mãe-da-Kathy. — Muito bem, vocês duas podem ficar de pé aqui comigo. Bem, na semana passada nós falamos sobre o efeito que uma gravidez indesejada poderia ter em uma vida de mentira, mas vamos falar hoje sobre o que poderiam fazer neste momento se tivessem um bebê.

Remexi em meus cartões de referência.

— O que eu tenho aqui são situações nas quais vocês poderiam se encontrar se tivessem um bebê hoje. Molly, pode pegar o primeiro, por favor?

Molly olhou para mim meio em dúvida, como se já estivesse arrependida de sua decisão de se apresentar como voluntária. Finalmente, selecionou um dos últimos cartões e o virou para ler.

— *Há uma prova importante amanhã e você tem que estudar. Infelizmente, seu bebê de dois meses não para de chorar.* — Ela leu e depois olhou de volta para mim. — *O que você faria?*

— Alguém? — Olhei com expectativa para a multidão de rostos impassíveis.

Finalmente, uma menina cujo nome eu me lembrava ser Tawnya ergueu a mão.

— Eu pediria à minha mãe para cuidar dele, porque tenho dever para fazer.

Sacudi a cabeça.

— Sua mãe está cansada de ter o bebê jogado para cima dela e está ocupada assistindo ao seu reality show favorito. Você vai ter que resolver isso.

Outra menina ergueu a mão.

— É só ignorar. O bebê vai parar de chorar.

— E se ele estiver com fome? — perguntei. — Ou com a fralda molhada? E se estiver doente? E se ele não parar de chorar, você vai conseguir se concentrar no seu dever?

As meninas começaram a sacudir a cabeça, entendendo. Encorajada pelo interesse delas e pela cara irritada da Ellen, deixei Kathy/mãe-da-Kathy escolher outra situação, que envolvia ter que perder uma festa porque não podia deixar o bebê. Depois disso, fizemos várias outras situações, até eu ter certeza que as garotas estavam começando a entender uma fatiazinha da responsabilidade que uma criança representa.

Finalmente, Rebekah ergueu a mão. O tempo inteiro ela estivera sentada no fundo, soprando a franja comprida para longe dos olhos e olhando para o teto.

— Sim? — Sorri para ela.

— E quanto ao aborto? — perguntou ela.

Gelei.

— Aborto? — repeti.

Ela assentiu.

— É. Se um bebê dá tanto trabalho, por que não simplesmente abortá-lo?

Ellen ergueu a mão (totalmente supérfluo, é claro, porque ela já começara a falar sem esperar ser chamada).

— Não é verdade que, lá pela oitava semana, os principais órgãos do bebê já começaram a se formar?

— Humm — disse eu —, não sei, na verdade. — Até agora, só havíamos passado pelas partes de sensação e percepção e psicologia cognitiva do livro de Introdução à Psicologia. Só começaríamos com desenvolvimento em novembro.

— É verdade — falou Ellen. — Na quinta semana, eles têm baço.

Como poderia ter lido tudo e saber essas coisas quando ainda nem havia comprado o livro? Sim, eu sei que isso faz de mim uma péssima aluna, mas sério, por que eu gastaria cem dólares em um livro quando posso usar a Wikipedia de graça?

— Obrigada, Ellen — disse eu, minha voz nojenta de tão doce. — Como Ellen acabou de demonstrar tão habilmente, é *muito* importante se informar. No fim das contas, cada mulher decide o que fazer com seu filho e seu corpo, mas a melhor coisa que você pode fazer é se educar e saber o que a deixaria tranquila.

Os olhos de Linda pareciam que iam saltar das órbitas.

— Está bem, talvez possamos falar sobre isto um outro dia. — disse ela. — Mas temos outras coisas para fazer, então vamos só...

Mas havia uma seriedade no rosto da Rebekah que me disse que a pergunta não era só uma forma de me atacar. Eu não ia dar para trás nessa.

— Como você é menor de idade, seria decisão dos seus pais também. Sei que é uma droga, mas é assim que funciona.

Tentando redirecionar a questão do aborto de volta à gravidez na adolescência, eu me dirigi ao grupo todo.

— O aborto é uma opção legalmente disponível para vocês, mas lembrem-se de que não é um método para prevenir a gravidez. Por exemplo, se estão pensando seriamente em fazer sexo, devem visitar um médico e...

Rebekah me interrompeu.

— *Você* faria um aborto?

Merda.

— Eu... eu não sei — falei. — Realmente não sei.

Linda disparou na minha frente, recolhendo os cartões de Molly e de Kathy/mãe-da-Kathy, enxotando as meninas de volta para seus lugares.

— Muito bem — disse ela, com a voz aguda. — Acho que só temos tempo para isto hoje. Não queremos que vocês, percam o ônibus! Nós nos vemos semana que vem!

A sessão explodiu em um remexer de mochilas e empurrões para chegar à porta e eu me virei confusa para Linda.

— Elas ainda tinham cinco minutos — falei. — E parecia que estavam prestando atenção de verdade.

— Você estava *encorajando* as meninas a fazer sexo — sibilou ela —, com todo esse papo de abortos, clínicas e pílula.

Eu pisquei.

— Estava tentando dar a elas informações corretas — disse eu. — Se elas já pensavam em fazer sexo, elas vão fazer, se a gente falar a respeito disso ou não. Pelo menos se tiverem alguma informação, elas serão mais capazes de se protegerem.

Linda cerrou os dentes.

— Bem, não falamos dessas coisas aqui.

Ela saiu marchando, me deixando de pé ali com minhas fichas de referência, completamente desconcertada. Acho que os bebês hipotéticos dos quais estivéramos falando agora mesmo brotavam do chão, sei lá. Até agora, esse programa de orientação não fazia o menor sentido.

— Mandou bem — disse Ellen, passando por mim com um sorriso convencido.

Ellen com certeza seria a outra em um romance. Aquela que tentava sabotar a heroína no trabalho, mas acabava sendo pega trapaceando e levando todo o crédito por trabalhos que na realidade haviam sido feitos pela heroína. Seria demitida e, enquanto isso, o herói e sua linda e honesta funcionária fariam amor apaixonadamente na mesa de mogno do escritório dele.

Meus lábios se curvaram para cima no meu próprio sorrisinho superior, mas ele rapidamente se apagou quando me lembrei da situação real. A verdade era que eu não era linda ou honesta, e me sentia meio idiota instruindo um bando de meninas de 13 anos sobre como *não* engravidar quando eu não conseguia nem descobrir como fazer sexo, para começo de conversa.

Acho que é esquisito que eu seja a única garota em idade universitária no UNIVERSO que namora alguém por um ano e *não* transa, mas posso explicar. Apesar de eu saber que é uma coisa completamente brega, de filme para adolescentes, Andrew e eu havíamos planejado que nossa primeira noite juntos seria na noite da formatura. Mas o que esses filmes nunca mostram é a parte onde seu amigo acaba invadindo o seu quarto de hotel porque ele fez um irmão mais velho comprar três caixas de vodca ice e agora estava chorando por causa de uma garota que o dispensara DOIS anos antes, na colônia de férias. Eles também não contam a você que, se depois da formatura o namorado acaba na casa dos avós por um mês e você passa muito tempo esfregando banheiros em uma pousada, torna-se incrivelmente constrangedor abordar a questão do sexo de novo, depois que aquela noite de abandono adolescente passou.

Parecia que ir para a faculdade tornaria a coisa toda muito mais fácil, mas só apresentou um novo conjunto de dificuldades. Conheço muitas pessoas que transam regularmente

90

e colegas de quarto que estabelecem sistemas elaborados de contas em volta da maçaneta ou com um ímã especial preso às portas de metal para indicar que estão tirando proveito de sua liberdade recém-adquirida. Mas Ami e eu havíamos conversado a respeito em uma de nossas primeiras noites juntas e nós duas concordamos que era grosseria expulsar alguém do próprio quarto e que era totalmente esquisito dormir com alguém quando a outra estava lá.

Andrew tinha seu próprio quarto, mas isso não resolvia o problema das camas. Todas as camas eram de solteiro extralongas, ou seja, basicamente camas de solteiro normais das quais cortaram uma lasca na largura para acrescentar ao comprimento. Ou pelo menos é o que parece. Dormi no quarto do Andrew uma vez só, na primeira semana de aulas, e acabei no chão porque ficava caindo pela borda o tempo todo. Desde então, ele não tocara mais no assunto e eu sempre inventava um motivo para querer voltar para o meu quarto, de qualquer modo.

Na faculdade, algumas pessoas criam oportunidades loucas para transar quando e onde quiserem. (Eu até tinha lido no blog anônimo de um aluno sobre transar encostado nas máquinas de lavar roupa, o que me dá mais motivos para ficar irritada quando as pessoas tiram as minhas roupas antes do tempo e as empilham em cima da máquina.)

Enquanto isso, Andrew e eu? Nós gastamos toda a nossa energia tentando descobrir como explicar por que *não* estávamos transando.

Que patético.

> NECESSIDADE DE REALIZAÇÃO: um traço de personalidade que é alto em pessoas que tendem a se preocupar com realizações e têm orgulho em suas conquistas. Essas pessoas evitam riscos altos (porque há uma chance de fracasso) e riscos baixos (porque não vão gerar nenhuma sensação de realização).

SYDNEY me ligou para avisar que o grupo de estudo de Introdução à Psicologia ia se reunir no apartamento dela, que se localizava na divisa com um campo de golfe a cerca de vinte minutos da universidade. Ouvi dizer em algum lugar que o pai da Sydney é um analista de mercado poderoso que ganha, tipo, mil dólares por minuto dando consultoria para corporações. Portanto, eu não devia ter ficado surpresa pelo apartamento da Sydney ser tão bonito quanto era, mas ainda ficava chocada que alguém apenas três anos mais velha do que eu pudesse viver daquele jeito.

Sydney abriu a porta quase antes de eu bater, como se estivesse esperando.

— Leigh! Você não está atrasada! Entre.

Eu não sou enlouquecidamente pontual nem nada, mas também não sou uma daquelas pessoas que compra todo o conceito de "Tempo de Stiles", que supostamente é como essa universidade distorce a sua noção de tempo até você estar cronicamente dez minutos atrasado para tudo. Então coloquei o comentário da Sydney na lista de maldades aleatórias e entrei pela porta.

— Bela casa — comentei.

Sydney desconsiderou seus móveis de mil dólares e centro de entretenimento de última geração com um movimento da mão.

— Eu redecorei o escritório recentemente — disse ela. — Venha, deixe-me mostrar o que fiz com o lugar.

Relutante, comecei a segui-la e quase tropecei em um grande calombo no chão.

Era um gato. E não um gato qualquer. Esse era o maior e mais feroz gato que eu jamais vira. Parecia poder esmagar um tatu com os dentes e tinha os olhos brilhantes como os de um crocodilo. Era mais do que um gato. Era um filme da Linda Blair.

— Ah, esta é a Senhor Wug — falou Sydney. — Cuidado. Ela está sempre no cio.

Tal dona, tal gata.

— *Ela?*

Sentindo outro par de olhos me observando, percebi Ellen empoleirada no sofá, sua coluna ereta mal tocando nas almofadas enquanto ela me olhava com desprazer. Acho que ainda estava chateada com todo o negócio da orientação.

— Ei — falei para testar.

— Olá — respondeu ela friamente. É, ela não ia me dar um pingente de melhores amigas tão cedo. Mas eu ainda não entendia por que ela estava levando o meu papel no grupo de orientação tão pessoalmente.

— Humm... — falei para Sydney. — Ela já fez o tour? — Por mais perversa que Ellen fosse, eu *não* queria ficar sozinha com Sydney.

— Sydney me mostrou a casa mais cedo — disse Ellen, e achei tê-la visto estremecer.

Não levei muito tempo para perceber a razão. Digamos apenas que a única coisa que Sydney tem em comum com Martha Stewart é sua propensão para trapacear. Sua decoração basicamente consistia de fotos de si mesma nua, que supostamente eram para ser "artísticas", mas em vez disso só faziam parecer que ela queria muito, muito se exibir. Que nem é tão bonita, e não estou só sendo maldosa. Os peitos dela pareciam muito estranhos.

Como *pièce de résistance*, Sydney me guiou até o escritório.

— Como pode ver, comprei um Mac novo — disse, gesticulando para o pequeno laptop sobre a mesa. — O velho já tinha mais de um ano, então estava ficando meio lento.

Provavelmente por causa de todas aquelas fotos nuas que havia carregado. Bem ao lado do laptop — onde tenho certeza de que ela queria que eu a visse — estava uma foto 12 x 18 cm em papel brilhante de sua bunda de perfil, bem no início da curva no topo da perna. Desviei o olhar.

— Esta cadeira da escrivaninha é nova? — perguntei, como se me importasse. Era de couro e parecia muito melhor do que as cadeiras parcamente estofadas que eles nos davam nos dormitórios. Nossas cadeiras não tinham rodinhas também, então, se você morasse no primeiro andar sempre, podia ouvir a pessoa acima de você arrastando a cadeira para a frente e para trás no linóleo.

— Não, eu já tinha isso. E a mesa e a estante estavam aqui antes.

Certo, alguém tinha que explicar para Sydney que "redecorar" não significava fazer o papai comprar um laptop novo para você e colocar uma foto do seu corpo nu em cima da mesa. Eu só não ia me oferecer como voluntária para isso.

Felizmente, Sydney só deu de ombros e saímos do escritório, que já estava começando a me deixar nervosa. Depois de apenas dois minutos em seu apartamento, eu já estava com uma sensação esquisita de arrepio na pele, como se um fio de cabelo tivesse se soltado do rabo de cavalo e estivesse roçando nas minhas costas. Talvez seja o fato de que tudo parece vagamente dos anos 1980, mesmo apesar do Mac novo em folha e da TV wide-screen de alta definição. Não da forma descolada do *Napoleão Dinamite*. Estava mais para uma distorção de tempo ensebada e desconfortável, meio como o clip de "Last Night", dos Strokes. Algumas coisas não deviam parecer tão autênticas.

Joanna e Jenny haviam acabado de chegar, então passamos alguns minutos na sala de estar numa estranha conversinha de elevador que na maior parte girava em torno de A) a tese da Sydney (sobre se os zangões preferem luz ou som, ou algo igualmente idiota), B) as aulas e C) nossas opiniões sobre os professores. Joanna e eu passamos alguns momentos nos comiserando sobre como era difícil marcar uma reunião com a Dra. Harland antes que Sydney nos interrompesse.

— Muito bem — falou ela. — É melhor começarmos a trabalhar. Então, alguém trouxe material?

Puxei meu caderno de Introdução à Psicologia. Ellen trouxera uma pasta tipo sanfona com papéis bem-organizados pelas diferentes áreas da psicologia. Tanto Ellen quanto Joanna também haviam trazido seus livros. Eu sabia que Ellen seria membro de carteirinha do clube "otários que compram livros", mas eu não esperava que Joanna entrasse nessa.

Só as mãos da Jenny estavam vazias, seus olhos arregalados e mortificados.

— Esqueci — falou ela, a voz só o fiapo de um sussurro.

Eu já ouvira Ellen se referir a Jenny como a garota DAG, referindo-se à sigla para Desordem de Ansiedade Generalizada. Eu não iria *tão* longe, mas às vezes fico imaginando como Jenny consegue se vestir de manhã. Ainda nem completamos um semestre inteiro e ela já parece a um bimestre da loucura, a um prazo de um colapso nervoso.

Ouvi dizer que os professores-assistentes de Introdução à Psicologia têm uma aposta rolando sobre se ela vai terminar o ano, o que eu acho que é meio cruel. Também é não ter amor pelo próprio dinheiro para aqueles torcendo por Jenny, porque ela tem mais chances de receber um piano na cabeça do que de conseguir sobreviver às provas finais.

Sydney revirou os olhos.

— Só fique sentada aí e ouça — falou ela. — Provavelmente era o que você teria feito, de qualquer modo.

Jenny assentiu humildemente, o rosto mais vermelho do que o cabelo enquanto ela se afundava no sofá. Tentei lhe dar um sorriso encorajador, mas sua cabeça estava baixa e não parecia que fosse fazer contato visual pelo resto da noite.

— Então, primeiro — disse Sydney, dirigindo-se a nós —, vamos começar conhecendo umas às outras. Por que vocês não me dizem em que outras universidades se inscreveram e por que decidiram vir para Stiles?

Ellen pulou para responder, declamando uma lista de universidades que fez meu queixo cair. Praticamente todas as escolas nos Estados Unidos que continham a palavra *universidade* no nome estavam na lista, incluindo as da Ivy League.

— Na verdade, passei para Yale, mas escolhi Stiles por sua abordagem única e independente em relação à educação.

— O fato de que Yale custa, tipo, 50 mil dólares por semestre provavelmente teve algo a ver com isso — murmurei.

Os olhos de Ellen me desafiaram.

— Perdão? — falou ela, mas não parecia muito estar pedindo perdão.

Como se eu fosse lhe dar exatamente o que ela queria — um motivo racional para me odiar, em vez dos numerosos motivos *irracionais* que ela parecia ter até o momento.

— É só que são muitas universidades — disse eu. Os pais dela provavelmente não podiam pagar por Yale depois da declaração de falência por causa dos milhares de dólares só em custos de inscrição, aulas de preparação para o SAR e transcrições para o processo.

Talvez houvesse pequenos cifrões nos meus olhos, porque Ellen pegou a minha dica perfeitamente.

— Meus pais pagam por qualquer coisa relacionada aos meus estudos — falou, jogando o cabelo para trás. — Eles acreditam que a minha educação é a coisa mais importante do mundo.

Que bonito. Fiquei imaginando se eles consideravam o noivo dela como sendo "relacionado aos estudos", já que, pelo que eu sabia, ele estava morando no dormitório de Ellen sem pagar aluguel e ela pagava o seguro do carro dele.

— E quanto a você, Leigh? — perguntou Joanna. — Em que universidades você se inscreveu?

— Só em Stiles — disse eu.

— *Só* em Stiles? — repetiu Ellen. — Isso é burrice. E se não tivesse entrado? Você não teria ido para *lugar nenhum*.

Os olhos da Sydney se iluminaram.

— Andrew já ia estudar em Stiles? Foi por isso que você se inscreveu?

Essa era uma pergunta impossível de responder bem. Se dissesse que não, ia parecer que o Andrew e eu não nos importávamos se ficaríamos juntos. Se dissesse que sim, aí ia parecer a típica garota inexperiente que planejava a vida inteira em torno do namorado do colégio.

— Ele havia pensado nisso — respondi vagamente, esperando que ela deixasse o assunto para lá. Na verdade, Andrew já tinha seus planos para a faculdade bem certos no primeiro ano (como podem ver, pouca coisa mudou). Quando nós começamos a namorar, ele já havia se decidido por Stiles. Eu não me importava muito e a universidade tinha uns folhetos bastante convincentes (se eles não têm uma matéria, você mesmo pode começá-la!), então decidi me inscrever para lá também.

— E quanto à pós-graduação? — perguntou Sydney. — Vocês estão planejando ir para o mesmo lugar?

— Não estou descartando nada — falei. — Só vamos ter que ver como as coisas andam.

Percebi que ninguém estava perguntando à Ellen o que seu noivo planejava fazer enquanto ela estudava na Pensilvânia ou no Havaí ou no Wisconsin, ou em qualquer dos cinquenta estados nos quais ela se inscreveria para a pós-graduação. Eu não sabia muito sobre ele, a não ser que trabalhava em uma xerox e que ele e Ellen estavam sempre discutindo.

O que, infelizmente, posso entender. E pensar que eu costumava ter tanto orgulho do meu relacionamento com Andrew.

— Acho isso maneiro — comentou Joanna, assentindo sua aprovação e silenciando Sydney com eficácia. — Não há necessidade de tomar nenhuma decisão precipitada a esta altura.

Desde o primeiro dia de Introdução à Psicologia, eu marquei Joanna como alguém que queria conhecer. Ela simplesmente é... interessante. Para começar, é uma das maiores garotas que eu já vi. E não estou dizendo como um eufemismo, "ela não é gorda, só tem ossos grandes". Quero dizer que ela é realmente *grande*. Suas pernas são colunas robustas e bronzeadas sob as bermudas de surfista, cintilando com saúde e energia. É sério, não sei se ela passa óleo ou o quê, mas elas cintilam mesmo. Ela tem quase 1,80m de altura e um cabelo louro platinado incrível, que tenho quase certeza que é de verdade, já que seus olhos azuis são emoldurados por cílios impressionantemente brancos. Sempre tive essa sensação esquisita de que, em outra vida, Joanna era uma árvore.

Meus pais hippies ficariam orgulhosos.

— Então, e quanto ao Nathan? Qual é o lance dele? — perguntou Sydney, com aquele estranho brilho nos olhos de novo

— Quem é Nathan? — Ellen olhou de mim para Sydney, não gostando de ser excluída. Jenny levantou brevemente a cabeça como se estivesse interessada, mas seu cabelo ruivo desgrenhado caiu de volta, cobrindo seu rosto.

— Está brincando? Ele é só, tipo, o calouro *mais gostoso de todos*. — Sydney soltou um suspiro dramático e revirei os olhos. Será que ela não podia encontrar um cara da sua idade?

— É o colega de quarto do Andrew — expliquei, já que não achava que a descrição de "cara mais gostoso de todos" fosse produzir um retrato falado da polícia tão cedo. — Ele faz matemática.

Joanna franziu o nariz.

— Então é gostoso, mas meio chato, não é?

Eu podia pensar em chamar Nathan de várias coisas, mas, por incrível que pareça, "chato" não era uma delas.

— Mais tipo metido — falei, e imediatamente senti uma pontada de culpa. Não que eu tivesse qualquer motivo para me sentir culpada; tenho certeza que ele falava coisas piores sobre mim. E só porque ele me ajudou quando eu estava em uma situação difícil com o meu trabalho não significava que fosse uma traição falar dele pelas costas. Certo?

— Bem, eu não ia pedir para ele dar uma palestra, exatamente — falou Sydney com um sorrisinho lascivo. — Tenho certeza de que poderíamos encontrar coisas mais interessantes para fazer.

Nojento.

— Muito bem, Sra. Robinson — falei. — Vamos voltar ao trabalho. — Nunca pensei que eu fosse dizer *isso*.

— Na verdade, não preciso de ajuda em Introdução à Psicologia — falou Ellen. — Fiz a matéria de psicologia no ensino médio.

Eu também fizera essa matéria, e estatística. Mas estava aqui porque fora coagida a isso pela feitiçaria conversacional de Sydney (e também porque Stiles não acreditava em deixar que você "ficasse de fora" de nada, um fato que eu estava odiando muito agora. Inventar suas próprias aulas o caramba).

— Então por que se deu o trabalho de vir? — perguntei. O que, tendo em vista o fato de que eu estava ali por motivos bastante duvidosos, era um pouco sarcástico. Quem se importa?

— Não gosto de ser deixada de fora — disse Ellen. Bem, acho que admitir que você tem um problema *é* o primeiro passo para conseguir ajuda. — E tenho algumas perguntas para Sydney. Você está se inscrevendo para as faculdades de pós-graduação agora, certo? Tem alguma dica que vá me ajudar quando eu fizer minhas inscrições, daqui a três anos?

Sério, tem algo na água dessa universidade. Eu sei que Stiles é "única e independente" ou sei lá o quê, e foi listada em quinto lugar entre as pequenas universidades públicas de profissões liberais com mensalidade abaixo de dez mil dólares por ano nos Estados Unidos. Mas ainda assim.

Sydney praticamente reluziu de prazer por ser o centro das atenções. De novo.

— Bem, normalmente sua inscrição na pós-graduação é feita com as suas transcrições, cartas de recomendação, declaração pessoal e CV.

— Espere — disse Ellen enquanto se apressava para anotar tudo. — O que é um CV? E o que entra na sua declaração pessoal?

Não é como se ela fosse escrever isso agora, pelo amor de Deus. Mas é claro que Sydney se apressou em responder.

— O CV é como seu currículo acadêmico. E a declaração pessoal normalmente reconta suas experiências de pesquisa mais importantes, uma história triste sobre o que você passou para chegar à pós-graduação ou uma combinação dos dois.

Odeio declarações pessoais. Tive que escrever uma para Stiles e foi exatamente como Sydney disse — basicamente você devia discutir uma oportunidade de pesquisa muito impressionante que teve ou inventar alguma historinha dramática sobre a sua vida. Considerando-se que a minha maior experiência em pesquisa no ensino médio foi o ano que passei aprendendo tudo o que podia sobre Olga Korbut (não é muito legal ser a

101

primeira mulher *no mundo* a realizar um mortal de costas na barra em uma competição?), só me sobrava a história triste.

Quando eu tinha 7 anos, uma abelha me picou enquanto eu estava me balançando no trepa-trepa e caí e quebrei o braço. Quando tinha 15, perdi minha posição como representante de classe por causa da minha recusa em dizer o juramento à bandeira todas as manhãs. (Para sua informação eu não sou anti-americana — simplesmente tenho problemas com nacionalismo cego ser ensinado a crianças pequenas.) E, no ano passado, pararam de fabricar minha esferográfica de 0.7mm favorita e todas as canetas que experimentei desde então vazam através da página ou desaparecem em linhas finas como teias de aranha.

Por algum motivo eu achava que nenhuma dessas coisas se qualificava como "obstáculo" digno de uma declaração pessoal. Então, a não ser que algo trágico (mas ainda assim inspirador) acontecesse comigo nos próximos três anos, eu estava basicamente ferrada para minha inscrição para a pós-graduação.

— É claro que o seu CV é onde você pode listar todas as suas realizações — continuou Sydney. — Portanto, se eu fosse você, começaria a anotar todas durante os próximos três anos, para garantir que não vá se esquecer de nenhuma.

Pela forma como a caneta da Ellen se movia furiosamente em seu caderno, eu tinha certeza de que ela já estava começando a listar todas as suas realizações dos últimos dois meses. A parte triste era que ela provavelmente fizera mais nesse período do que eu havia feito em todo o ensino médio.

No ensino médio, eu aperfeiçoei tanto minha capacidade de me envolver, que isso quase se tornou uma arte. Não entrei para a Sociedade Nacional de Mérito, mesmo que isso signifi-casse ser uma das duas únicas pessoas no programa de mérito a não usar uma echarpe branca na formatura. (A outra pessoa era Norm Erwin, que usou o mesmo par de jeans todos os dias durante quatro anos, completo com mancha de ketchup, então eu claramente estava em boa companhia.)

As realizações que eu havia listado na minha inscrição para Stiles: o prêmio *sobresaliente* em Espanhol (não faço a menor ideia de como ganhei isso, já que costumava falar com um sotaque deliberadamente engraçado para não ter que experimentar um sotaque de verdade e me arriscar a passar vergonha), oito anos de violino (toquei no primeiro e depois no oitavo ano, então meio que é verdade) e presidente do clube de palavras-cruzadas (às vezes, amigos vinham até a minha casa para jogar, então com certeza conta).

— Bem, até agora eu sou sócia do clube de Psicologia — disse Ellen, olhando para sua lista, também conhecido como o clube de quem assiste à *Vamos falar.* — E é claro, sempre tem a orientação.

Ela me lançou um olhar mortal e decidi botar lenha na fogueira.

— É mesmo — falei. — Provavelmente vou colocar isso na parte de "lideranças" no meu CV. Sabe, já que comandei a última sessão sozinha e tudo o mais.

— Envenenou a juventude dos Estados Unidos sozinha, talvez — disse Ellen. — Não acredito que você tenha levado a pergunta daquela menina em conta, muito menos respon-dido. Eu teria simplesmente dito a ela que não era apropriado e seguido em frente.

— *Aquela menina* é a Rebekah — falei. — E foi uma boa pergunta. Ela merecia uma resposta.

Impacientemente, Sydney fez um gesto para os papéis em suas mãos.

— Então vocês estão ajudando crianças com a autoestima e essas bobagens. As escolas de pós-graduação adoram isso. Mas não se esqueçam das outras coisas, tipo prêmios e méritos. Depois de três anos, é melhor terem *alguma coisa* para botar lá.

Eu estava presumindo que ser primeiro violino não contava. Comecei a lembrar a todas que havia *mais* do que tempo suficiente para nos preocuparmos com todas essas coisas, mas aí vi de soslaio o rosto da Ellen. Havia um sorrisinho brincando em seus lábios, como se ela intuísse minha frustração e estivesse adorando.

— Bem, entrei para o Concurso Universitário de Redação da Califórnia — soltei. Era totalmente verdade. Quero dizer, só reciclei um trabalho de psicologia do ensino médio, mas já era alguma coisa, certo?

Sydney olhou para mim sem acreditar muito.

— Foi redação criativa ou redação de pesquisa?

— Pesquisa — falei, revirando os olhos, como se quisesse dizer *o que mais seria?*

— Maneiro — disse Joanna. — Sobre o que foi o seu trabalho?

— Influências cognitivas na bulimia. — Uau, isso soava muito impressionante. Estava começando a me sentir bastante bem a respeito dessa história toda de concurso. Eu entrara de brincadeira, mas talvez tivesse chances de ganhar.

Até aquele momento, Ellen estivera observando essa conversa com interesse, mas então se intrometeu, o sorrisinho afetado virando um sorriso escancarado.

— Achei que o concurso era só para os alunos dos últimos anos.

Por que eu nunca me lembrava de ler as letrinhas miúdas? Você acha que eu teria aprendido a lição quando acabei tendo que pagar aos meus pais trezentos dólares em contas da AOL porque não li a parte de "o serviço será debitado automaticamente, mesmo que não seja utilizado, até o aviso de cancelamento ter sido recebido".

Por incrível que pareça, foi Jenny quem se manifestou.

— Na verdade, não é não — disse ela suavemente. — Há uma divisão para quem está no início também.

— Ah. — Ellen murchou, mas só por um segundo. — Bem, provavelmente vou esperar para entrar no ano que vem. Você sabe, quando tiver feito alguma coisa de verdade nesta universidade para poder escrever um trabalho de pesquisa, em vez de requentar alguma baboseira imatura do colégio.

Ela me pegou de jeito.

Justo quando a minha ansiedade estava começando a passar de um ataque sintomático limitado para um ataque de pânico absoluto, Joanna olhou para o relógio e se levantou.

— Sinto muito, pessoas — disse ela. — Tenho que ir. Tenho aula de ioga no campus às 18h e ainda preciso fazer umas coisas antes disso. Mas valeu, ajudou muito.

Fiquei imaginando se ela estava sendo sincera. Parecia que isso tudo fora uma desculpa para muita competição e crueldade dissimuladas. Não havíamos nem aberto nossos livros de Introdução à Psicologia. Bem, as que tinham o livro não haviam aberto, de qualquer modo.

— Ah, e mais uma coisa — falou ela, jogando o cabelo louro-claro despreocupadamente por cima de um dos ombros. — Alguns dos meus amigos surfistas vão dar uma festa maneiríssima na praia este fim de semana. É um lance meio de fogueira de Halloween, mas sem nenhuma fantasia idiota nem nada disso. Vocês deviam aparecer, se puderem.

Sydney deu de ombros.

— Desde que haja álcool e garotos, estarei lá.

Ellen franziu a testa.

— Acho que não posso me dar o luxo de perder tempo de estudo — falou ela. Jenny resmungou algo sobre estar no mesmo barco que ela. Não posso pensar em duas pessoas que poderiam estar menos no mesmo barco. Se ambas estivessem no *Titanic*, Ellen teria comandado o primeiro bote salva-vidas enquanto Jenny afundava com o navio.

— Leigh? — Joanna virou-se para mim. — É claro, você pode levar Andrew.

— E Nathan — acrescentou Sydney, mas eu a ignorei.

— Claro, talvez eu apareça — falei, reunindo minhas coisas caso Sydney tivesse alguma pretensão de continuar a reunião.

— Tenho que ver se Andrew planejou algo para este fim de semana, mas eu estou livre.

— Sensacional — disse Joanna. — Bem, vejo vocês lá!

A essa altura, todo mundo havia começado a se preparar para partir e Senhor Wug ergueu a cabeça, irritada com o barulho. Eu fiz minhas despedidas e tentei chegar à porta antes que Ellen conseguisse me alcançar, mas foi inútil. Eu estava tentando realizar o truque para abrir a porta do carro, equilibrando a pasta nas mãos, quando todos os meus papéis escorregaram e se espalharam pelo estacionamento.

Eu me ajoelhei para catá-los e, antes que me desse conta, Ellen estava a meu lado. Ela não me ajudou a recolhê-los, em vez disso só ficou parada ali, agarrando sua própria pasta defensivamente junto ao peito.

— Boa sorte no concurso — disse ela. — Você vai mesmo precisar. — Aí deu as costas para mim, saindo a passos largos em seus sapatos feios de bico quadrado. Há apenas uma semana eu temia Sydney como o pior dos males, achando que Ellen fosse menos maldosa?

Agora eu estava imaginando se teria diagnosticado a situação erroneamente. Porque, se "estudante ultracompetitivo de psicologia monstruoso" tivesse sua própria categoria *DSM-IV*, então Ellen seria um caso muito mais sério do que Sydney.

Catei o último papel e os larguei no assento de vinil verde, suspirando enquanto ligava o carro. Aparentemente, eu ainda era a *única* pessoa em Stiles que não havia mapeado todo o futuro acadêmico e agora também tinha um concurso idiota para me preocupar. Senti como se tivesse apostado tudo em um jogo de pôquer, esperando que a Ellen pagasse para ver.

Mas será que eu teria a mão vencedora?

EFEITO HAWTHORNE: A tendência das pessoas a se comportarem de maneira diferente quando sabem que estão sendo observadas.

PARA alguém que mora a menos de vinte quilômetros de distância de algumas das praias mais bonitas do mundo, eu não vou muito à praia. Quando era criança, fizemos uma viagem para o litoral e só me lembro de ficar irritada com o cheiro do filtro solar, o barulho das gaivotas e a forma como a areia grudava nos meus pés molhados. Aí, é claro, se eu tentava lavá-los no mar, eles só ficavam ainda mais molhados e a areia grudava ainda mais. Isso é que é situação difícil.

Ami, Andrew, Nathan e eu decidimos ir no mesmo carro para a festa e, como eu estava em uma das minhas épocas de "apoiem a Gretchen", insisti para que fôssemos no Gremlin. Ami tomou o lugar da frente, para grande irritação de Andrew. Eu realmente não posso culpá-lo por ficar irritado, já que ela mal tem 1,58m e ficaria muito mais confortável no meu banco de trás minúsculo do que Andrew. Mas não dá para discutir com quem falou "eu vou na frente" primeiro.

— Ah, droga — resmunguei, percebendo dois pedaços de papel amarelos debaixo dos limpadores de para-brisa. Agora eu tinha *outra* multa de 30 dólares para pagar. E eles estavam ameaçando rebocar.

— Por que você simplesmente não compra um adesivo? — perguntou Andrew. — É para isso que servem, afinal de contas.

Andrew fazia parecer tão fácil.

— Dá na mesma — falei, deixando que ele escorregasse para trás do meu banco e depois entrei. O banco da frente do Gremlin é um assento único que deve ter sido ajustável em algum momento, mas não é mais. Então não tenho opção a não ser dirigir como se fosse algum tipo de gângster — inclinada lá atrás, uma das mãos descansando de leve na direção e a outra na janela aberta. Provavelmente devo parecer bem descolada até as pessoas pararem do meu lado e perceberem que estou ouvindo Cutting Crew aos berros na estação dos anos 1980.

— Já teve algum retorno daquele negócio do concurso? — perguntou Ami enquanto eu entrava na estrada principal para a praia.

— Ainda não — disse eu. — Acho que os resultados só devem sair em algum momento no começo de novembro.

— Cruze os dedos para ganhar — falou Ami, dando uma risadinha. — Senão a Ellen vai esfolá-la viva.

Não que eu precisasse ser lembrada.

— Acho ótimo você estar se interessando em aproveitar ao máximo a sua experiência universitária — falou Andrew —, mesmo que seja pelas razões erradas.

Por sorte não tive que responder, porque paramos no estacionamento da praia e estacionei a Gretchen habilmente em um espacinho entre dois SUVs. Eu já podia sentir o cheiro pungente da água salgada e a brisa suave no rosto, e sorri enquanto saltava do carro.

O outono é uma época linda na Califórnia. Certo, então as folhas não mudam de cor nem nada, mas quem precisa disso? Depois que você viu uma folha vermelha, já viu todas. O outono atenua o calor da Califórnia, suaviza um pouco as cores e cobre tudo com uma serenidade cintilante.

Bem naquele instante, um pássaro fez cocô a dois centímetros dos meus chinelos amarelos, e dei um pulo para trás de surpresa. Talvez estivesse forçando um pouco a barra quando disse *serenidade*. A Califórnia no outono é seca e quente e, vamos admitir, há algo muito outonal em folhas multicoloridas que você simplesmente não sente olhando uma palmeira ao vento.

Ao longe, eu podia ver um grupo de pessoas que pareciam ser amigos da Joanna e todos nós começamos a nos encaminhar para a praia com nossas toalhas e bolsas. Andrew tinha a tendência de andar um pouco rápido e Ami parou para revirar sua bolsa atrás de óculos escuros, deixando Nathan e eu caminhando juntos pela areia macia.

Passaram-se vários momentos antes que falássemos alguma coisa.

— Eu nunca tinha andado no seu carro antes — disse ele.

Por que teria?, pensei em perguntar, mas tudo o que falei foi:

— Ah.

Esperei pela continuação inevitável. *Não ter ar-condicionado na Califórnia é ridículo. Por que você não compra um carro mais novo que não seja tão decrépito? Podíamos ter vindo no meu carro, sabe.* Eu já ouvira tudo isso antes. Nas primeiras semanas, Ami reclamou muito do meu carro (apesar de gostar da aparência "retrô fofa"). Acabei parando no meio do caminho para a loja de materiais de arte e lhe disse que a Gretchen não iria levá-la a lugar algum até ela pedir desculpas. Desde então, Ami tem sido muito respeitosa.

Eu estava tão ocupada antecipando as palavras do Nathan que levei um tempo para perceber o que ele havia dito na verdade.

— Foi divertido.

Ami nos alcançou e começou a tagarelar sobre alguns projetos que ela estava fazendo que envolviam amarrar cadarços em uma grade no pátio da universidade. Mas eu ainda estava cintilando por causa do elogio de Nathan à Gretchen, como uma mãe orgulhosa brilharia por causa de seu filho.

Vi Joanna e ela acenou.

— Você veio! — ela gritou. — Irado!

— Quem é essa? — sussurrou Ami, inclinando-se para perto.

— Essa é a Joanna — eu expliquei — Ela é legal. Jenny provavelmente não vai vir e eu duvido que Ellen apareça também. Sydney disse que viria — você se lembra dela. Fique de olho, ela vai ser a única usando salto agulha na praia.

— Joanna parece um pouco com o Hulk Hogan. Você sabe, se ele fosse mulher.

Essa foi uma imagem extremamente difícil de tirar da cabeça mas, de alguma maneira, consegui cumprimentá-la sem problemas.

— O que você achou do grupo de estudos de Introdução à Psicologia no outro dia? — perguntei a ela.

Ela deu de ombros.

— Foi legal — respondeu. — E você?

— Valeu a pena só pela dinâmica de grupo — falei, meu olhar procurando outras pessoas conhecidas e reconhecendo Sydney parada, do jeito que eu achara que ela estaria, usando a parte de cima de um biquíni pequeno, uma canga e saltos de 7 centímetros.

Sinais de que Sydney definitivamente tinha uma personalidade narcisista: autoimportância grandiosa, confere. Fantasias de sucesso ou poder ilimitados, confere. Acredita ser "especial" ou de alguma forma merecedora de admiração excessiva, confere, confere.

Infelizmente, ela também me viu. Ou talvez seja mais correto dizer que viu Nathan. Ela veio andando na nossa direção com sua passada de cegonha familiar e um olhar determinado nos olhos.

Andrew estava do meu lado, a mão passada em volta dos meus ombros enquanto examinava a multidão. Andrew é esquisito em relação a festas. Sempre age como se fosse melhor do que todo mundo, mas, depois que encontra pessoas que não ouviram sua teoria a respeito do que constitui uma alma, ele fica feliz. Afinal de contas, nós nos conhecemos em uma festa.

— Leigh! — Sydney me cumprimentou calorosamente. Me ocorreu que minhas últimas interações com ela haviam sido estranhamente agradáveis. Apesar de saber que as leis da probabilidade não apoiam realmente a ideia de um determinado resultado ser "devido", eu também sempre aprendi que o comportamento anterior é o melhor modo de prever o comportamento futuro. Partindo desse princípio, as chances de ela continuar a ser gentil simplesmente não pareciam muito altas.

— Acho que não nos conhecemos — arrulhou ela para Nathan, seus dedos roçando o braço dele. — Eu sou Sydney. Já ouvi falar muito de você.

Ah, é mesmo. Personalidades narcisistas também são muito exploradoras interpessoalmente. Agora eu lembrei.

— Sério? — Nathan me lançou um olhar pelo canto do olho.

Sydney riu baixinho.

— Não se preocupe, não acredito em tudo. Aposto que você não é tão metido quanto Leigh diz que é.

Nathan se virou para me encarar, o vento despenteando seu cabelo. Havia uma tranquilidade em seu rosto que me fez sentir uma reviravolta estranha no estômago.

— É bom saber — foi tudo o que ele disse.

Eu queria falar alguma coisa, protestar, dizer que as minhas palavras haviam sido tiradas de contexto, mas a verdade é que não era o caso. Eu me sentia horrível, mas não conseguia pensar em nada para fazer ou dizer que fosse melhorar a situação.

Andrew deixou o braço cair e apertou a minha cintura.

— Vamos andar pela beira d'água — falou, me puxando para longe. Olhei para Nathan mais uma vez, mas ele voltara toda a sua atenção para Sydney e escutava atentamente uma pergunta que ela fazia sobre análise estatística para sua tese. Sydney pode ser muitas coisas, mas burra não é uma delas. Não acreditei nem por um segundo que ela precisava de ajuda, principalmente de um calouro, para fazer uma tabela simples.

Ami parecia estar se dando bem com um grupo de surfistas e, com ela e Nathan ocupados, Andrew e eu nos afastamos em direção à água. Eu havia raspado as pernas mais cedo naquele dia, já que íamos à praia, e agora a água salgada pinicava minha pele enquanto caminhávamos em um silêncio confortável.

— Sabe — falou Andrew finalmente. — Tenho pensado muito.

Como Andrew está sempre pensando, não fiquei surpresa. Mas olhei para ele com uma expressão de curiosidade educada na rosto.

— Ah, é?

— Acho que você deveria passar a noite no meu quarto — disse ele.

Tropecei de leve em uma concha saindo da areia.

— Você acha?

Ele assentiu.

— Afinal de contas, qual é a vantagem da faculdade se sua namorada não pode passar a noite com você?

Eu não tinha certeza se queria que isso fosse uma espécie de rito de passagem, mas ainda assim senti uma emoçãozinha só de pensar em dormir lá.

— E quanto à questão da cama? — falei, mais para verificar a reação dele do que qualquer outra coisa.

— Bem — disse ele me dando um sorrisinho de lado —, talvez a gente só tenha que ficar mais perto, não é?

— Eu adoraria — falei, sorrindo para ele. Antes que eu me desse conta, Andrew se inclinou e pressionou os lábios contra os meus apaixonadamente. Eu o beijei de volta, tentando colocar meus sentimentos naquela fusão das nossas bocas, como se de alguma forma os meus lábios pudessem dizer a ele algo que eu não conseguia expressar em palavras.

Mas não tenho certeza se funcionou. Ele logo se afastou e, em vez de comentar sobre as mensagens de amor que acabara de receber através do beijo, tirou a camisa e a jogou na areia.

— Vamos nadar — sugeriu.

Andrew mergulhou antes que eu pudesse responder, mas ainda estava balançada pela ideia de passar a noite com ele. Ele podia ter sugerido que nós fizéssemos um tratamento de canal juntos e eu provavelmente o teria seguido cegamente a essa altura. Tirei meu short jeans e a camiseta para ficar só com o biquíni comportado que estava usando por baixo, chapinhando para encontrá-lo.

Nadamos por algum tempo — quero dizer, Andrew nadou, já que eu tenho problemas em botar minha cabeça debaixo d'água. Eu vi *Tubarão* um pouco demais quando era criança, e então é difícil para mim nadar debaixo d'água sem ficar com os olhos abertos. E cloro já dá problema suficiente, mas água salgada é a pior coisa. Em um determinado momento, Andrew me deu um caldo, ignorando meus gritos de protesto, e eu falei cuspindo quando rompi a superfície.

— Por que isto? — engasguei.

Andrew deu de ombros.

— Você precisa se divertir um pouco, Leigh. É sempre tão neurótica.

Está bem, então talvez eu seja *meio* travada. No primeiro dia de Introdução à Psicologia, fizemos o teste de personalidade Myers-Briggs. Marquei muitos pontos no lado "crítico", o que significa que prefiro horários e listas e planos. Mas também sou a garota que jamais começa um trabalho até o último minuto e que dirige um carro que nem finge ser confiável. Se alguém é travado nesse relacionamento, só pode ser Andrew.

Não falei isso para ele. Estávamos nos divertindo tanto até aquele momento que realmente não vi necessidade de começar uma discussão boba.

— Vamos voltar — falei, em vez disso.

O sol havia se posto quase que completamente e a escuridão caiu enquanto Andrew e eu caminhávamos pela praia. Eu ouvira falar de uma fogueira e alguns dos amigos surfistas de Joanna estavam juntando madeira e empilhando-a na areia. Nathan e Sydney não estavam à vista.

— Cadê o Nathan? — perguntei.

Andrew olhou despreocupadamente em volta antes de sacudir a cabeça.

— Provavelmente foi a algum lugar. Como vou saber?

Eu devia simplesmente ter deixado para lá nesse momento, mas algo me fez continuar.

— Ele estava conversando com Sydney mais cedo e agora não estou vendo nenhum dos dois — falei. — Ele ainda não está com Heather?

— Cara, sei lá. — Andrew se virou para mim com um suspiro exasperado. — Não é como se eu estivesse filmando a porcaria da biografia do moleque. Por que você se importa, de qualquer modo?

Eu não me *importava*. Mas não achava que havia nada de tão errado em querer ficar de olho em pessoas que tinha que levar para casa.

Ami veio correndo de onde estivera conversando com vários surfistas muito gatos que estavam sem camisa.

— Ah, meu Deus — falou ela ofegante. — Aqueles caras ali são *tão* gatos. Burros, mas gatos. Sabe o que um deles falou quando eu mencionei Anne Frank?

— O quê?

Ami baixou a voz para um barítono de rato de praia.

— Ele disse, "Não é ela que faz aqueles panfletos malucos? Aqueles pandas sempre me apavoraram, cara". — Ela riu. — Você acredita nisso? Ele realmente pensou que Anne Frank era *Lisa* Frank!

Isso vindo de Ami, que tivera *vários* momentos assim só no curto período em que eu a conhecia. Uma vez ela me perguntou se português era um dialeto de espanhol. Isso era bem desconcertante, considerando que seu sobrenome era Gutierrez, que ela fala espanhol fluentemente e visita parentes na Nicarágua todo ano. Então era de se esperar que ela soubesse.

— Por que estava discutindo Anne Frank, por falar nisso? — perguntei. Não é um assunto comum para uma artista maluca e um bando de surfistas numa festa na praia.

—— Eu só estava tentando descobrir o que ela fez quando... você sabe... — Ami olhou para mim com expectativa, como se eu pudesse ler sua mente. Mas, por mais que fosse deixar meus pais felicíssimos, telepatia nunca foi um dos meus talentos. Não funcionou no primeiro ano quando esperei descobrir no que a minha professora podia estar pensando, usando aqueles terninhos de poliéster, e não iria funcionar agora.

— Não... o quê? — Saía com Peter? Era o que eu costumava ficar imaginando quando li o diário, no oitavo ano. Tenho certeza de que eles só passavam muito tempo no quarto. Tentar se pegar no anexo secreto deve ter sido mais difícil do que passar da última fase de Donkey Kong. E isso é bem difícil.

— Ficou menstruada. — Ami riu. — Tipo, ela teve que usar toalhinhas? Porque isso seria totalmente nojento.

Eu fiquei muda por alguns instantes.

— Você tem umas cantadas muito esquisitas — falei finalmente.

Andrew bufou. Se era por causa de Ami, de mim ou pelo fato de essa conversa estar acontecendo, eu não sabia dizer.

— Vou ajudar com a fogueira — disse ele, se afastando.

Esperei até ele estar fora do alcance e, mesmo assim, eu baixei a voz e me aproximei para garantir que ninguém além da Ami pudesse ouvir minhas próximas palavras.

— Andrew me convidou para dormir lá hoje.

As sobrancelhas de Ami se ergueram.

— Convidou, é?

O tom dela me deixou cautelosa.

— É, convidou.

— Então, você vai?

Quando você namora alguém há um ano e ele a convida (após múltiplas pistas falsas, que Ami e eu com certeza havíamos analisado até a morte) para passar a noite com ele, não tem muita possibilidade de você dizer não.

— É claro — falei, mas podia ouvir o tom defensivo se infiltrar na minha voz.

— Você realmente acha que é uma boa ideia?

— Humm... sim?

Ami me pegou pelo ombro, me conduzindo mais para longe da festa, apesar de já estarmos bem isoladas.

— Percebe que, se passar a noite lá, vocês provavelmente vão... você sabe.

Está bem, desta vez não era preciso ler mentes. Era só o mesmo pensamento que estivera rodando a minha cabeça como um abutre por cima de uma carcaça fresca desde o momento em que Andrew tocara no assunto.

— Isso seria tão ruim assim? — perguntei. — Não é um cara qualquer. Quero dizer, é do *Andrew* que a gente está falando.

Ami assentiu lentamente.

— Certo... do Andrew. Você realmente acha que vai ser especial com ele?

Eu não podia acreditar que estava ouvindo isso.

— Olhe — falei, ficando mais zangada agora —, estou totalmente consciente de que você e o Andrew não vão ficar superamiguinhos tão cedo. Mas ele é meu namorado e, se decidirmos dar esse passo, acho que a decisão é nossa e você precisa respeitar isso.

— *Dios mio* — resmungou Ami, um sinal claro de que eu não era a única a ficar agitada. — Só estou tentando dizer que... você nunca fica chateada com a forma como ele a trata? E por que acha que o sexo vai mudar alguma coisa?

É claro que eu sabia que estávamos falando sobre sexo. Mas, por algum motivo, ouvir a palavra de verdade fez com que parecesse tão mais imediato, e senti meu coração começar a disparar. Seria de entusiasmo? Ou medo?

— Não há nada errado no modo como Andrew me trata — falei. Então não tínhamos *exatamente* a proporção de cinco para uma de interações positivas para negativas recomendada pelos terapeutas de relacionamento. Mas provavelmente era pelo menos de duas para uma. Talvez até de três para uma, se ele não estivesse estressado por causa dos estudos.

Ami revirou os olhos.

— Era isso que Tina Turner dizia sobre Ike — falou ela —, e pelo menos ela recebia rosas quando ele estava sendo um canalha.

Isso era tão injusto.

— Por que você não pode só ficar feliz por mim?

— Eu queria. — Ami suspirou. — Acredite, eu realmente queria.

— Bem, não se machuque tentando — disse eu. Dei uma meia-volta meio sem jeito, já que estávamos em cima de uma areia incrivelmente macia, e saí a passos largos na direção da fogueira, que já estava a toda força.

Andrew encontrara algumas garotas (acho que eram de humanas, as vadias) que estavam mergulhando em cada palavra dele sobre a verdadeira natureza do altruísmo. Quando me viu chegando, ele parou de falar e se levantou rapidamente, inclinando-se para plantar um beijo firme nos meus lábios.

Por alguma razão, isso me fez pensar nas vezes em que meus pais perdiam a paciência e me mandava arrumar o quarto. Normalmente, eu levava um livro para lá e me sentava de pernas cruzadas no chão no meio da bagunça, lendo. Quando minha mãe enfiava a cabeça pela porta para verificar o progresso da limpeza, eu sempre dava um pulo, cheia de culpa, e jogava o livro para debaixo da cama. Havia vezes em que eu sabia que ela provavelmente estivera de pé no vão da porta por trinta segundos antes que eu, totalmente imersa no meu livro, tivesse a menor ideia de que ela estava lá. Mas ainda assim eu arremessava o livro para o outro lado do quarto e começava a remexer em papéis, como se realmente pudesse enganá-la.

Eram só os comentários da Ami que estavam me deixando nervosa, falei para mim mesma. Estava ficando paranoica e sensível demais — e vendo problemas onde não havia nenhum. O meu relacionamento com Andrew não só era sólido como estava evoluindo. Finalmente.

— O que há com Ami? — perguntou Andrew, olhando de volta para ela, que estava de pé, ofendida, longe do resto da festa.

Ele riu.

— Alguém lhe contou que ela pode ter que escrever um trabalho com fontes *legítimas* e não só com sites da internet?

Normalmente, eu teria soltado uma mentira para explicar a situação, mas naquele momento vi duas silhuetas andando em direção ao fogo. Apertei os olhos, bastante certa de que as duas figuras eram Nathan e Sydney. Eles estavam de mãos dadas? Da forma como se misturavam na escuridão, era impossível dizer.

As duas silhuetas chegaram ao círculo de pessoas em volta do fogo e eu vi que eram mesmo eles. Ao contrário de todos os outros, Nathan não se dera o trabalho de usar uma bermuda. Em vez disso, estava usando seu uniforme padrão de jeans e uma camiseta de banda, desta vez Radiohead. Eles não estavam de mãos dadas, mas Nathan ria de algo que Sydney tinha dito enquanto encontravam um lugar na areia em frente a Andrew e eu. Aí Nathan puxou uma perna para junto do peito, prendendo os dedos casualmente em volta do joelho enquanto seus olhos varriam a multidão.

Percebi que estava olhando fixamente e tentei desviar o olhar, mas os olhos dele pararam em mim e o sorriso sumiu do seu rosto. Sério, se olhares pudessem matar...

Está bem, então. Nathan me odiava. Qual é a novidade? E Ami estava zangada comigo — ela ia superar. Se não esta noite, então lá pela formatura, com certeza.

Pelo menos eu tinha Andrew. Eu me aproximei mais dele, e ele passou casualmente o braço em volta dos meus ombros.

— Eu te amo — falei.

Ele olhou para mim e por um segundo tive medo que ele não fosse dizer o mesmo de volta. Não era a primeira vez que eu dizia a ele que o amava, mas havia um nervosismo extra desta vez que seria difícil não perceber. Mas aí ele sorriu.

— Eu te amo também.

Eu não ligava para o que Ami dizia. Esta noite ia ser perfeita.

> INTIMIDADE V. ISOLAMENTO: Uma crise durante o começo da idade adulta relativa à encontrar o amor e sossegar. Se essa crise não for resolvida favoravelmente, o jovem adulto irá começar a evitar compromissos, resultando em alienação dos outros.

ANDREW e eu fomos de volta para o apartamento dele em silêncio. Quando eu disse a Ami que estávamos indo embora, ela falou que simplesmente pegaria uma carona com Joanna de volta para o campus. Eu queria lembrá-la de não aceitar carona de um dos surfistas — não importava o quanto eles fossem gatos. Queria rir de Sydney com ela, cuja bunda agora estava demonstrando o antigo dilema água-areia depois que ela caíra daqueles saltos enormes.

Acima de tudo, queria conversar com Ami sobre as possivelmente enormes consequências da noite por vir sem que ela me convencesse a desistir ou me dissesse qualquer coisa que eu não quisesse ouvir. Mas, se sua cara amarrada fosse indício de alguma coisa, eu estava sozinha nessa.

Eu também havia deixado Nathan praticamente preso na praia. Andrew tivera tanta pressa em ir embora, e a última coisa que eu queria era incomodar Nathan enquanto ele estava com Sydney. Então Andrew e eu simplesmente fomos embora. Eu nunca havia feito algo assim antes. E, apesar de ter certeza de que Sydney ficaria mais do que feliz em dar uma carona para ele, ainda era uma coisa meio errada.

— A festa foi boa — comentou Andrew, interrompendo os meus pensamentos, e liguei o carro.

— Foi mesmo — concordei depois de uma pausa. — Devíamos fazer coisas assim com mais frequência.

Andrew resmungou, sem se comprometer.

— Não tipo o tempo todo ou nada disso — esclareci. — E é claro que a faculdade vem em primeiro lugar. — Quando Andrew fazia aquele som, normalmente tinha algo a ver com se preocupar com sua carga de seis matérias.

— Talvez.

Essas duas sílabas ficaram no ar por alguns minutos. Estava escuro e eu estava dirigindo, então não podia olhar direito para o rosto dele para ver o que ele estava pensando.

— Andrew?

— Sim? — perguntou ele distraidamente.

Eu queria muito perguntar para onde ele achava que nossa relação estava indo, ou se achava que conseguiríamos atravessar os quatro anos da faculdade juntos. Mas me pareceu um momento muito constrangedor para tocar no assunto. Então só disse a primeira coisa que me passou pela cabeça.

— É verdade que o pai do Nathan morreu?

— É — falou Andrew. — Por que pergunta?

— Por nada. Só ouvi algo a respeito e fiquei imaginando.

Por alguns minutos pareceu que Andrew não ia dizer mais nada, mas aí ele falou de novo.

— Um garoto na minha aula de Teoria do Conhecimento fez o ensino médio com Nathan — disse ele. — Parece que todo mundo achou muito esquisito, por que Nathan só tirou uma manhã de folga para ir ao enterro. Só isso. Ele voltou naquela tarde, como se nada tivesse acontecido.

— Ah — falei. — Bem. As pessoas lidam com o luto de formas diferentes, acho.

— Obviamente — disse Andrew. — Pete estava na turma de biologia do Nathan e, um dia, tipo *um mês* depois do enterro, Nathan simplesmente abaixou a cabeça e começou a chorar. E não só um pouquinho. Ele estava *soluçando*. Pete disse que foi muito constrangedor.

Eu conseguia imaginar Nathan como o robô sem sentimentos, mas essa era uma nova imagem dele. Não tive muito tempo para pensar nisso, porém, conforme chegávamos ao estacionamento das suítes, as mesmas preocupações sobre essa noite voltavam. Enquanto soltava meu cinto de segurança e saía da Gretchen, eu ainda estava formulando a abordagem que iria usar para ter uma conversa séria com Andrew sobre o nosso relacionamento. E quando Andrew finalmente destrancou a porta e me guiou para dentro, meu coração batia forte, as palmas das minhas mãos estavam suadas e eu ainda não conseguia pensar no que queria dizer.

O violão de Nathan estava encostado contra o sofá e rocei os dedos suavemente contra a madeira lisa.

— Sabe, eu sempre quis aprender a tocar violão — falei, totalmente consciente de que ia começar a tagarelar, mas sem conseguir evitar. — Quando era mais nova, eu toquei violino, e não era ruim, se você considerar ser capaz de tocar Minueto em Lá Menor um *tour de force* musical. Mas o professor estava sempre no pé de todo mundo, dizendo "Você pode guiar um cavalo até a água, mas não pode fazê-lo beber" e eu ficava, tipo, bem, "um grupo só é tão bom quanto seu líder"..

Andrew me interrompeu.

— Leigh, eu sei sobre os seus dias de orquestra no oitavo ano, lembra? Não a convidei para vir para cá para falar sobre isso — disse ele, em uma tentativa, acho, de soar sexy.

Eu sabia disso, é claro. O que não estava muito claro para mim era *por que* ele *havia* me convidado. Por mais que eu tivesse sofrido com os motivos para que ele não houvesse me convidado até esse momento (ainda estávamos nos acertando, as aulas dele eram uma loucura e eu *sei* que a mãe dele lhe fez um sermão sobre como não está pagando para que ele viva em pecado), eu estava questionando por que ele fizera isso agora.

Nós estávamos juntos por mais de um ano, afinal de contas e, desde que viéramos para a faculdade, havíamos tido toda a liberdade do mundo para fazer o que quiséssemos. E, ainda assim, meses haviam se passado sem que Andrew nem *insinuasse* que gostaria que eu dormisse com ele. Eu me convencera de que era melhor assim, já que fico me revirando na cama durante horas antes de pegar no sono, na melhor das hipóteses, e ainda mais se tiver que dividir a cama com outra pessoa. Quando tinha 9 anos, fui visitar minha prima e tivemos que dividir a cama d'água dela. Foi uma das noites mais terríveis da minha vida.

— Então por que convidou, exatamente? — perguntei.

Andrew cruzou o aposento até mim, erguendo uma das mãos para tocar meu rosto.

— Você sabe por quê.

Ele começou a me beijar e todas as perguntas sumiram da minha cabeça enquanto eu me aproximava dele, meus olhos fechados. Os beijos de Andrew sempre fazem eu me sentir como se estivesse tomando um banho quente de banheira, um daqueles nos quais o seu corpo relaxa e você se sente simplesmente afundando nele. Eu podia sentir um pouco do gosto acre da cerveja que ele tomara mais cedo e, apesar de eu não gostar muito de cerveja, era meio gostoso nos lábios dele.

Em um movimento ágil, Andrew tirou a camiseta fina que eu estava usando por cima da minha cabeça, me deixando de short e biquíni ali.

— E quanto a... — comecei a protestar, mas Andrew me interrompeu.

— Ele vai levar horas para chegar — disse ele —, e, mesmo que ele nos pegue, quem se importa?

Por um segundo tive a inquietante sensação de que Andrew quase *queria* que Nathan nos pegasse, mas por nada neste mundo eu conseguia imaginar por quê.

— Eu me importo — falei, me afastando dele. — Vamos para o seu quarto, está bem?

Andrew suspirou, mas pegou a minha mão e me guiou para o quarto. Houve alguns momentos constrangedores enquanto eu ficava de pé, ainda com a parte de cima do biquíni e totalmente consciente do cheiro de mar empregnado nele, enquanto Andrew tirava papéis e livros da cama. Em um romance comum, ele teria varrido tudo com o braço em um ato apaixonado, mas eu realmente não conseguia vê-lo fazendo algo assim. Em vez disso, ele juntou os livros, empilhando-os cuidadosamente ao lado da cama, e reuniu os papéis. Um deles chamou sua atenção e ele parou para lê-lo antes que eu soltasse meu pigarro.

— Certo — disse ele, e largou os papéis em cima da mesa antes de esticar os braços para me abraçar de novo. Eu pressionei o corpo contra o dele, nós dois de pé enquanto nos beijávamos, até Andrew me deitar de volta na cama. Senti a mão dele ir para o botão do meu short e enrijeci.

— Espere. — Foi o que tentei dizer, mas saiu mais como *mmph* enquanto os lábios dele apertavam os meus. Por algum motivo, eu não parava de pensar sobre aquele último programa de orientação e as muitas perguntas que as meninas haviam feito. *E quanto ao aborto?*

Andrew abriu o zíper e eu desgrudei a minha boca da dele.

— Espere — falei, me contorcendo debaixo dele, e então repeti: — Andrew, espere!

Ele se levantou, apoiado em um cotovelo, olhando para mim com uma combinação de paixão vidrada e irritação.

— O quê?

Lambi os lábios, tentando descobrir como formular minha próxima pergunta, antes de decidir que a abordagem direta funcionaria melhor.

— Humm... você tem camisinha?

Eu podia ver pela expressão nula do rosto dele que ele não tinha.

— Você não está tomando pílula? — perguntou ele.

Eu tinha ido ao ginecologista logo antes de todo o negócio da formatura. Andrew e eu havíamos conversado a respeito e ele me apoiava completamente. Até pesquisou efeitos colaterais e tudo isso e me disse que a pílula teoricamente também deixa a pele mais bonita. Mandou bem, ciência.

Mas aí, na manhã depois do que *deveria* ter sido uma das noites mais memoráveis das nossas vidas, sabem o que ele disse?

— Sabia que vários idiotas transaram ontem à noite? Nada como o anticlímax do ritual mais antigo do ensino médio para acabar com um relacionamento, não é? Estou tão feliz por não termos cometido esse erro!

E isso foi a última coisa que ouvi a esse respeito. Até agora.

Então Andrew estava me olhando cheio de expectativa, esperando que eu o assegurasse de que havia cuidado de tudo.

— Estou, mas...

— Mas o quê?

Isso seria tão mais fácil de fazer se eu não estivesse deitada embaixo dele, seminua.

— A pílula não protege cem por cento — falei cautelosamente —, e não protege nada contra DSTs.

Andrew franziu as sobrancelhas.

— Você acha que eu tenho uma *DST*? — perguntou ele incredulamente.

De repente, eu senti todo um novo respeito sobre o que pedimos de meninas de 13 anos de idade. Pedir que elas discutam esse tipo de coisa no calor do momento e pratiquem sexo seguro é muito mais difícil do que eu havia pensado. E não era só porque eu estava preocupada com o que o meu namorado fosse pensar. Também havia uma parte de mim que queria dizer: "Sabe de uma coisa? Estou cansada de ser a última virgem quando todas as outras pessoas da minha idade só querem se divertir."

— Não acho que você tenha — disse eu —, mas não acho que é seguro se não tivermos uma camisinha.

Pronto. Não fora uma forma tão ruim de me expressar. Certamente melhor do que qualquer bobagem engraçadinha. Mas Andrew não estava convencido.

— Qual é, Leigh? — falou ele, não pela primeira vez esta noite, só que desta vez sua voz soou um pouco mais choramingado. — Estamos juntos há um tempão. Não acha que pode confiar em mim?

Eu não sabia. Não fazia ideia se confiava no Andrew. O que só podia significar uma coisa — *eu não confiava no meu próprio namorado.*

— Por favor, Andrew — sussurrei, desejando poder encontrar algum tipo de problema técnico no universo que permitisse que o chão me engolisse inteira.

Por alguns minutos, Andrew só ficou ali, suspenso acima de mim. Mas então rolou para longe, e fiquei olhando para suas costas.

— Então o quê? — perguntou ele. — Quer que eu vá até a loja, sei lá? Posso comprar uma camisinha, se é tão importante para você.

Meus olhos estavam queimando e eu os fechei com força. Após alguns momentos, falei:

— Talvez só não seja a hora certa.

Senti a cama se mexer conforme Andrew se virava para olhar para mim.

— E quando vai ser? — explodiu ele, como se de alguma forma fosse *minha* culpa não termos transado até agora.

Posso lhes dizer uma coisa. Uma garota não gasta 30 dólares por mês em anticoncepcional só para provocar. E também *não* é fácil achar uma hora conveniente para tomar a porcaria da pílula, principalmente quando você é uma aluna universitária que tem horários esquisitos.

Mas se era eu que queria levar a nossa relação a esse nível, por que estava mudando de ideia agora? Só o que eu conseguia pensar era na pergunta de Ami mais cedo. *Você realmente acha que vai ser especial?*

De repente, eu sabia a resposta — *não*. Não esta noite, pelo menos. Fui lembrada da vaga inquietação que sentira mais cedo na festa. Parecia quase que Andrew queria provar alguma coisa — o que ou para quem, eu não fazia a menor ideia. Mas não tinha tanta certeza de que queria fazer parte disso.

— Por favor — repeti. — Vamos só dormir, está bem?

Estiquei a mão na tentativa de tocar as costas dele, mas ele se afastou.

— Tudo bem — falou. — Apague a luz.

Ele deitou, ainda de costas, e fiquei olhando para ele por alguns minutos antes de me esticar por cima dele para desligar a luminária.

— Eu realmente te amo, Andrew — sussurrei na escuridão.

Mas ele já havia adormecido, ou talvez só não quisesse responder, e acabei me acomodando ao lado dele. Eu queria poder adormecer com tanta facilidade. Queria ter me lembrado de pegar a camisa, que ainda estava na sala, em algum lugar.

Acima de tudo, eu queria poder voltar para aquele momento na praia e responder simplesmente, *Talvez uma outra noite*. E deixar por aí.

Quando acordei na manhã seguinte, as costas doendo por ter dormido na beirada da cama, Andrew não estava. Era domingo, então eu não fazia ideia do que o teria feito sair da cama antes do meio-dia, mas tentei não ficar pensando nisso enquanto vasculhava a cômoda dele atrás de uma camiseta para pegar emprestada. Peguei uma camiseta velha escrito "Não seja lontra, doe sangue" antes de enfiar a cabeça para fora da porta, me assegurando de que a área estava livre antes de entrar na sala.

A porta de Nathan estava fechada, mas isso era normal. Fiquei imaginando se ele teria voltado para casa na noite anterior, mas rapidamente tirei a pergunta da minha mente.

Era possível que Andrew só tivesse saído por um instante e fosse voltar logo. Nesse caso, eu não queria perder minha chance de conversar com ele. Enquanto esperava, peguei uma caixa de cereais da mesa de centro e uma garrafa de leite do frigobar.

Eu havia quase acabado a tigela quando Nathan saiu do quarto, de novo sem camisa. Quero dizer, eu sei que tecnicamente o apartamento é dele, mas o cara não tem o menor pudor? Ele parou quando me viu.

— Você ainda está aqui — falou, mais uma declaração do que uma pergunta.

Não havia muito a dizer sobre isso.

— É...

Os olhos dele pararam brevemente atrás de mim e percebi que, para minha vergonha completa, minha camiseta de ontem provavelmente estava caída no chão. Mas, se estava, Nathan não comentou, seu olhar repousando em vez disso na tigela à minha frente. Suas sobrancelhas se juntaram.

— Você está comendo o meu cereal — falou.

Olhei para a tigela, agora cheia de pedaços encharcados de leite com pontinhos de canela.

— Me desculpe, eu não sabia.

Ele arrancou a caixa da mesa.

— Não, você *não* sabia — disse ele, irritado. — Simplesmente presumiu. Você passa uma noite aqui e de repente acha que é dona do lugar.

Isso não era nem um pouco justo.

— Não acho, não. Eu estava com fome, só isso. Posso comprar outra caixa para você, se isso vai fazer com que se sinta melhor.

Nathan esfregou a nuca, como se a conversa estivesse lhe dando dor de cabeça.

— Não me importo com o maldito cereal — resmungou ele.

Então por que esse escândalo? Presumi que ele ainda estava zangado comigo por causa de toda a história do comentário de "hipócrita" e a forma como o deixamos para trás na festa.

— Escute, sobre ontem à noite...

Mas Nathan me interrompeu.

— Não quero saber, está bem? Isso ia acontecer mais cedo ou mais tarde. Só não coma o meu cereal — falou ele. — Certo?

Incapaz de pensar em algo para dizer, assenti.

Com isso, Nathan retornou para o quarto. Acho que ele não estava mais zangado, já que fechou a porta cuidadosamente atrás de si, mas pude ouvi-lo tocar agressivamente seu violão através da porta, cada acorde um ataque discordante, e parecia que estava em contato bem próximo com suas emoções. De alguma forma, não achei que ele estava compondo uma canção sobre aqueles gatos que amava tanto.

Silenciosamente, lavei a criminosa tigela de cereal, catei a prova do fiasco da noite anterior do chão e saí. Desci os degraus correndo e entrei no Gremlin, saindo do estacionamento muito mais infeliz do que quando entrara, mas muito mais sábia também.

Eu havia aprendido três coisas nas últimas 24 horas: A) Uma garota sempre deve ter sua própria camisinha. B) Dormir em uma cama d'água com um parente que você não conhece muito bem ainda é *muito* mais confortável do que dormir ao lado do seu namorado, com quem você acabou de se recusar a transar. E C), nunca, *jamais*, sob nenhuma circunstância, toque nos cereais de um cara.

> VARIÁVEIS CONTRADITÓRIAS: Variáveis que podem afetar diferencialmente a variável secundária, em geral como variáveis independentes não intencionais.

QUANDO a hora da sessão de orientação seguinte chegou, eu estava ao mesmo tempo temendo e antecipando mais uma luta contra o estranho funcionamento da mente adolescente. (Certo, eu sei, sou só, tipo, cinco anos mais velha do que essas meninas, mas nunca assisti a *Hannah Montana* e, acreditem, isso faz toda a diferença.) Por um lado, a última semana não tinha sido especialmente agradável, com a história da censura e tudo o mais. Mas também seria meio legal ter alguma distração.

Como se todo o desastre com Andrew não fosse o bastante, aparentemente devíamos escolher os assuntos para nosso trabalho final de Introdução à Psicologia. Às vezes, acho que os professores não entendem que, só porque os alunos *escolhem* os assuntos no começo de novembro, não significa que vão começar a trabalhar até uma semana antes do prazo final. Ou pelo menos, eu não. Ellen foi a primeira a erguer a mão para falar sobre o trabalho dela (representação da magreza em comerciais de televisão, por falar nisso, o que é muito legal. Agora de jeito nenhum vou fazer algo sobre classificados pessoais idiotas na internet).

Pelo menos Ami e eu resolvemos as nossas diferenças. Talvez Ami tenha percebido o quanto eu estava deprimida na manhã seguinte ou talvez só tivesse decidido que não fazia sentido brigar, porque ela entrou direto no nosso padrão de comportamento normal com muito pouca alteração. Ao contrário de mim, Ami não encana — ela se recupera imediatamente.

Eu não tinha certeza se podia fazer isso também. As coisas com Ami estavam bem e até mesmo o trabalho de Introdução à Psicologia não era *realmente* um problema. Mas eu me sentia mais dividida do que nunca em relação a Andrew. Ami achava que ele era meio babaca e quase todas as outras pessoas me diziam que um relacionamento longo de colégio nunca duraria até o fim da faculdade. Aí eu me lembrava dos bons momentos, como quando Andrew me comprou um urso de pelúcia de um metro de altura sem razão nenhuma. Ou a vez em que ele ficou acordado a noite inteira comigo, me ajudando a estudar para a minha prova de história europeia avançada. E não era como se eu não tivesse meus defeitos — como às vezes, quando fico chateada, simplesmente me fecho e paro de me comunicar. Mas agora eu estava sem energia para brigar por causa do nosso relacionamento, ou brigar *por* ele. Eu não estava exatamente feliz com a maneira como ele agira ou com as coisas que dissera, e ele ainda não havia pedido desculpas formais por nada disso.

Mas aí eu pensei — será que ele realmente tem que pedir desculpa? Posso não ser boa em cálculo ou trigonometria, mas isso era um problema aritmético simples que qualquer um podia resolver. Garoto e garota namoram há um ano + garoto convida garota para ir à casa dele + garota está tomando pílula

135

= sexo. Então por que encanei com isso? Por que tinha que inventar um monte de variáveis que não estavam lá?

Tentei tirar meus problemas da cabeça para estar com a mente limpa para quaisquer questões das adolescentes com as quais teria que lidar hoje. Até agora, só havíamos discutido gravidez, e eu não conseguia ver nenhuma oportunidade para introduzir uma boa pergunta a respeito de imagem corporal. A não ser que eu disfarçasse minhas verdadeiras perguntas em perguntas de orientadora, tipo *Quando você tem um bebê sem estar casada durante sua formatura do último ano, você tem medo de engordar?*

Linda bateu palmas para chamar a atenção do grupo. Como em todas as reuniões até agora, ela pediu para formarmos um círculo e dizermos nossos nomes. Como na semana passada ela queria que todo mundo dissesse o nome de seu primeiro filho imaginário, esta semana ela pediu que nós todas incluíssemos uma breve história por trás dos nossos próprios nomes de batismo. Eu sabia que tinha que inventar uma mentira rapidamente, porque a verdade era simplesmente horrorosa demais para ser divulgada.

Sabe, uma coisa que eu normalmente não conto às pessoas, algo que lutei desde o primário para evitar que *qualquer um* soubesse, é que na verdade o meu primeiro nome não é Leigh.

... é Tuesday.

Isso mesmo, Tuesday, Terça-feira. Já ouvi tudo. Durante anos eu fui chamada de irmã bastarda de Wednesday Addam, já cantaram para mim a música "Voices Carry", do 'Til Tuesday, e até já sofri com referências maliciosas a Ruby Tuesday.

O pior de tudo é que, na verdade, eu nasci em uma quinta-feira.

Meus pais, sempre mais alternativos do que eu gostaria, estavam passando por uma fase zodiacal de "dias da semana" na época. Aparentemente, associações com a quinta-feira incluem abundância, fé, sabedoria e compreensão — coisas que meus pais sabiam que cultivariam em mim. Então me batizaram de Tuesday para me lembrar de desenvolver meu outro lado, o que é ousado e aventureiro, impetuoso e forte. Obviamente, eu não tive muita sorte nisso até agora, ou não estaria na enrascada que estava.

Podia ter sido pior. Meu nome podia ser Peixes ou, se meus pais estivessem passando por sua fase de horóscopo chinês, Ovelha. Pior ainda, se tivessem descoberto o calendário Maia àquela altura, eu poderia ter sido batizada de Portão de Ativação Galática (aparentemente, é isso que sou — quem diria?).

Agora, conforme progredíamos pelo círculo, cada garota declarou seu nome pelo que parecia ser a bilionésima vez (o que não significava que eu me lembrasse melhor deles). Apesar de eu finalmente poder verificar que Kathy era o nome da menina e não de sua futura filha, então isso foi bom.

Aí era a minha vez.

— Meus pais escolheram Leigh porque pode ser tanto um nome de menina quanto de menino — falei, o que era parcialmente verdade. — Eles não queriam saber qual seria o meu sexo até eu o meu nascimento, então acharam que seria mais fácil escolher um nome só.

Nunca entendi direito como as pessoas podiam fazer isso. Sou totalmente a favor de surpresas, mas o sexo do meu bebê? É, não é uma boa coisa para se jogar em cima de uma mulher que acabou de passar por horas agonizantes de trabalho de parto.

Só posso dizer que graças a Deus eu nasci menina. Podem imaginar um garoto chamado Tuesday Leigh? Ele provavelmente viraria um homem de meia-idade com um quarto cheio de bichos de pelúcia e uma predileção por digitar ações entre asteriscos. *Sorri*. *Reconforta*. *Come um sanduíche*.

Bem, talvez isso seja um pouco cruel. Mas ele seria problemático, de qualquer maneira.

Depois que todo mundo tivera a chance de falar, Linda fez um anúncio.

— Hoje nós vamos começar a segunda fase do programa.

— Ela olhou em volta com expectativa, como se nós todas devêssemos começar a sussurrar com entusiasmo a respeito da misteriosa segunda fase. Quando ficou claro que isso obviamente não ia acontecer, ela continuou.

— O que vou fazer agora é juntá-las em duplas, para que toda orientadora tenha uma orientanda e vice-versa. Para esta primeira sessão, vocês só vão se conhecer; do que gostam e do que não gostam, passatempos, o que está acontecendo em suas vidas. Vão ficar juntas o semestre inteiro, então é importante acharem coisas em comum.

A essa altura, eu realmente preferia dançar ciranda do que ter uma orientada, mas isso não parecia ser uma opção. Esperei Linda acabar pacientemente.

— Então, quando eu disser, vocês devem encontrar uma parceira com quem gostariam de trabalhar...

Eu sabia que Linda já me considerava seu pior pesadelo, mas não podia deixar isso passar em branco.

— Humm, Linda? — falei, erguendo a mão. — Acha mesmo que devíamos escolher nossas próprias duplas?

— O que foi desta vez, Leigh?

Eu não podia dizer o que estava passando pela minha cabeça, não com ela me olhando daquele jeito. Mas sua abordagem faria com que algumas pessoas fossem escolhidas por último, o que já é ruim o suficiente no time obrigatório de queimado na educação física, quando você sabe que é péssima em esportes, mas seria muito pior em uma situação como essa. Quem quer saber que nenhuma universitária quis se apresentar como voluntária para orientar você? E quem quer uma sala cheia de adolescentes classificando-a como segunda opção para orientadora?

— Eu só acho que seria melhor se você escolhesse — falei. — Já que você tem mais experiência com esse tipo de coisa.

Linda abriu um sorriso largo.

— Bem, certo... Vejamos, então... Leigh, você e Rebekah podem formar uma dupla.

Por outro lado, talvez eu não devesse ser tão arrogante e só ter deixado Linda fazer as coisas do jeito dela. Rebekah fez uma careta para mim do outro lado da sala. Tentando esconder a minha relutância, mas provavelmente fracassando, eu me desgrudei do chão e fui para perto dela.

— E aí? — perguntei casualmente, e então fiquei imaginando se ela ia pensar que eu estava forçando a barra por usar gírias. É impossível dizer quantos anos essas garotas realmente acham que nós temos. Há momentos, como quando tive que explicar para Molly o que era Pearl Jam, em que me sinto positivamente geriátrica.

— Nada.

Pelo menos não foi totalmente monossilábico.

— Nada, hein? É... Legal. — Estremeci. Eu era a pior orientadora do mundo — O que você fez hoje?

— Nada de mais.

Percebi que ela estava usando uma camiseta do Oakland Raiders e achei que era melhor ir nessa dica mesmo.

— Você torce para os Raiders?

Ela franziu as sobrancelhas antes de baixar o olhar para a camiseta, obviamente fazendo a conexão naquele instante.

— Na verdade, não.

O que havia acontecido? Quando encontrei essa menina pela primeira vez, parecia impossível fazê-la calar a boca. Agora, fazê-la falar era como arrancar um dente.

— Então, que tal os San Francisco 49rs? Ou, humm, os Rams? Eles treinam em LA, não é?

Rebekah revirou os olhos.

— Não há um zilhão de anos — disse ela.

— Ah. — Eu queria que houvesse outra maneira de fazê-la falar que *não* envolvesse me fazer parecer uma idiota. O que eu estava pensando, para começo de conversa, falando sobre futebol americano? Só o que eu sabia sobre o esporte devia ser muito doloroso.

Eu queria perguntar a ela sobre sua pergunta da última reunião: *E quanto ao aborto?* Se ela soubesse o quanto aquela pergunta havia me assombrado na última semana...

Mas, de alguma forma, eu duvidava que uma garota que agia como se os detalhes mais mundanos do seu dia fossem segredos de Estado estivesse muito a fim de fazer uma sessão de fofocas. E, ainda assim, eu estava estranhamente determinada a fazer disso uma coisa significativa. Seriam necessárias algumas táticas de guerrilha — e se eu contasse algo primeiro? Afinal de contas, o que eu realmente tinha a perder? A menina já estava me olhando como se eu fosse uma sujeira em sua roupa.

— Humm... Então, eu tenho esse namorado — disse eu. — Estamos namorando desde o ensino médio e ele é realmente incrível. Tipo, ele é praticamente um gênio.

— Você quer uma medalha por isso?

— Não, não é isso que estou dizendo. — Soprei algumas mechas de cabelo para longe do rosto. — Quero dizer, temos tido alguns problemas ultimamente. Eu só não sei o que fazer a respeito.

— Que tipo de problemas? — perguntou Rebekah. Ela poderia ter dito "Tudo bem, você pode falar sobre a história das instituições psiquiátricas nos Estados Unidos, se insiste", considerando o interesse que estava mostrando. Mas, agora que ela estava me perguntando diretamente, eu não sabia o que dizer. O motivo pelo qual eu havia tocado nesse assunto, para começar, era para criar intimidade e comunicação, meio como um bom terapeuta faz com um paciente. Embora *definitivamente* parecesse inadequado que terapeutas começassem a compartilhar detalhes particulares a respeito de suas vidas sexuais.

Que se dane. Não é como se eu já tivesse uma licença. Pelo menos assim consigo desabafar.

— Quase perdi a virgindade há algumas noites — soltei, as palavras saindo da minha boca tão rápido que não havia como voltar atrás. Eu podia sentir o meu rosto ficando vermelho.

Uma míriade de emoções cruzou o rosto de Rebekah — interesse, nojo, desdém — antes que ela voltasse à indiferença.

— E daí? — Ela deu de ombros. — Não sou sua cabeleireira e você não é minha melhor amiga, então não é da minha conta.

— Não consegui ir em frente — falei.

Finalmente, uma centelha de interesse.

— Ah, é? — disse ela. — Por que não?

— Sem camisinha, para começar.

Rebekah fez aquele estalido com os lábios de novo, o que parecia a expressão onomatopeica perfeita para "desprezo".

— Entendi — falou ela. — Sexo seguro, nada de drogas, blá-blá-blá.

Eu balancei a cabeça.

— Isso não é um filme de sessão da tarde, se é o que está pensando. Mas não consegui tirar da cabeça que algo podia dar errado.

De repente, Rebekah se sentou mais ereta.

— Espere um segundo — disse ela —, há apenas algumas semanas você estava tomando pílula. Você me mostrou. Então, que história é *essa*?

Perfeito. Ela ainda não podia entrar em filmes para maiores, e de repente era uma pequena detetive. Mas pelo menos estava envolvida na discussão e talvez houvesse uma chance de se abrir um pouco.

— Eu estava... Eu estou — corrigi. — Mas não é cem por cento seguro, você sabe. E ainda há...

Linda estivera andando pela sala e escolheu aquele momento para passar por Rebekah e eu. Ela levantou as sobrancelhas para nós e, por um minuto, fiquei preocupada que tivesse ouvido a história toda. Eu não precisava ter um sexto sentido para saber que Linda não ficaria exatamente feliz se soubesse que estávamos conversando sobre sexo.

Mas então ela foi em frente e pude respirar de novo. Esperei que ela estivesse do outro lado da sala antes de me inclinar para perto para terminar a minha frase. Rebekah também se aproximou.

— Ainda há o problema de, você sabe, DSTs — sussurrei.

— E algumas delas nem têm cura.

Rebekah fungou.

— Em dez anos todo mundo vai ter DSTs — disse ela, dispensando a ideia como se estivesse dizendo *Taco Bell vai lançar os nachos de oito camadas*. — Quem é esse cara com quem você está ficando, de qualquer forma? Ele é galinha?

— Não, nós não estamos ficando. Eu lhe disse, ele é meu namorado desde o ensino médio. Há mais de um ano, na verdade. — Pronto, isso deveria impressioná-la. No colégio, nós costumávamos nos referir às pessoas que estavam juntas há mais de uma semana como "casadas".

Mais uma fungada, desta vez mais alta.

— Isso não significa que ele não seja galinha.

Tanto cinismo em alguém tão jovem. Esse é o momento em que a maioria das pessoas lamentaria a juventude de hoje, fazendo poesia sobre a inocência perdida ou algo do tipo. Uma parte de mim achava triste. Mas outra parte achava quase... revigorante. O cinismo pode ser revigorante?

— Bem, estamos juntos há algum tempo — disse eu. — E ele não é galinha... Eu *acho* que não, pelo menos.

— Então qual é o problema?

Pode confiar na Rebekah para ir direto ao assunto.

— Eu já disse — falei, me sentindo um pouco na defensiva agora. — Ele não tinha camisinha e, apesar de eu duvidar que ele tenha alguma doença e haver pouquíssimas chances de eu engravidar, me pareceu uma má ideia arriscar.

Rebekah ficou olhando para mim por muito tempo, e aí sacudiu a cabeça.

— Nah-ah — falou ela. — Você é uma mentirosa.

— Não sou, não — disse eu automaticamente, apesar de nem saber de qual parte da história ela estava desconfiando.

Rebekah ergueu uma sobrancelha assustadoramente arqueada para mim.

— Ah, é? — desafiou ela. — Então o seu namorado, com quem você já está há algum tempo e que diz não ser um galinha, quer transar com você. E você está tomando pílula. Mas você se acovarda. De jeito nenhum foi só porque estava preocupada com uma doencinha venérea qualquer.

Está bem, então eu não achava realmente que Andrew tivesse alguma doença. Rebekah vira a coisa pelo que era — um disfarce mal construído para cobrir a verdadeira questão. Que questão poderia ser essa, nem *eu* sabia ainda.

— Acho que eu estava com medo — admiti. — Mas não sei por quê.

Rebekah assentiu com conhecimento de causa.

— Eu também estava com medo, na minha primeira vez.

Sua *primeira* vez?

— Quantos anos você tem? Treze?

— Quinze! — corrigiu ela, afrontada. — Eu entrei tarde na escola e fiquei um pouco para trás, só isso.

Percebi que não conhecia essa menina muito bem e até agora o meu plano para fazê-la se abrir rendera mais a respeito da minha vida sexual (ou a falta de) do que sobre ela.

— Então quando foi a sua primeira vez?

— No ano passado — disse ela. — Na floresta atrás de um Kmart perto da minha casa. Não foi o máximo. A segunda vez foi melhor.

— Ah. — Eu não sabia o que mais dizer. — O mesmo cara?

— Não. — Rebekah limpou a garganta, como se estivesse constrangida. — Esse seu namorado, ele não é um galinha, mas ele é legal?

Ela não me deu uma definição exata de "legal", mas presumi que ela estivesse falando se ele me tratava bem ou não.

— É — falei. — Às vezes. Na maior parte do tempo. Eu o amo muito.

— E ele?

Eu olhei para ela, como se quisesse dizer, o que *tem* ele? Rebekah gesticulou impacientemente.

— Ele ama você? — disse ela, como se para uma criança.

Eu gelei.

— Ele diz que ama — falei lentamente. — Mas eu... não sei.

Linda bateu palmas para chamar a atenção de todo mundo e mal registrei qualquer outra coisa enquanto ela interrompia a reunião e dispensava as meninas. Rebekah catou sua mochila e hesitou, como se não estivesse certa se deveria dizer mais alguma coisa. Mas então resmungou um adeus rápido e saiu rapidamente pela porta, deixando-a oscilando atrás de si.

Saí do meu torpor só quando Linda parou a meu lado.

— Leigh? — disse ela. — Você pode ir para casa agora.

Levantei os olhos para ela.

— Por que essas meninas estão aqui? — perguntei.

Linda fez uma pausa, como se estivesse considerando nem tanto a pergunta, mas meus motivos para fazê-la.

— Elas foram indicadas por seus orientadores escolares — falou ela finalmente. — Por estarem "em risco".

— Em risco de quê? Ficarem grávidas?

— Não necessariamente. Só em risco de... desenvolverem problemas.

Achei que íamos chegar aos outros problemas mais tarde, quando a unidade sobre gravidez na adolescência fosse concluída. Eu ainda não achava que estava mais perto de entender Rebekah e estava começando a me sentir ainda mais longe de entender a mim mesma.

Juntei minhas coisas e saí sob o sol quente da tarde em direção ao estacionamento. Entrei na Gretchen e a liguei, sem perceber o calor cauterizante da ignição enquanto virava a chave.

Rebekah claramente tinha seus próprios problemas e eu estava determinada a descobri-los. Mas ainda não podia acreditar que fora tão honesta com alguém que eu mal conhecia, que ainda nem entrara para o ensino médio. Depois de decidir que queria estudar psicologia, só agora eu havia *começado* a entender a utilidade por trás da terapia.

> CONFIRMAÇÃO DE PRECONCEITO: A tendência a procurar provas para apoiar a hipótese do sujeito ao invés de procurar provas que enfraqueçam esta hipótese.

FOI Ami quem descobriu os resultados do concurso. Ela me mandou uma mensagem de texto da sua mesa, que era bem ao lado da minha. Essa é uma daquelas coisas que Ami faz. Ela me manda mensagem para dizer que devíamos ir à loja do campus e comprar Dippin' Dots, para me dizer quando está cansada e indo dormir e para me repassar links engraçados que encontra na internet. Ela faz isso mesmo quando chegar para trás na cadeira, virar a cabeça e falar comigo funcionaria da mesma forma. Melhor, até, já que tudo que ela digita parece que passou por um codificador.

A mensagem dela era composta de uma palavra, ou melhor, uma quase-palavra: PRAANBNESS. Olhei para ela e revirei os olhos, mas digitei de volta. VALEU... PELO QUÊ?

Foram só alguns segundos antes que a resposta da Ami aparecesse.

Ela digitava rápido, mas com certeza muito mal. VNCRE EM 2UDNO NO CNCUSRO.

Essa eu levei um tempo para entender. Quando finalmente a decifrei, girei a cadeira em um movimento rápido e ultrajado.

— Segundo lugar? — reclamei. — *Segundo lugar?* Como pude ficar em segundo lugar?

Ami ergueu as mãos, entregando-se.

— Não mate a mensageira — falou ela.— Achei que segundo lugar era bom. Só pense, você nem ia entrar até ter escrito alguma coisa em, tipo, uma hora. Então, segundo não é nada ruim.

— Você não entendeu — pressionei. — Eu me vangloriei naquela reunião idiota da turminha de psicologia de que eu ia ganhar. Isso é uma catástrofe.

Ami deu de ombros.

— Política — disse ela. — Todo mundo também achou que Andrea Raducan ia ganhar a medalha de ouro, até ela ser pega no antidoping.

Para minha amostra de redação persuasiva para a aula de composição, eu escrevera a respeito do escândalo nas Olimpíadas de 2000 envolvendo a ginasta romena que ganhou toda a competição de ginástica olímpica, só para ter sua medalha de ouro tomada quando seu teste deu positivo para alguma substância comum encontrada em xarope para tosse. Isso me traumatizou completamente quando eu era criança, mas por algum motivo Ami adora essa história e tenta enfiá-la em várias conversas onde realmente não se aplica.

— Não tomei *drogas*, Ami — observei. — Nem mesmo por acidente. Onde você leu sobre o concurso, por falar nisso?

— Aqui, vou mandar o link para você. — Ami digitou rapidamente uma nova mensagem e a mandou para mim. Depois de corrigir a digitação de uma das palavras, fui direcionada a um site de notícias do campus.

Lá estava: "Alunos ganham o segundo e o terceiro lugares em concurso estadual de redação." Cliquei na matéria e a varri com os olhos por tempo suficiente para saber que, realmente, eu havia ganhado o segundo lugar na divisão de pesquisa de alunos não graduados com o trabalho sobre terapias de comportamento cognitivo para tratamento de bulimia. Pelo menos Ellen não havia ganhado nada, mas ainda assim. A imbecil que ficara em primeiro era uma garota do norte da Califórnia, com um trabalho intitulado "Imagens religiosas e simbolismo em *Coração das trevas*, de Joseph Conrad".

Ela estava de brincadeira? Eu havia lido *Coração das trevas*, tipo, no primeiro ano, e não precisava ser um gênio para sacar o ascetismo que aparece na primeira página. Creio que as palavras exatas era que Marlow "parece um ídolo". Do que você precisa, de uma foto 3x4?

— Estou muito ferrada — resmunguei.

Ami ficou de pé atrás de mim, lendo o texto por cima do meu ombro.

— Não seja tão dramática — falou ela. — Então você não ganhou... grande coisa! Ainda vai a uma bela cerimônia de premiação em São Francisco. Com... — ela franziu os olhos para o monitor — ... um cara chamado Li Huang. Quem é Li Huang?

Eu não fazia a menor ideia. Aparentemente, ficara em terceiro lugar na parte de redação criativa para alunos não graduados, por seu poema "Flor de cerejeira", e era a única outra pessoa da universidade listada entre os ganhadores.

— Você percebeu que o nome dele é Li, certo? Vamos ser gêmeos de nome. Ah, meu Deus, eu estou *tão* ferrada.

Ami suspirou.

— Acho que os nomes chineses são trocados. Ele é chinês? Se for, o nome dele é Huang, não Li.

— Ainda assim — falei. — Alguém vai perceber e vamos ser Leigh e Li pelo resto da viagem. Vamos parecer uma firma de mudanças ou um escritório de advocacia para danos pessoais ou sei lá o quê.

— Quando é a cerimônia?

Esse era outro problema. A cerimônia de premiação era este fim de semana. Isso significava em apenas alguns dias! Quem é que dá só alguns dias de antecedência? Acho que eles pensaram que as pessoas ficariam tão felizes em ganhar seu concurso idiota que simplesmente cancelariam seus planos.

— Talvez você possa ir comigo — disse eu. — Aí essa história não seria tão ruim.

Ami franziu os lábios, pensando no assunto.

— Eu iria com certeza — falou ela. — Mas que motivo eu teria para entrar na festa? Não é como se *eu* tivesse ganhado alguma coisa.

Verifiquei meu e-mail e, é claro, já havia um e-mail enviado por Tim Dell, nosso coordenador de eventos especiais/ agente de admissões/diretor de assuntos estudantis. (Quando eu digo que a Stiles é uma pequena universidade liberal, quero dizer *pequena*.) Eu nunca havia interagido pessoalmente com ele antes, mas acho que era o responsável por esse tipo de coisa.

Caros Leigh e Li (ei, que engraçado!)

Já estava começando.

Em primeiro lugar, parabéns pelo sucesso! Tenho certeza de que seus trabalhos foram estelares para receberem tamanho reconhecimento! Como podem já ter percebido, a cerimônia de premiação está chegando — o que significa que temos que agir rápido!

— Esse cara tomou alguma coisa? — perguntei.

Achei que podíamos todos ir em caravana para São Francisco — quem consegue dizer "road trip"? Não se preocupem com as acomodações — já reservei dois quartos no hotel onde será a cerimônia. Leigh, você pode ficar em um e Li e eu ficaremos no outro. Não vamos confunfir os dois agora!

— Acho que vou vomitar.

De quauquer modo, me respondam dizendo se podem ou não comparecer à cerimônia — embora eu espere que vocês dois estejam lá! Não é sempre que recebemos uma homenagem assim — muito menos duas vezes!

Eca! Uma viagem com esse cara ia ser como assistir a uma competição de líderes de torcida em fast-forward. Eu estava mais determinada do que nunca a conseguir levar Ami comigo.

— Olhe — falei —, até diz aqui no e-mail que tenho o meu próprio quarto. Então qual o problema em você ficar comigo?

— Ei, como eu disse, estou totalmente dentro — falou Ami enfaticamente. — Mas não tenho certeza sobre esse tal de Tim. Não acha que a universidade se importaria em dar uma viagem grátis para alguém que nem devia estar lá?

Lancei um olhar feio para Ami.

— Você só não quer ficar presa em uma van com Tim "de quauquer modo" Dell.

— Bem, é. — Ela deu de ombros. — Quem iria querer?

Nem Ami nem eu estávamos superentusiasmadas com a perspectiva de passar um fim de semana inteiro com meu gêmeo de nome e o homem de 40 anos mais exuberante do mundo, mas eu acabei inventando uma forma de ela ir para São Francisco comigo.

No começo, Tim, que eu pensei não conseguir ser contra qualquer coisa, não comprou muito a ideia. Ele pareceu bem reticente no e-mail de resposta à minha pergunta sobre Ami, evidenciado pelo fato de só haver um ponto de exclamação no e-mail todo. E viera no final, depois da palavra *obrigado*. Não era um início muito promissor.

Mas aí eu lembrei a Tim que eu não ia dividir um quarto com ele e com o meu gêmeo de nome, de qualquer maneira, e que provavelmente era perigoso deixar uma garota ficar sozinha em um quarto de hotel na Cidade. Isso mesmo, em caixa alta. Como se a Stiles fosse totalmente rural, sendo logo na periferia de Los Angeles e tudo mais. Rá.

Então Ami ia comigo para São Francisco, o que era a única coisa que tornava a viagem palatável. Eu estava até começando a ansiar um pouco por ela, como uma folga bem-vinda de todo o resto na minha vida.

Na noite antes de partirmos, fui até o dormitório de Andrew para me despedir. Nós não havíamos nos falado muito desde a noite da festa — uma ou duas conversas breves pelo telefone, uma única e constrangedora xícara de café tomada alguns dias antes no Monóculo do Sapo, depois que cruzamos

152

um com o outro. Ele disse que andava muito ocupado e eu aleguei o mesmo, e não tenho certeza se nenhum dos dois estava mentindo ou se nós dois estávamos.

Foi Nathan quem abriu a porta da suíte de novo. Só que, desta vez, ele estava usando uma camisa. Eu não sabia se estava decepcionada ou aliviada.

— Onde está Andrew? — falei, segurando minha bolsa na frente do corpo como se ela fosse feita de Kevlar e a sala fosse território de guerra de gangues. O que, vamos admitir, ela parecia agora.

— Chuveiro — disse Nathan. Ele se sentou no sofá e pareceu quase surpreso quando ocupei a cadeira a sua frente. Corei quando percebi o que ele devia estar pensando. Não seria tão estranho uma namorada de tanto tempo simplesmente enfiar a cabeça no banheiro e dizer oi. Talvez ele até pensasse que eu gostaria de me juntar a Andrew no chuveiro. De repente, fiquei imaginando o que Andrew havia contado a ele sobre o nosso relacionamento. Fiquei imaginando o que dissera sobre a nossa tentativa malsucedida de transar, se é que havia contado alguma coisa. Será que Nathan achava que era estranho que aqui estivéssemos nós, calouros na faculdade, e Andrew e eu nem dormíssemos no quarto um do outro?

Porque eu achava. Mas a alternativa parecia bem mais esquisita.

— Parabéns, por falar nisso.

As palavras de Nathan me tiraram dos meus pensamentos e levei alguns momentos para perceber que ele devia estar se referindo ao concurso.

— Valeu — resmunguei. Não me dei o trabalho de perguntar como ele sabia disso. Depois daquela matéria, todo mundo parecia saber.

— Você deve estar irritada — falou ele. E então, diante do meu rosto inexpressivo, acrescentou: — considerando que disse para todas aquelas garotas que ia vencer.

Como ele sabia disso? Presumi que fosse via Sydney — a garota tinha uma boca enorme. Aí, como se estivesse lendo a minha mente (ou minha postura desconfortável), Nathan completou:

— Você mencionou isso no carro, a caminho da festa. — Agora era a minha vez de parecer pouco à vontade. — Deixe para lá. Eu só queria dizer parabéns pelo negócio do segundo lugar.

— Finja até conseguir, certo? — falei. Devia parecer uma coisa descolada e desencanada para se dizer, mas soou meio amargo. Nathan começou a folhear um catálogo da Fender como se eu tivesse cessado de existir.

Finalmente, Andrew emergiu do chuveiro, parecendo uma espécie de comercial de toalhas da Ralph Lauren e cheirando ao sabonete de sândalo que usa. Ele fez uma pausa enquanto tanto Nathan quanto eu olhávamos para ele.

— Leigh — disse Andrew. Por mais que eu tentasse, não consegui analisar seu tom. Ele estava feliz em me ver?

— Ei — respondi. Aí, porque a visão dele de toalha era um pouco perturbadora, limpei a garganta. — Humm... não é um bom momento?

— Não — falou ele, e aí, como que para enfatizar o que estava dizendo, repetiu: — Não, de jeito nenhum. Me deixe só trocar de roupa e eu já volto. Tudo bem?

— Tudo bem.

Andrew se trocou rapidamente, me poupando de maiores interações com Nathan. Quando ele saiu do quarto, me chamou com um aceno de cabeça. Levantei do sofá e passei por ele, mas não antes de ouvir suas palavras para o Nathan.

— Ah, quase me esqueci — disse Andrew, uma das mãos apoiada no batente da porta —, Sydney ligou mais cedo. Ela quer que você retorne a ligação *imediatamente.*

Andrew era uma daquelas pessoas que pronunciava isso de forma deliberadamente lenta. Não sei por que, mas isso sempre meio que me incomodou.

Nathan nem levantou os olhos de seu catálogo de guitarras, me fazendo imaginar se ia ligar de volta para ela ou não. Ele certamente não parecia estar com pressa, mas talvez só estivesse se fazendo de difícil. Os caras se fazem de difícil?

Andrew me guiou para dentro do quarto com a mão nas minhas costas, mas eu ainda estava agonizando a respeito do suposto relacionamento florescente de Nathan e Sydney. Se Sydney e Nathan ficassem juntos, isso significaria que ela estaria no apartamento o tempo todo? Eu teria que ouví-los fazendo barulhos de sexo? Ela e Nathan iam transar antes de mim e Andrew?

Eu estava começando a ficar um pouco enjoada.

— Então — disse Andrew. Ele se sentou a sua mesa, abrindo um livro como se preferisse muito mais ler sobre a luta eterna do homem do que conversar com a namorada. — E aí?

Levei alguns momentos para me lembrar por que eu viera, para começo de conversa.

— Acho que você já soube sobre o concurso.

Andrew ficou com aquela ruga no meio da testa que aparece quando ele está tentando se lembrar de alguma coisa.

— Acho que não — falou ele. — Você me contou sobre isso?

Talvez nem todo mundo soubesse a respeito.

— Não, não contei... Só achei que talvez você tivesse lido alguma coisa, sei lá.

Andrew balançou a cabeça.

— Vocês sabe o quanto estou ocupado, Leigh — disse ele. — Você ganhou?

— Mais ou menos — falei. — Fiquei em segundo lugar.

Ele sorriu, esticando a mão para segurar o meu joelho.

— Bem, isso ainda é bom.

— É — falei estupidamente. — De qualquer modo, vou viajar amanhã para essa cerimônia de premiação em São Francisco. Eu só queria avisá-lo.

— Ah, certo. — Aí suas sobrancelhas se ergueram, como se tivesse tido uma ideia. — Quer que eu vá com você?

A sugestão era tão doce que me senti imediatamente culpada por não ter pensado nisso. Eu simplesmente não previra que Andrew *gostaria* de ir.

— Não sei — disse eu. — Talvez se...

— Porque, você sabe, eu andei pensando — falou ele, segurando minhas mãos. — Sei que as coisas naquela noite não saíram como nenhum de nós planejou.

Nem me fale.

— Mas sei que posso fazer isso direito — continuou ele. — Eu até comprei um pacote de camisinhas, texturizadas. Foi o cara da farmácia que disse que as garotas gostam.

Isso deveria ter me entusiasmado, ou me excitado, ou alguma coisa. Mas a palavra *texturizada* saindo da boca de Andrew, assim como o fato de que ele chegara a consultar algum atendente pegajoso de loja de conveniências sobre o que *as garotas* (no plural!) gostam, me fez sentir... vulgar. Puxei minha mãos de volta em um gesto inconsciente de repulsa.

— O problema não são as *camisinhas* — disse eu, minha voz enfatizando a última palavra vergonhosa. — Nunca foi isso, não de verdade.

— Então o que é, Leigh? — Andrew jogou as mãos para o alto, indignado. — Eu não entendo você. A gente conversou sobre transar e concordamos que estávamos prontos seis *meses* atrás, e aí você fica toda sensível sobre o negócio da camisinha. Aí eu compro as camisinhas e você me diz que é outra coisa. Então, o que é?

Talvez eu estivesse dando importância àquilo. As pessoas perdem a virgindade o tempo inteiro, só se pegando em um campo de golfe como nesse romance brega que eu lera, ou passando uma noite bêbada com um cara qualquer. Talvez se eu só fizesse isso de uma vez, iria perceber o quão idiota estava sendo e fosse capaz de me livrar daquelas inibições. Só a ideia já deixava um gosto metálico na minha boca.

— Eu quero te fazer uma pergunta — falei baixinho. — Por que agora?

— O quê?

Pacientemente, eu repeti.

— Por que agora? Como você disse, nós estamos namorando há muito tempo. E você nunca mostrou muito interesse em me levar para a cama. Na verdade, eu comecei a imaginar se você me queria mesmo.

Não percebi o quanto era verdade até ter dito isso. Tinha passado a maior parte do ano anterior imaginando o que havia de errado comigo para que, depois de um encontro, Andrew parecesse satisfeito com uma pegação de dez minutos antes de me deixar em casa. Não que eu quisesse transar em seus assentos aquecidos, mas ele não devia querer *algo* mais?

Agora, de repente, era como se o sexo estivesse em alerta total e tivéssemos que agir imediatamente ou temer uma destruição nuclear completa. Não fazia sentido.

— É claro que eu queria você, Leigh. — Andrew suspirou. — Eu ainda a quero. Só quero ser capaz de transar com a minha namorada sem que você enlouqueça toda vez que o assunto surge.

Ele ainda não havia respondido a minha pergunta. De repente senti que, se não saísse do quarto, ia sufocar. Eu podia sentir o quanto estava sendo neurótica, mas não conseguia parar. E simplesmente não podia vê-lo ficar mais babaca ainda.

— Talvez esse fim de semana seja bom para nós — falei. — Nós dois vamos ter uma folga para reavaliar tudo. Vou tentar resolver o que quer que esteja me impedindo de dar esse passo. E, enquanto estou fazendo isso, descubra por que é tão importante para você que a gente faça isso *agora*, depois de um ano esperando.

Eu me movi para beijar Andrew antes de decidir que poderia ser estranho, dada a situação, e então me virei no último segundo e acabei babando o queixo dele. Óbvio que isso foi *menos* esquisito.

Fechando a porta de Andrew atrás de mim, entrei de novo na sala comum. Nathan estava ao telefone. Eu estava prestes a sair em silêncio quando o ouvi falar: "Claro, eu vou, sim."

Era só eu ou ele olhou para mim e virou ligeiramente para o outro lado enquanto dizia isso? Era de se pensar que ele estava ao telefone com os Rosenberg, pela forma como estava murmurando no bocal.

— Não tem o menor problema — disse ele. Desta vez, ele definitivamente me lançou um olhar que podia ser considerado "reticente", como diz Ami. Parece que há um cara em sua aula de arte táctil que lhe lança esses olhares sempre que ela começa a falar sobre como suas pinturas refletem seu espaço vaginal. Depois da primeira vez, ela continuou a fazer isso só como uma espécie de experiência, e então agora sua professora quer que ela entre para a ALMF (Aliança de Liderança Majoritária Feminista ou, como Ami chamou depois de uma reunião, Al-Mo-Fa-Da) e atue em *Os Monólogos da Vagina*.

— Nos encontramos às 20h, então — continuou Nathan. Nesse ponto, eu o estava encarando abertamente. — Está bem. Tchau, Sydney.

Ele desligou o telefone e só fiquei observando-o de boca aberta. Sydney? *Sydney?* Eu não havia esperado que ele realmente retornasse a ligação. Eu não teria retornado. Ele ia sair com Sydney?

Espere. Eles iam sair? Em um encontro?

Nathan limpou a garganta.

— É, humm... — começou a dizer. Nesse momento, a porta do Andrew se abriu e me virei. Andrew estava de pé no vão da porta, olhando para nós dois, confuso.

— O que houve? — perguntou ele para Nathan. E então, para mim: — Você ainda está aqui?

—Já estava saindo — falei. Àquela altura, eu não ficaria nem que me pagassem.

> ADAPTAÇÃO: O processo através do qual as pessoas aprendem novas informações, compostas de dois processos complementares. Na assimilação, as pessoas interpretam novas informações com seus esquemas existentes. Na acomodação, elas modificam os esquemas para incorporar novas informações que não se encaixam.

COMO Linda da Simms Middle School descobriu sobre o concurso, não faço ideia. Mas, na reunião de orientação antes de eu partir para São Francisco, ela parecia totalmente determinada em me transformar em alguma espécie de heroína para a juventude destinada à universidade.

— Nossa Leigh ficou em segundo lugar em um concurso estadual — anunciou ela, sorrindo. Foi como se a sessão em que eu havia praticamente forçado as meninas a fazerem sexo pré nupcial (de acordo com ela) nunca tivesse acontecido. Linda estava toda animada para fazer de mim um exemplo. — Por que não conta para nós como conseguiu, Leigh?

— Humm... — Apesar de eu ter ficado de pé na frente de todo mundo duas semanas antes, de alguma forma isso parecia muito pior. — Trabalho duro, na maior parte.

Do fundo da sala, ouvi uma fungada e sabia que era Ellen. Eu reconheceria aquele desdém nasal em qualquer lugar.

Mas também talvez um pouco de autopromoção descarada nunca tenha feito mal a ninguém.

— Na maior parte, foi pura perseverança. Mesmo que as pessoas duvidem de vocês ou as chamem de mentirosas, lembrem-se que podem alcançar o que quiserem. Bem, quase tudo. Sabem, se não existisse uma garota idiota que escreveu um ensaio vagabundo e pré-fabricado sobre *Coração das trevas*.

E lá estava: os olhos arregalados e os lábios franzidos, conforme Linda lembrava que não deveria confiar em mim para falar em público.

— Muito bem — disse ela, colocando as mãos nos meus ombros e praticamente me forçando a sentar de novo. — É isso mesmo, vocês podem fazer qualquer coisa que decidirem. Incluindo serem mães, mas vamos esperar mais uns dez anos antes de decidirem fazer *isso*.

Se mudanças sutis de assunto fossem uma arte marcial, Linda seria faixa preta.

— Ainda assim — continuou ela —, algumas semanas atrás parecia que todas vocês tinham muitas perguntas sobre como criar uma criança e começaram a entender só um pouquinho da responsabilidade que um bebê representa. Então eu pensei que, para lhes dar uma ideia melhor... — ela esticou a mão para trás, para dentro de uma caixa grande de papelão — bebês!

Por um segundo, meu coração parou, enquanto eu imaginava uma caixa cheia de bebês de verdade. Ah, meu Deus, pensei, ela foi a algum país subdesenvolvido desavisado e fingiu ser uma celebridade para poder levar para casa uma caixa cheia de suas crianças.

Mas aí ela mostrou uma boneca e meu coração voltou a funcionar. Pelo menos até eu dar uma boa olhada na cara da boneca. Agora eu sabia como seria a cara do Chucky quando recém-nascido.

— Só temos cinco delas, então vocês, meninas, vão ter que revezar — disse Linda. — Mas estas bonecas vão ajudá--las a perceber como os bebês de verdade dão trabalho. Igual a bebês de verdade, estas bonecas choram, comem e fazem xixi. Quando elas choram, vocês vão precisar acalmá-las. E, se forem muito duras com elas, elas ficarão mais difíceis de acalmar.

Está bem, acho que tive uma dessas bonecas quando era criança — um pouco mais fofa e um pouco menos anti-Cristo, talvez, mas ainda assim.

— Agora, tenham cuidado — falou Linda, entregando o primeiro bebê para Kathy —, porque estas bonecas custam 500 dólares cada uma.

Quinhentos dólares? A minha Wanda Faz-Xixi custava, tipo, dois dólares em uma venda de garagem. Com esse dinheiro todo, podíamos ter comprado um ano de anticoncepcionais para cada menina. Ou, no mínimo, poderíamos tê-las subornado para não abaixarem as calcinhas.

Observei enquanto Linda passava outro bebê para Rebekah e meio que esperei que a Rebekah resmungasse diante do exercício. Mas, em vez disso, ela ninou o neném robótico e demoníaco nos braços, virando-se para uma amiga para dizer:

— Vou chamá-lo de Tyrone. Como o pai.

Justo quando pensei que não podia ficar pior. Revirei os olhos e olhei pela sala, vendo Ellen fazer a mesma coisa. Foi momentâneo, mas por um segundo nós estávamos na mesma sintonia.

— Muito bem — falou Linda quando todos os bebês já haviam sido designados. — Temos cinco bebês. Eu gostaria de formar cinco grupos em torno desses bebês, então, se você não tem um, por favor, encontre uma menina que tenha e entre para o grupo dela. Tentem se dividir igualmente.

Desta vez, escolhi ativamente Rebekah, me jogando no chão bem ao seu lado. Ela estava ninando o bebê, um sorriso beatífico no rosto. Entendi de onde o bebê herdara seu DNA demoníaco.

— O que aconteceu com sacos de açúcar? — perguntei para ninguém em particular. — Ou ovos?

— Tente o supermercado — falou Ellen, formando um pequeno círculo comigo e com Rebekah. Molly, que acabara de vir se juntar a nós, riu.

— Não, eu quis dizer... — comecei. Aí balancei a cabeça. — Deixe para lá.

Linda delineou as regras principais para ter os bebês. A) Ser delicada (mais uma vez, ela mencionou o dinheiro e, mais uma vez, pensei que não confiaria nem a minha coleção de trolls a uma menina de 13 anos, que dirá um bebê de *quinhentos dólares*); B) apesar de a escola haver dito que permitiriam que as meninas levassem os bebês para a aula, se houvesse qualquer perturbação, eles deveriam ser entregues ao orientador da escola e recuperados no final do dia (aposto como o orientador vai adorar isso); e C) não deixar o bebê sem supervisão e não confiá-lo aos cuidados de mais ninguém (a não ser funcionários da escola, obviamente).

O que é totalmente artificial, se você pensar a respeito. Quero dizer, até mesmo jovens mães solteiras podem contratar babás, não podem? Que se dane. Havia tantas outras coisas erradas nessa situação que acho que era melhor escolher minhas batalhas.

Aparentemente, a gente só precisava se sentar em círculo e conversar sobre bebês, sem nenhum desencaminhamento ou orientação óbvia e inadequada. Era um tempo cem por cento livre. Limpei a garganta, tentando pensar em uma forma de talvez levantar o assunto de imagem corporal em adolescentes (há alguma forma delicada de perguntar sobre comportamentos de compensação, como tomar laxantes, ou é uma daquelas coisas que você tem que introduzir com cuidado?), mas Ellen me interrompeu.

— Então, Leigh — disse ela com um sorrisinho afetado. — Segundo lugar, hein?

Dei de ombros.

— Politicagem — falei. — Às vezes, as ginastas têm suas medalhas de ouro tomadas, mesmo quando todo mundo sabe que é tudo culpa do médico da equipe romena.

— O quê?

— Esqueça — cortei. — Então, Molly, como vai a escola?

— Bem — falou ela. — O que é romena?

Rebekah ergueu os olhos de seu robô-bebê e por um segundo achei que sua atenção havia sido atraída pela menção à Romênia. Porque *essa* é a brecha que eu estava esperando — poderes da ginástica do Leste Europeu. Sei, certo.

— Você não ia fazer aquilo com seu namorado ou sei lá o quê? O que houve com essa história?

Ellen ergueu uma sobrancelha para mim. Sempre tive inveja das pessoas que conseguem fazer isso.

— Uau — disse ela. — Parece que você tem sido uma ótima orientadora. Bom trabalho, Leigh.

A cabeça da Molly girou entre nós duas como se ela estivesse assistindo à uma partida de tênis.

— Fazer o quê? — perguntou ela. — Do que vocês estão falando?

Sério, por que ela está aqui? O programa de orientação só vai corrompê-la. Principalmente o meu grupo, já que sexo parece me seguir aonde quer que eu vá. E, sim, eu percebo a ironia.

— De qualquer modo — falei —, acho que devíamos voltar ao trabalho. Quem aqui quer ter um bebê, tipo, agora?

— Eu não quero — disse Molly, franzindo o nariz. — Eles são fedorentos. E gritam.

— Então, espere — falou Ellen. — Você e Andrew nunca fizeram aquilo?

— Bebês *são* fedorentos — disse eu. — E gritam. Boa, Molly.

— Quem é Andrew? — perguntou Molly. — E aquilo o quê?

Rebekah revirou os olhos.

— Sexo, sua retardada. Você está no jardim de infância ou algo assim?

Se significasse que eu ia entrar em trabalho de parto *neste exato momento* e então não teria que participar nem por mais um segundo dessa conversa, eu teria um bebê com certeza. É claro que isso significaria que eu precisaria efetivamente transar, em primeiro lugar.

— Eu simplesmente não acredito nisso — disse Ellen. — Vocês não namoram há, tipo, um ano? O meu noivo e eu só estávamos juntos há seis meses e nós...

Ela interrompeu a frase, acho que se dando conta da nossa plateia. Ou então lembrando-se que não é muito divertido estar do lado que fornece as informações picantes.

— Uuh, que reviravolta — falou Rebekah. — Até a garota com retenção anal está se dando bem.

— Com licença — disse Ellen. — Eu não tenho... quer dizer, eu não sou travada.

— Eu nem sei o que essa palavra significa — falou Molly. — Tem a ver com o fato de você se vestir igual a minha mãe? Porque se tem, então você é travada.

— Continue na escola, Molly — retrucou Ellen.

Certo, isso estava totalmente saindo de controle.

— Só fiquem calmas, está bem? Todo mundo. Sexo não é uma competição, certo? Não estou tentando "me dar bem". Talvez esse seja o problema, mas sabem de uma coisa? Não é da conta de vocês.

— É da *minha* conta — disse Rebekah. — Foi você quem fez ser da minha conta semana passada.

— Ah, é? — Tentei fazer minha melhor sobrancelha erguida para ela, mas tenho quase certeza de que só o que eu fiz foi fechar um dos olhos. — Então incomoda-se de explicar sua pergunta sobre aborto?

Rebekah projetou o queixo para a frente.

— Sim, me incomodo — disse ela.

— Sensacional — falei secamente. — E, Molly?

— Sim?

— Um romeno é alguém da Romênia — disse eu. — É um país do leste europeu, famoso por sua ginástica olímpica, ciganos e a Transilvânia.

— Ah — falou ela. — É de onde vem o Taz?

— Essa é a Tasmânia — corrigi. — A Transilvânia é o lugar de onde os vampiros supostamente vêm. E o bebê-demônio da Rebekah também.

Rebekah me olhou de cara feia e naquele momento Linda declarou a sessão de orientação encerrada. Em apenas meia hora, eu ensinara uma geografia relativamente inútil para Molly, mandara Ellen calar a boca e insultara o bebê falso da Rebekah.

E eu que achava que não seria boa orientadora.

> ANÁLISE DOS SONHOS: Uma técnica que examina sonhos, alegando que, durante os estados de sono, as defesas estão relaxadas e a mente está mais livre para expressar desejos proibidos.

CINCO minutos depois de a viagem de carro começar, eu soube que seriam algumas horas bem excruciantes. Essa revelação veio, não coincidentemente, no momento exato em que Tim tirou sua trilha sonora do Cirque du Soleil e o enfiou no CD player da van.

— Não é uma *road trip* sem música! — trinou ele, aumentando o volume dos tambores tribais e o que parecia suspeitamente com um flautim.

Ami e eu nos sentamos no último banco, com um banco extra entre nós e Tim, que estava dirigindo, e Li, que insistira em ir na frente. Tim fez um monte de perguntas para Ami e ela exagerou bem seus tempos em Nova York para mostrar como podia ser uma guarda-costas durona para mim.

O que é uma piada, considerando que A) Ami mal tem 1,50m, e B) ela só passou quatro dias em Nova York durante o verão, e basicamente os passou fazendo compras e indo a um musical baseado em algum filme popular nos anos 1980.

— Acho que vou ter um colapso nervoso — disse Ami, pressionando os dedos nos ouvidos.

— Não se eu tiver primeiro — falei.

Passamos a maior parte da viagem nos divertindo folheando uma *Cosmo* que Ami trouxera com ela. Houve um debate animado sobre se as "confissões" eram verdadeiras ou falsas — eu disse que eram mentira, mas Ami as defendeu — e isso deteriorou para uma análise de todos os confessionais em revistas femininas.

Eu podia ver Tim nos observando pelo retrovisor e portanto não fiquei surpresa quando ele esticou a mão para abaixar o som.

— O que vocês, meninas, estão fazendo? — gritou ele.

Considerando que àquela altura a revista estava aberta em uma página de dicas para aproveitar ao máximo seus brinquedos sexuais, eu não tinha certeza de como responder àquela pergunta.

— Humm, nada de mais — disse eu.

— Sabe, Ami, eu também passei algum tempo na Big Apple!

— Ah, é? — falou Ami, fazendo uma careta para mim.

— Já viu aquelas camisetas "Eu amo Nova York"? — perguntou ele. — Mas em vez de "amo", há um grande coração vermelho? Eu comprei uma dessas no aeroporto da última vez que fui lá. Porque é tão verdade!

Ele está falando sério?, ela fez com a boca. Dei de ombros.

— Humm... é — falou ela. — "Eu coração Nova York." Comprei uma dessas de um camelô na rua por, tipo, quatro dólares.

Sufoquei uma risada.

— Aaah, na rua! Não é de se surpreender que Leigh quisesse que você viesse junto — exclamou Tim. — Você é uma mulher do mundo.

Uma voz gutural estranha agora estava saindo baixinho do rádio e, obviamente ansiosa para mudar de assunto, Ami aproveitou.

— Isso é francês? — perguntou ela.

Tim aumentou um pouco a música.

— Ah, Ami, obviamente você ainda tem muito o que aprender. Mas não fique envergonhada, muitas pessoas pensam isso! Na verdade, é uma língua mística criada inteiramente para o Cirque du Soleil. Eu posso entender esta canção, mas, ai de mim, ainda não sou fluente no idioma!

Que maluco! Ele aumentou o volume todo de novo e Ami e eu voltamos a rir no banco de trás, apesar de desta vez ser por causa de Tim e sua música em vez da *Cosmo* no nosso colo.

— Eu amo Nova York? — sussurrou Ami. — Sério?

— Ei, uma garota que pode comprar camisetas no centro da cidade é o tipo que eu preciso a meu lado no mundo grande e mau do Rice-A-Roni.

Ami riu, virando a página da matéria sobre brinquedos sexuais, mas a próxima não era nem um pouco melhor. O meu próprio sorriso diminuiu um pouco quando vi.

"O segredo para ser boa de cama." Eu nem precisava passar os olhos pela matéria para saber o que ela diria. Para começar, tenho certeza de que disposição para *fazer* sexo era um pré-requisito.

Apesar de haver variações, todos esses artigos no fundo dizem a mesma coisa: autoconfiança. Os homens não ligam tanto para a técnica na cama quanto gostam de autoconfiança e entusiasmo. Eles querem uma mulher que esteja menos preocupada em encolher a barriga e mais interessada em... bem, vocês sabem.

Era o tipo de matéria feita para tranquilizar aquelas mulheres que já eram deusas do sexo, enquanto ignoravam aquelas que não eram nada disso e que não faziam ideia de *como* ser.

Só uma vez eu gostaria de ver uma matéria intitulada "Quem liga para sexo, por falar nisso?" ou "Cautela: o afrodisíaco definitivo".

Após uma rápida olhada para o meu rosto, Ami fechou a revista e a enfiou na sacola. Tenho certeza de que ela está morrendo de curiosidade para saber o que aconteceu entre Andrew e eu, mas ainda não estou pronta para discutir isso com ela. De uma forma estranha, foi mais fácil discutir o assunto com Rebekah, que não conhecia a situação. Eu sabia que Ami estava um pouco magoada por eu não falar a respeito, mas não podia fazer nada.

No banco da frente, Li estava apontando para alguma coisa do lado de fora da janela e Tim abaixou a música de novo para descobrir o que estava acontecendo.

— Por que aquela pessoa está de pé do lado de fora com placa? — estava perguntando Li, gesticulando enlouquecidamente na direção de um homem no meio-fio. Tanto Ami quanto eu torcemos o pescoço para olhar para fora da janela. Era um daquelas festas típicas de "grande inauguração" de algum restaurante mexicano, completo com um homem usando um sombrero e uma placa de sanduíche onde se lia COMA NO JORGE'S!

— Ele está fazendo propaganda? — falou Tim, e eu podia dizer pelo tom de sua voz que ele também não entendia qual era a grande emoção.

A resposta não satisfez Li.

— Por que eles não compram placa de verdade? — perguntou Li, pasmo.

— É só para chamar atenção — expliquei. — Eles contratam alguém para fazer isso para que as pessoas que estão passando de carro vejam melhor.

— Ah. — Por um instante, Li ficou em silêncio enquanto pensava sobre isso. — Ele ganha dinheiro? — perguntou.

— É — respondi. — Ele ganha dinheiro.

Apesar de estar olhando para a parte de trás da cabeça dele, eu podia praticamente ver os cifrões se iluminarem nos olhos do Li. Uma coisa que aprendi na meia hora em que estivéramos na van era que Li se preocupava muito com dinheiro. Era, tipo, só no que ele falava.

— Quanto dinheiro? — perguntou ele animadamente.

Eu era o que, o escritório do censo?

— Não sei — falei.

— Não muito — acrescentou Tim. — Mais do que um salário mínimo, espero!

Li fez um som de desprezo.

— Não vale a pena — proclamou. — Eu só faria por muito dinheiro!

Durante a viagem, Li perguntou quanto dinheiro ele podia ganhar trabalhando em uma bilheteria, dirigindo um caminhão de entregas e vendendo tapetes na beira da estrada. Até fez Tim colar na traseira de um carro que anunciava como ser "seu póprio patrão" enquanto ele anotava o número do telefone.

Na minha indagação favorita, ele perguntou ao Tim quanto a universidade lhe pagaria para ser professor. Tim o estava levando a sério até ficar óbvio que Li queria que a universidade o contratasse *agora*, antes mesmo de ele ter se formado. O Tim teve que explicar a ele que você não pode ser simultaneamente aluno e professor na mesma universidade.

Quando estávamos a apenas alguns quilômetros do hotel, tivemos que fazer uma parada de emergência em um Kinko's. Tim nos avisou de repente que teríamos que fazer uma leitura dos nossos trabalhos na cerimônia de premiação, o que nenhum de nós estava preparado para fazer. Eu não estava numa situação tão ruim. Havia trazido uma cópia do meu trabalho só para dar uma olhada e era bastante boa em improvisar apresentações. Como tudo que eu precisava fazer era ler um pedaço dele de qualquer modo, por mim estava tudo bem.

Li, por outro lado, começou a surtar. Ele não trouxera uma cópia do seu poema e tinha só uma ligeira esperança de que estivesse salvo em algum lugar do seu e-mail. Então, atrás do papel com o número de telefone do "Seja seu próprio patrão", Li começou a tentar recompor o poema. Eu não fazia ideia de como era o poema original, mas o novo era hilário. Fiquei imaginando se os jurados do concurso perceberiam que ele estava lendo um poema diferente.

Estacionamos no Kinko's para que Li pudesse verificar seu e-mail e tentar recuperar o original. Por causa desse atraso, não teríamos a oportunidade de passar em nossos quartos antes, e Ami e eu fomos ao banheiro do Kinko's para vestirmos a roupa da cerimônia de premiação. É claro que, no caso da Ami, isso significava uma espécie de fantasia maluca, completa com leggings, um vestido de bolinhas e enormes brincos de prata no formato de saxofones.

Sempre que presto atenção no estilo de roupa da Ami, hesito por alguns minutos entre o horror e a admiração. Desta vez a observei despejar algum tipo de sombra pesada de glitter dourado por cima da pálpebra toda antes de finalmente me decidir pela admiração.

— Simplesmente não sei como você faz isso — falei, balançando a cabeça.

Ami nem fingiu não entender.

— Não é tão fácil quanto parece — disse ela. — Diferente do que possa parecer, eu não visto o que me dá na telha. Isso na verdade é uma combinação muito bem planejada.

Eu tinha certeza que sim, apesar de ter testemunhado pessoalmente Ami jogando roupas para fora das gavetas de sua cômoda, arremessando-as por cima dos ombros como se estivesse em um episódio de *I Love Lucy*, e então vestindo o que quer que caísse por cima.

Peguei uma sapatilha de Ami emprestada de novo, mas além disso, eu parecia basicamente como de costume. Camisa de manga longa um pouco melhor do que o normal com uma calça preta um pouco melhor do que o normal. Era o máximo de esforço que eu estava disposta a dedicar a esse negócio.

Ami e eu por fim emergimos do banheiro para encontrar Li perguntando ao cara que fazia as fotocópias no Kinko's quanto ele ganhava trabalhando ali. O garoto espinhento claramente estava pouco à vontade, mas se esforçando ao máximo para esconder. Eu decidi salvá-lo.

— Vamos, Li — falei, fazendo um gesto para o papel em sua mão. — Agora que você tem o seu poema, é melhor a gente ir. Odiaríamos nos atrasar para a cerimônia de premiação.

O rosto do Li se iluminou diante da perspectiva. Ele estava realmente animado para ler seu poema idiota sobre flores de cerejeira. Não que eu soubesse que era de fato idiota — a emenda havia sido, mas talvez fosse injusto julgar baseado em uma cópia barata feita em 15 minutos enquanto estávamos sentados em um Dodge Caravan. Tenho certeza de que "Ariel", de Sylvia Plath, teria soado igualmente fútil em tais condições.

Ou talvez eu estivesse dando crédito demais a Li.

Não demorou muito para chegarmos ao hotel onde aconteceria a cerimônia de premiação e entramos de fininho pelos fundos, esperando que ninguém percebesse que estávamos um pouco atrasados. Por sorte, o orador principal estava acabando de finalizar seu discurso, que parecia ser algo sobre as várias maneiras diferentes de usarmos a escrita. Como se isso já não tivesse sido explorado até a morte.

Várias categorias se passaram antes que chegassem a nós, então Ami e eu nos divertimos sussurrando comentários maldosos a respeito de cada concorrente. Tim nos lançou olhares de reprimenda — ou pelo menos eu *acho* que era essa a intenção dele. Era difícil dizer, já que seu rosto era tão aberto e liso, com olhos sempre brilhantes. É difícil levar um escoteiro de 40 anos a sério.

Uma coisa que percebi conforme as pessoas se levantavam para apresentar seus trabalhos — só os vencedores do primeiro e do segundo lugar liam um trecho do trabalho. Isso significava que eu ainda teria que ler, mas Li, não. Olhei para ele, esperando ver uma profunda decepção em seu rosto. Diabos, *eu* estava meio decepcionada pelo garoto. Ele simplesmente parecera tão feliz por ter a oportunidade de ler seu poema idiota (ou genial que soava idiota quando reescrito dentro de uma van). Mas ele só ficou olhando para a frente, o sorriso em seu rosto tão largo e firme como se estivesse posando para uma foto.

Finalmente, chegaram à pesquisa de alunos não graduados. Eu me sentei mais ereta na cadeira e Ami deu um apertãozinho no meu braço.

A mulher com cara de garça atrás do pódio leu o meu nome.

— E em segundo lugar, temos Leigh Nolan, com seu ensaio intitulado "Alimento para as ideias". Parabéns, Leigh.

Eu já estava na metade do caminho, Tim fazendo um sinal de positivo quando passei por ele, mas não consegui fazer um positivo de volta. "Alimento para as ideias"? Só isso?

O título do meu trabalho *devia* ser "Alimento para as ideias: abordagens cognitivas para tratar a bulimia". Nesse contexto, o meu título fazia sentido — era até inteligente. Mas, sem o subtítulo, ele não parecia inteligente. Parecia um daqueles zines on-line idiotas — os que listam questões supostamente filosóficas, tipo: *Por que o Havaí tem estradas interestaduais?* ou *Por que você bota a calça, mas calça a bota?*

Sem firmeza, apertei a mão da mulher-garça e fui para trás do pódio.

— O título — comecei, e aí tive que parar para ajustar o microfone. Quando falei de novo, foi estranho ouvir a minha voz ressoar, ricocheteando pela sala, e quase dei um pulo para trás.

— O título completo do meu trabalho na verdade é "Alimento para as ideias: abordagens cognitivas para tratar a bulimia" — disse eu. — Vou dar um segundo a todos, se quiserem anotar isso em seus programas.

Esperei, mas não vi ninguém procurando nenhuma ferramenta de escrita de espécie alguma. Finalmente, limpei a garganta.

— Tudo bem, então vou ler para vocês a última parte do meu trabalho, que discute vários aspectos cognitivos da bulimia — falei, e comecei a ler. Apesar do começo um tanto inseguro, eu podia sentir a plateia começar a se interessar, ou pelo menos se interessar tanto quanto poderiam por um trabalho sobre distúrbios alimentares.

Na minha opinião, o estudo do trecho que escolhi ler era bem interessante. Basicamente, ele discutia o desempenho dos bulímicos em um Teste Stroop, que é um teste onde palavras são apresentadas em cores diferentes. O participante deve dizer a cor, não a palavra, mas às vezes, se é uma palavra que "interfere", eles hesitam na cor ou leem a palavra, em vez disso.

Houve vários estudos que demostraram que os bulímicos tendem a ter um desempenho pior com itens Stroop que lidam com imagem corporal. Mas um estudo subsequente também descobriu que os bulímicos se saíam mal quando apresentados a outras palavras ameaçadoras que não envolviam comida ou peso, tais como "dor" ou "isolamento", sugerindo assim algum tipo de componente emocional relacionado ao distúrbio além de uma mera distorção de imagem corporal.

Como meu trabalho havia sido escrito originalmente para o meu professor de psicologia do ensino médio e parecia que eu não levara isso em consideração quando o adaptei para o concurso, tive que improvisar uma pequena lenga-lenga a respeito do Teste Stroop que nunca fora detalhada no trabalho. É só uma daquelas coisas que qualquer um ligado à psicologia *tem* que saber, como os estudos de Milgram sobre a conformidade ou a obsessão de Freud com sexo e mães.

No geral, correu tudo bem. Eu me sentei com uma salva de palmas e, depois de ter ouvido as palmas educadas que o primeiro lugar recebeu, me fez sentir como se talvez as pessoas tivessem realmente prestado atenção no meu trabalho e *gostado*. Pela primeira vez, comecei a achar que esse concurso fora uma boa ideia mesmo sem todo o lance de competitividade da panelinha de psicologia.

Aí eles começaram os prêmios para redação criativa de alunos não graduados. A mulher-garça chamou Li, e Ami e eu batemos palmas enquanto ele se levantava de seu assento. Aí percebi que ele tinha algo na mão... o seu poema. Confusa, me inclinei para sussurrar no ouvido de Ami.

— É para ele apresentar isso? — disse eu. Nenhum dos outros ganhadores do terceiro lugar apresentaram.

Ela deu de ombros.

— Talvez ele só tenha esquecido de deixar aqui.

Nós o observamos chegar ao pódio, onde a mulher-garça estava com a mão esticada para que ele a cumprimentasse. Mas, em vez de apertar sua mão, ele passou por ela e ficou em frente ao microfone. Ia realmente ler seu poema! Isso ia ser incrível.

— Pessoal, relaxem — disse ele ao microfone. Ele não tinha problemas em falar em público e imediatamente seu pesado sotaque chinês encheu a sala. — Fechem o olho, fechem o olho!

Prendi uma gargalhada. Todo mundo parecia confuso, principalmente a mulher-garça, que ainda estava com a mão ligeiramente esticada esperando que ele a pegasse. Li repetiu seu pedido para que todos fechassem o "olho" e, com relutância, algumas pessoas obedeceram.

— O meu poema — disse ele, esticando a palavra até transformá-la em po-ê-ma — chama-se "Flor de Cerejeira". — Ele ergueu o papel à sua frente, esticando-o dramaticamente enquanto começava a ler.

— *Flor de cerejeira cai do céu* — começou ele. — *Embrulhada na borboleta mais transparente. Flor de cerejeira pega pelo vento. Flor de cerejeira quer ser nossa amiga. Flor de cerejeira...*

Era tão ruim quanto a versão da van. Talvez pior. Alguns versos eram bonitinhos e tenho que dar crédito a ele por criar rimas como "jasmim" e "guaxinim", mas na maior parte simplesmente não fazia nenhum sentido. Se esse poema era digno do terceiro lugar, eu estremecia em pensar nos que ficaram abaixo.

O que realmente tornava essa versão do poema pior era o seu tamanho. Toda vez que parecia estar acabando, ele continuava por mais oito estrofes e aí começava tudo de novo. Eu já havia superado completamente a fase da diversão e passara a cochilar antes de Li finalmente se afastar do pódio. Dessa vez ele esticou a mão e a mulher-garça a apertou distraída, parecendo que havia acabado de ser abduzida por alienígenas.

Li se sentou e os vencedores do segundo e do primeiro lugar apresentaram seus trabalhos, mas nada podia se comparar ao momento em que vi Li empurrar a mulher-garça para o lado e ordenar que todo mundo relaxasse. Pelo resto da cerimônia, nada poderia ser mais divertido do que isso.

Depois, nós todos nos sentamos à uma mesinha com pratos de canapés. Ami riu da façanha do Li e lhe deu parabéns de verdade por sua coragem, mas ele não entendeu.

— O que fiz? — perguntou ele. — Eu só querer ler "Flor de Cerejeira".

De alguma forma, isso melhorou a situação. Li realmente parecia não ter consciência do enorme constrangimento que causara e do olhar no rosto do diretor do concurso.

— Bem, foi um poema muito bonito — menti.

— Obrigado. — Ele sorriu. — Mas eu quer que ele ganhar primeiro lugar. Por isso entrar no concurso, pelo dinheiro.

O primeiro lugar ganhava cem dólares, o segundo lugar ganhava cinquenta dólares e o terceiro lugar levava para casa uma antologia grátis do Mark Twain. Eu podia ver pela forma como Li olhava para a antologia — como se fosse um rato morto encontrado atrás do fogão — que ele não estava muito entusiasmado com um dos melhores escritores dos Estados Unidos. Ou pelo menos, não tão entusiasmado quanto teria ficado com cem dólares.

— Venda o livro — sugeri. — Aí você vai ganhar algum dinheiro.

Espiei em volta, olhando para todas as pessoas travadas das outras universidades tentando socializar enquanto limpavam sub-repticiamente os dedos nas calças ou nas toalhas de mesa verde-escuras. Achei engraçado nós estarmos ali, uma mesa de três desajustados de uma das menores e menos conhecidas universidades, tão provincianos e exasperados por não termos ganhado *primeiro* lugar que não podíamos nos dar o trabalho de interagir com mais ninguém.

Me ocorreu que, durante aquele dia inteiro, eu não havia me preocupado nem um pouco com a situação com Andrew. Eu sabia que seria uma boa ideia tirar uma folguinha um do outro — só não esperava me sair tão bem nisso.

Mais tarde naquela noite, quando Ami e eu estávamos de pijama, sentadas nas camas do hotel, pensei em conversar um pouco com ela a respeito do Andrew. Mas, por algum motivo, eu ainda não conseguia. Conversamos sobre uma tonelada de outras coisas — a façanha de Li, a faculdade, até sobre um dos surfistas da festa de Joanna para quem Ami dera o telefone mas que ainda não havia ligado. Eu me senti bem aconselhando Ami sobre sua vida amorosa, já que isso desviava a atenção da minha.

Finalmente, quando as pausas entre as conversas começaram a ficar cada vez mais longas, apagamos as luzes e fomos dormir. Percebi pelo ronco leve de Ami que ela havia adormecido quase que imediatamente, mas só fiquei deitada ali, olhando para as frestas de luz das persianas da janela.

Então, de repente, a parede começou a tremer um pouco. Eu me virei para olhar para Ami, mas ela estava morta para o mundo. Aí, eu ouvi. As pessoas no quarto ao lado estava transando.

E não era uma transa normal. O cara parecia fazer algum rosnado esquisito e a mulher só ficava repetindo a mesma coisa sem parar: *"ahmeuDeusissoétãogostoso, ahmeuDeusissoétãogostoso, ahmeuDeusissoétãogostoso."*

Perfeito. Tentei colocar o travesseiro por cima da cabeça, mas ainda conseguia ouvir. Tive vontade de esmurrar a parede e lhes dizer para ficarem quietos. E havia abreviação para *"ahmeuDeusissoétãogostoso"* — chama-se um gemido. Me parecia que, se ela possuía energia para repetir aquela frase inteira, talvez não fosse tão gostoso quanto estava alegando. *Ela está fingindo!*, eu queria gritar pela parede, só para fazê-los calar a boca, se por nada mais.

Os sons acabaram morrendo e caí no sono, com o travesseiro ainda por cima da minha cabeça.

Naquela noite eu sonhei que estava andando pela praia, o sol saindo por cima da beira da água. Por algum motivo, eu sabia que o sol estava nascendo e não se pondo, o que tornava o sonho mais surreal, porque nós nunca vemos o sol nascer por cima da água aqui. Eu estava usando uma saia tão branca e delicada quanto as ondas e meus pés estavam descalços.

Ao longe, havia uma figura andando na minha direção, tremulando como se fosse uma miragem. Mas aí ele se aproximou e vi que não era uma miragem.

Ao vê-lo, eu senti uma incrível onda de felicidade. Corri na direção dele, meus pés afundando na areia macia. Ele parou, sorriu e aí, no segundo seguinte, eu estava em seus braços.

Só foi esquisito depois, quando acordei suando frio. No sonho parecia certo, do mesmo jeito que eu sabia que era o nascer do sol e me parecia normal estar usando aquela saia superesvoaçante que eu jamais compraria na *vida*.

As mãos dele estão na minha cintura, tocando a pele nua, roçando meus quadris. Quero ficar tão perto dele quanto possível e eu arqueio as costas e junto meus braços em volta de seu pescoço. Nunca me senti assim antes, toda quente, palpitante e viva.

— *Nathan* — *sussurro.*

Meus olhos se abriram de repente e me sentei de estalo, minha camiseta retorcida e grudando pegajosamente no corpo. Olhei para Ami, uma onda de vergonha me derrubando. Ela ainda estava dormindo, mas parecia que o sonho era um holofote em cima de mim, muito mais brilhante do que a luz do poste que entrava pelas frestas da persiana. Parecia quase inacreditável para mim que ela não pudesse ver, que o sonho não a tivesse acordado.

Eu sonhei com Nathan me beijando. Sonhei com *Nathan* me beijando. Ah, meu Deus. Nathan me *tocou*. Eu ainda podia sentir seus dedos na minha pele, sentir a força quente dos seus braços em volta de mim.

O que eu estivera prestes a dizer? Antes de acordar, eu acabara de dizer o nome de Nathan e de alguma maneira eu sabia que estava prestes a dizer alguma outra coisa. Será que eu teria dito, *ah, meu Deus, isso é tão gostoso?*

Onde estava um bom psicanalista quando você precisava de um?

RACIONALIZAÇÃO: O processo de desenvolver
uma explicação socialmente aceitável para
comportamentos ou pensamentos inadequados.

NÓS só íamos partir no fim do dia seguinte, então Tim nos deu
a manhã e o começo da tarde para vermos um pouco de São
Francisco. Normalmente, teria sido o máximo, bisbilhotar as
lojas com Ami, bater papo e observar as pessoas.

Mas eu ainda estava inquieta com o sonho da noite anterior
e Ami, como se pressentisse o meu humor esquisito, parecia
estranhamente quieta também. Sem rumo, vasculhamos uma
loja em particular que era uma armadilha para os turistas. Em
circunstâncias normais, Ami e eu teríamos nos divertido à
beça experimentando chapéus coloridos e zombando de todos
os cartões-postais. Mas, em vez disso, estávamos no piloto
automático, pegando globos de neve bregas de São Francisco
(cheios de confete em vez de neve) e minimodelos de bondes,
sem pouco prazer de verdade.

Saímos da loja sem comprar nada e passeamos pela calçada,
e eu desejei ter trazido um moletom. A brisa fria vinda do
oceano próximo atravessava a minha camiseta da Clean Com-
munities e fazia longas mechas de cabelo chicotearem meu
rosto. Mais cedo, eu havia prendido o cabelo em um rabo de
cavalo, mas ainda tinha aquelas mechas que cruzavam irritan-

temente por cima dos meus olhos e grudavam nos meus lábios. Ami e eu passamos por um salão de cabeleireiro e eu parei.

— Aqui — disse eu. — Quero cortar o cabelo.

— O quê?

— Cansei dele — falei. — Fica caindo no meu rosto e é um saco cuidar dele. Eu quero cortar.

Ami botou as mãos nos quadris.

— Ei, eu não ia dizer nada — ela falou —, mas você esteve esquisita a manhã inteira e eu *não* vou deixar que corte o cabelo nesse humor. Você ama o seu cabelo. *Eu* amo o seu cabelo.

Andrew também amava o meu cabelo. Por algum motivo, isso só me fez querer fazer isso ainda mais.

— Já me decidi — insisti. — É ridículo ficar com um cabelo tão comprido assim.

— Mas você ficou toda chateada quando Audrey Hepburn cortou o cabelo supercurto em *A Princesa e o Plebeu*. Você sempre diz que gostava mais antes.

— É, mas quando alugamos *Sabrina* e ela fez isso de novo, eu já tinha superado completamente, lembra? Só vou ter de me acostumar, só isso.

Ami franziu os lábios, obviamente pensando no que fazer comigo quando eu estava agindo como uma criança que queria uma Barbie nova.

— Tudo bem. — Ela finalmente concordou, me surpreendendo um pouco.

— Ótimo — falei, acenando forte com a cabeça, como se para dizer *está resolvido*. — Vamos lá.

Ela segurou o meu braço.

— O cabelo é seu, Leigh, e você pode fazer o que quiser com ele. Mas como sua colega de quarto, futura madrinha de

184

casamento e amiga para o resto da vida, tenho que implorar para que reconsidere. Pelo menos espere até estarmos em casa de novo, certo? Você não quer cortar o cabelo na — ela olhou para a placa e fez uma careta — *Fábrica de Cabelo.*

Abri a porta, fazendo um gesto para que ela entrasse.

— Sei o que estou fazendo — falei com confiança.

Depois que eu já estava na cadeira, o avental sobre mim e meu cabelo estava molhado e penteado, a minha decisão começou a vacilar um pouco. Será que eu *realmente* sabia o que estava fazendo? Toda mulher, afinal de contas, nasce com o conhecimento instintivo de que não existe destino pior do que um corte de cabelo ruim. Não seria nada drástico, falei para mim mesma. Só alguns centímetros.

A cabeleireira parou atrás de mim, estourando sua bola de chiclete bem alto. O cabelo dela exibia um corte esquisito e frisado que era ligeiramente mais comprido na frente do que atrás. Eu queria perguntar se ela havia cortado o próprio cabelo, mas fiquei com medo da resposta.

— Que cê quer? — perguntou ela. O crachá dizia que seu nome era Yvonne.

— Humm... — Olhei em volta do salão, esperando uma inspiração de último minuto vinda de um daqueles pôsteres que eles sempre têm, de pessoas lindas com cabelos incríveis. Vi um panfleto anunciando um programa chamado Mechas de Amor, pedindo aos clientes que doassem cabelo para crianças doentes que precisavam de perucas.

Isso parecia legal. Eu podia justificar um pouco melhor o corte de cabelo se fosse um lance de caridade.

— Quanto cabelo tenho que cortar para doar para o Mechas de Amor? — perguntei.

Não sei o que eu esperava. Talvez que Yvonne ficasse tão feliz por eu estar fazendo uma boa ação que ficasse de bom humor. Em vez disso, ela suspirou, empurrou o chiclete pela boca com a língua e gritou a mulher na estação ao lado:

— Sheila! De quanto cabelo você precisa para o negócio do Mechas de Amor?

A Sheila fez uma pausa no meio da escova para pensar sobre o assunto.

— Uns 25 centímetros? — ela disse. — Talvez 30?

Olhei para o meu cabelo no espelho. Eu tinha mais do que isso, com certeza.

— Quão curto isso deixaria o meu cabelo? — perguntei.

Yvonne pegou uma fita métrica, esticando-a ao lado do meu cabelo.

— Tem que tirar mais alguns centímetros, porque vai encurtar quando estiver seco — falou ela. — Vai ficar mais ou menos... aqui.

Sua mão parou acima do meu ombro. Eu engoli em seco.

— Isso é antes ou depois de secar? — perguntei.

Ela subiu a mão, logo abaixo do queixo.

— Ainda quer cortar?

Ami estava sentada na sala de espera, não muito longe da minha cadeira. Ela balançou a cabeça.

— Nananão — disse ela. — Não faça isto, Leigh. Lembre-se, vá *devagar*.

Mas eu já havia perguntado sobre o programa. Eu não iria para o inferno se me acovardasse agora, só por causa de uns meros centímetros? E são crianças doentes, isso é bem sério. Não quero isso na minha consciência. Se o corte ficasse horrível, sempre ia crescer de novo.

186

— Tenho que concordar com a sua amiga — falou Yvonne. — Você tem um cabelo muito bonito. Seria uma pena cortá-lo todo.

Cerrei os dentes. Quando tinha sido a última vez em que um vendedor dissera: *Você está usando uma camisa muito bonita. Eu não compraria outra, se fosse você.* Ou um corretor de imóveis: *Que casa linda você tem. Devia morar aqui para sempre e desistir de vendê-la.* Era ridículo.

E daí que o meu cabelo era bonito? Existe uma lei que diz que cabelo curto não pode ser bonito também? E crianças doentes não merecem algo bonito?

— Vamos nessa — disse eu. — Tire meio metro, se precisar.

Yvonne ergueu as sobrancelhas.

— Está bem, se você diz...

Ela pegou sua tesoura prateada e afiada, e quase desmaiei. Eu estava com um frio no estômago, o mesmo que eu sempre sentia em montanhas-russas — você sobe sem parar e, no exato segundo em que está prestes a descer a toda velocidade, você fica, tipo, *Não! Eu mudei de ideia, quero sair!*

Eu sei, eu sei. Faz parte da emoção. Mas acontece que realmente odeio montanhas-russas. Quando começa aquela descida íngreme, não sou a que grita e se diverte. Eu só grito.

Com movimentos habilidosos, Yvonne entremeou meu cabelo em uma longa trança. Ela deu umas tesouradas em alguns pedaços mais curtos na frente até eles mal cobrirem minhas orelhas. *Ainda não é tarde demais*, falei a mim mesma. *Isto pode ser só a sua franja — franjas voltaram à moda, certo?*

— Mudou de ideia? — perguntou Yvonne.

Eu quase assenti, mas fiquei imóvel quando me lembrei que ela estava com a tesoura na mão.

— Não — menti.

Ela deu de ombros e começou a cortar mais cabelo da frente, até que finalmente decepou o início da trança, bem na minha nuca. Pelo canto do olho pude ver a trança cor de café com leite ainda na sua mão e achei que ia vomitar.

Passei a meia hora seguinte com os olhos fechados, com medo até de pensar no que Yvonne estava fazendo com o meu cabelo. Ela podia ter raspado a palavra *ice* em um lado da minha cabeça e eu não teria a menor ideia.

Ouvi o secador e soube que ela estava quase terminando. Ela afofou alguns pedaços aqui, penteou outros ali e ouvi o barulho da tesoura conforme ela aparava algumas pontas desiguais.

Finalmente ela estourou a bola de chiclete e disse:

— Prontinho.

Abri os olhos. Não podia acreditar.

Estava... bom. Meu cabelo sempre fora liso e brilhante, mas às vezes eu queria que tivesse um pouco mais de volume. Agora as camadas faziam com que parecesse que ele fora realmente penteado, virando logo abaixo do meu queixo e dançando em volta do rosto. E o meu rosto, que sempre achei ser um pouco angular demais para ser bonito, de repente parecia mais suave, reluzindo, até. Eu juro, fazia até minha pele parecer melhor.

Que diferença um corte de cabelo pode fazer.

— Aqui está o seu cabelo — disse Yvonne, me entregando a trança. — Vou lhe dar o endereço daquele programa. É você quem tem que botar no correio.

Isso era meio chato, mas eu ainda não podia discutir com criancinhas doentes. Olhei para todo o cabelo que havia perdido, mas isso não me apavorou como teria alguns momentos antes.

Está bem, a trança em si era apavorante. Segurar um pedaço do seu cabelo todo trançado era um pouco sinistro, só alguns passos de distância de gemer "Precioso", como aquele cara em *O Silêncio dos Inocentes*. Mas eu não estava mais arrependida do corte. Como poderia, quando tinha ficado tão bom?

Paguei pelo corte alegremente, acrescentando uma gorjeta para Yvonne muito mais generosa do que eu em geral daria. Ei, sou uma estudante universitária. Não *tento* ser avarenta. Isso simplesmente acontece na maioria das vezes.

— Uau — disse Ami enquanto saíamos para a rua. — O seu cabelo está *sensacional*. Como nunca pensou em cortá-lo antes?

Dei de ombros.

— Não gosto de mudanças — falei.

Ami assentiu, não que ela pudesse compreender nem um pouco. O cabelo dela é ainda mais curto do que o meu estava, com uma franja longa e meio desarrumada, mas curto como o de um garoto na parte de atrás. Só mais uma coisa que Ami podia fazer mas que faria alguém como eu parecer uma pateta.

Mas pensando bem, cabelo curto ficava melhor em mim do que eu jamais havia pensado que ficaria...

Calma, falei para mim mesma. Eu tinha cabelo curto há cinco minutos e já estava planejando cortá-lo mais. Queria curtir esse corte por algum tempo.

Eu não podia evitar balançar o cabelo enquanto andava, afofando-o com as mãos e curtindo o toque dele na minha bochecha. No primeiro ano, havia uma garota na minha turma que sempre usava um rabo de cavalo alto e saltitante e, sempre que ela andava, torcia o corpo inteiro, fazendo seu cabelo balançar como um pêndulo jubiloso. Eu sempre achei que ela era a maior idiota.

Agora eu estava começando a imaginar se a havia julgado mal.

— Então, o que você acha que Andrew vai achar? — perguntou Ami, me olhando de soslaio.

— Ele vai gostar — disse eu, desejando me sentir tão segura quanto soava.

Ami ficou em silêncio por um minuto.

— Você não falou com ele o fim de semana inteiro — disse ela. — Está tudo bem com vocês?

Na mudança de assunto mais óbvia do mundo, olhei para o meu relógio. Ainda tínhamos vinte minutos antes de termos que encontrar Tim e Li.

— Vamos tomar um sorvete — sugeri alegremente, empurrando-a na direção de uma pequena sorveteria na esquina. — Quero alguma coisa gelada.

Não muito antes, eu estivera reclamando que estava frio demais do lado de fora, mas a seu favor, Ami fingiu não notar. Ela pediu uma casquinha de menta choco-chip, eu pedi um copinho de sorvete de morango com granulado colorido e nos sentamos em um banco para comer.

Deixei uma colherada de sorvete se dissolver na minha língua enquanto pensava nas próximas palavras.

— Nós não transamos naquela noite — disse eu.

— Eu já tinha imaginado. — Ami ficou olhando para uma gota de sorvete que estava escorregando por sua casquinha como se fosse a coisa mais fascinante que ela já vira. — O que houve?

A essa altura, eu já havia abandonado a desculpa da camisinha, apesar de ainda dizer que fazer sexo seguro era uma questão importante.

— Acho que só fiquei com medo — falei. — Não há como voltar atrás, sabe? E eu não tinha certeza de que estava pronta para fazer isso.

Ami olhou para mim.

— Então vocês terminaram?

— Não, é claro que não — disse eu. — Estamos só dando um tempo, para reavaliar.

— Para reavaliar se querem terminar?

— Não! — Enfiei minha colher no copinho de sorvete com irritação, espirrando morango na minha mão. — Nós não vamos *terminar* por causa de algo idiota desse jeito. Só preciso de um tempo para pensar, só isso.

— O que faz você pensar que isso é idiota? — perguntou Ami. — Sexo é parte importante de um relacionamento, sabe. A *Cosmo* diz que a mulher sabe, em cinco segundos, se quer dormir com um homem ou não.

Revirei os olhos.

— A *Cosmo* não sabe tudo — falei. — É só olhar para todas as ditas estatísticas deles: 35 por cento dos homens relataram ter se dado bem com sua chefe. Que tipo de cara lê a Cosmo? O tipo que dorme por aí com chefes, esse tipo. É uma amostra deturpada da galera de *Sex and the City*.

Ami fez uma expressão como se eu tivesse acabado de chutar um gatinho.

— A *Cosmo* contém muitas informações valiosas — disse ela. — E *Sex and the City* foi uma série revolucionária.

Eu não ia ganhar essa, então para que tentar?

— Tanto faz — reclamei. — Só estou dizendo que não é que eu não *queira* transar com Andrew. Só quero que seja tudo do jeito certo e não me pareceu certo naquela noite. Mas nós nos amamos e em breve vai ficar tudo bem.

Tentei não pensar sobre a conversa que eu tivera com Andrew na noite antes de viajar. *Texturas para seu prazer.* Eca.

O sorvete da Ami, intocado por vários minutos, havia começado a pingar para valer, e ela lhe lançou um olhar enojado antes de jogá-lo no lixo.

— Está bem — falou ela. — Quero fazer uma pergunta. Você já fantasiou a respeito?

Uma onda de rubor culpado se espalhou pelo meu rosto.

— Ah! Sim! — guinchou Ami, como se estivéssemos no sexto ano e jogando um jogo de verdade ou consequência.

— Bem, isso é um bom sinal.

— É... — Fiquei imaginando o que ela pensaria se soubesse que não tinha sido com Andrew. Aquele sonho idiota estivera na minha cabeça o dia inteiro e quase parecia valer a pena contar tudo para Ami só para ter uma segunda opinião.

— Na verdade, tive um sonho ontem à noite — falei cautelosamente.

— Um sonho erótico?

— Mais ou menos. Mais... romântico, mas, é, definitivamente sexy. — Meus dedos torceram nervosamente meu cabelo recém-cortado. — Você ouviu o casal no quarto ao lado mandando ver ontem à noite?

Os olhos da Ami se arregalaram.

— Você ouviu as pessoas no quarto ao lado *transando*?

Eu assenti.

— É, foi muito nojento — disse eu. — Mas provavelmente foi isso que me fez ter esse sonho. É a única explicação.

— Ouvir dois estranhos, por favor me diga que eram só dois, copulando como coelhos pela parede pode ser uma parte.

Mas, qual é? Você e Andrew estão namorando há um ano, e nunca transaram; tenho certeza que você estava com sexo na cabeça, de qualquer modo.

Às vezes, quando a água está fria, é melhor simplesmente pular de uma vez. Entrar aos pouquinhos só prolonga o momento e o torna mais difícil.

— Não foi com Andrew — falei.

Ami piscou, mas se recuperou rapidamente.

— Isso não é incomum — disse ela. — Já tive sonhos eróticos com pessoas aleatórias ou sem rosto antes.

— Ah, ele não era aleatório e tinha um rosto — falei. Eu respirei fundo. — Era Nathan.

O queixo da Ami caiu. Literalmente. Sua boca ficou aberta pelo que pareceram vários minutos, e parecia que ela ia começar a falar algo, só para desistir no meio do caminho. Pela forma como seus lábios se juntavam, percebi que ela só queria dizer "O quê?".

Mas aí ela fechou a boca e apertou os olhos, como se estivesse considerando alguma coisa.

— Na verdade — falou depois de algum tempo —, dá para imaginar.

Agora foi a minha vez de ficar boquiaberta.

— O quê? — disse eu. — Ami, isso é loucura. Como você disse, é normal ter sonhos eróticos às vezes e isso tem estado na minha cabeça ultimamente, e havia aquele casal no quarto ao lado...

Ami me interrompeu.

— Isso não explica por que seria com *Nathan* e não Andrew.

Eu estava começando a me arrepender por ter desejado uma segunda opinião.

— Olhe, não gosto do Nathan, está bem? Estou apaixonada pelo *colega de quarto* dele, pelo amor de Deus. Nathan e eu mal nos suportamos.

— Você disse que foi um sonho mais romântico — falou Ami. — Isso deve significar alguma coisa. O que exatamente aconteceu no sonho?

Contei a ela sobre estar na praia e ver Nathan, correr na direção dele e então beijá-lo. Podia sentir meu rosto ficando mais quente enquanto eu descrevia o beijo por alto, deixando de fora a parte sobre a sensação borbulhante no meu estômago.

— Uau — sussurrou Ami. — Isso é sério. O nascer do sol, isso é tipo novos começos, certo? E uma saia branca esvoaçante... parece quase um vestido de noiva!

— Está bem, exagerada — falei. — Chega.

— Tudo bem — falou ela. — Você é a estudante de psicologia aqui. O que o grande Freud diria sobre isso?

Pessoas que não estudam psicologia sempre dizem coisas como "o grande Freud", como se todos os alunos de psicologia idolatrassem o homem. Não me entenda mal, eu o admiro por iniciar todo o movimento de *insights* e tal — mas, sério, que pentelho.

— Freud diria que o sonho foi uma manifestação da minha sexualidade infantil — falei, com ironia. — Ele o colocaria junto com o mesmo impulso de busca pelo prazer que os bebês têm em tocar suas bocas e se masturbar.

Ami franziu o nariz.

— Eca — disse ela. — Certo, bem, então talvez não Freud. E quanto às outras pessoas? O que elas diriam?

A análise dos sonhos nunca foi uma coisa que eu curtisse especialmente e não havíamos entrado nisso em Introdução à

Psicologia, então tive que lutar para me lembrar do que eu havia aprendido na aula de psicologia avançada no ensino médio.

— Adler achava que os sonhos são experimentos de respostas possíveis para problemas imediatos — falei depois de um segundo.

— Então talvez Nathan seja a resposta para o seu problema atual com Andrew. Talvez lá no fundo você *queira* ficar com ele e seja isso que a está impedindo de se comprometer inteiramente com Andrew.

Senti um aperto desconfortável no estômago.

— Isso é impossível — disse eu. — Talvez o sonho seja só sobre me abrir para ser mais física em geral e Nathan não tenha nada a ver com isso. Afinal de contas, Jung disse que os sonhos nem sempre são desejos reprimidos e ele frequentemente procurava pela sombra dentro deles. Talvez Nathan seja a minha sombra.

— O que é a sua sombra?

— A parte de nós da qual não gostamos — falei sombriamente. — Talvez Nathan de alguma forma reflita a parte mais negativa de mim mesma.

Ami franziu a testa em uma aproximação de sua cara de "psicóloga", com uma boa dose de "você é louca", só para garantir. Ela estava prestes a dizer alguma coisa quando Tim e Li se aproximaram.

— Estivemos procurando por vocês em todo lugar! — gritou Tim. — Eu mal a reconheci, Leigh! — *Ótimo* corte de cabelo. Muito chique!

— Obrigada — disse eu. Na conversa intensa que eu e Ami estivéramos tendo, eu rapidamente havia me esquecido do meu cabelo.

— Bem, meninas, é melhor irmos — falou Tim. — Não queremos chegar muito tarde!

Percebi que não havia comprado nenhuma lembrancinha. Só o que eu precisava para marcar minha viagem São Francisco era um certificado de segundo lugar, uma trança do meu próprio cabelo e um aperto no estômago que podia ter a ver com a minha ligeira intolerância à lactose, mas que provavelmente era por causa daquele sonho idiota.

— Pode esperar mais alguns minutos? — disse eu. — Queria muito comprar alguma coisa.

Tim fez uma cena para olhar para seu relógio do Bob Esponja.

— Está bem; cinco minutos — permitiu ele. — Mas depois nos encontrem bem aqui no banco.

Corri para a loja onde estivéramos antes, com Ami logo atrás. Sem perder tempo olhando em volta, eu agarrei um dos globos de neve de São Francisco e o levei até o caixa.

— Para que é isso? — perguntou Ami.

— Para Andrew — falei. Eu queria comprá-lo como uma oferta de paz, mas também porque queria ter algo nas mãos quando fosse até a suíte dele. Facilitaria um pouco quando eu dissesse a ele que finalmente estava pronta para dar o próximo passo.

Estava na hora de Andrew e eu transarmos.

> LUTAR OU FUGIR: A experiência emocional associada ao sistema nervoso simpático e controlada pelo hipotálamo durante o auge da excitação. Um indivíduo deve reagir a uma ameaça ou fugindo ou partindo para a ofensiva.

É CLARO que pareceu absolutamente ridículo mais tarde, quando eu estava de pé do lado de fora da suíte de Andrew, que um globo de confete de São Francisco devesse passar a mensagem "eu quero transar". Eu estava tentando descobrir se havia alguma forma de enfiar o negócio todo na minha bolsa quando Nathan abriu a porta.

Ao ficar mexendo no globo, devo tê-lo deixado cair, mas eu só estava ligeiramente consciente sobre o domo de vidro ter se quebrado quando ele bateu no linóleo do corredor. Nathan e eu só ficamos de pé ali, olhando um para o outro, nenhum dos dois se abaixou para pegar os pedaços.

O sonho ainda estava fresco na minha mente e senti meu rosto ficar quente com a lembrança de como era estar nos braços dele. Eu sei que aquelas coisas não tinham acontecido realmente mas, vendo-o agora, ficando tão perto que podia sentir o cheiro do sabonete que ele havia usado (Irish Spring?) — quase parecia que tinham.

Então era completamente compreensível que eu estivesse olhando para *ele* tão estranhamente, dados os acontecimentos do último fim de semana, mas ele estava retribuindo o meu olhar. Não havia como ele saber sobre o sonho... havia? Talvez estivesse na minha cara. Ou talvez Ami tivesse contado. Nada disso fazia sentido lógico, mas de alguma maneira nada parecia impossível, do jeito que seu olhar estava tão concentrado em mim agora.

— Uau — disse ele.

Ah, meu Deus, ele sabia. Eu tivera pensamentos impuros sobre ele, e ele sabia. Isso o enojava, o fato de eu ter sido infiel a Andrew. Mesmo que não no mundo real, eu traíra Andrew no mundo dos sonhos e isso é tão ruim quanto, certo? Eu havia tentando me convencer de que não era, mas a quem estava querendo enganar? No meu sonho, eu tinha deixado o colega de quarto do meu namorado colocar a *língua* na minha boca!

Umedeci os lábios.

— Certo, ouça...

Nathan esticou a mão para tocar o meu cabelo. Só um leve toque, passando uma mecha por cima do dedo, mas percebi que perdi o fôlego. Talvez ele soubesse sobre o sonho mas não estivesse zangado. Talvez na verdade ele achasse que podíamos começar alguma coisa. Ah, droga, e se ele quisesse começar alguma coisa?

— O seu cabelo... está... — Havia um olhar estupefato no rosto dele.

Eu sou tão idiota. É *claro* que era por isso que ele estava me olhando meio engraçado — o meu corte de cabelo. Quase ri alto. E ali estava eu, me estressando por causa de um sonho idiota.

198

— Está o quê? — perguntei, minha voz estranhamente sussurrante. O que importava o que Nathan achava?

Mas nunca cheguei a ouvir o resto da frase. Andrew apareceu, espremendo-se entre Nathan e o batente da porta.

Seu olhar estava em Nathan quando ele disse:

— Bem? Vai deixá-la entrar ou vocês dois vão ficar parados aqui?

Nathan saiu do caminho, as bochechas rubras, e eu entrei na suíte.

Finalmente Andrew se virou, recuando um pouco quando olhou para mim pela primeira vez.

— Você cortou o cabelo — falou, sem emoção.

Ergui uma das mãos para as mechas sedosas em um reflexo.

— Estava comprido demais — falei.

— Eu não achava.

Com três palavras eu já podia sentir a autoconfiança que me enchera de tanta felicidade em São Francisco escorrer pelo ralo Eu ficava irada por ele me fazer sentir assim, mas isso não impedia que acontecesse.

— Você não gostou? — perguntei, baixinho.

— Não particularmente.

Nathan limpou a garganta.

— Acho que está ótimo — disse ele.

Olhei para ele, só então me lembrando que ainda estava na sala, mas ele não estava olhando para mim. Olhava para Andrew.

Andrew cerrou os dentes com força.

— Fique fora disto, Nate.

Eu esperava que Nathan saísse naquele momento ou pelo menos se retirasse para o seu quarto, para tocar violão como

199

normalmente fazia. Mas ele só ficou ali, olhando fixo para Andrew. Por fim, virou-se para mim.

— Seu cabelo comprido era lindo, mas curto ficou fofo e ousado — falou ele. — É *a sua cara.*

Ele fez o elogio quase agressivamente, as palavras cortantes, mas de alguma forma eu não duvidava de sua sinceridade. Nathan achava que o meu cabelo era lindo? E estava dizendo que eu era fofa e ousada? Mesmo enquanto o calor de suas palavras se espalhava por mim, eu me senti mais confusa do que nunca.

Não devia ter sido surpresa que Andrew reagiria assim. Se eu odeio mudanças, ele tem uma fobia patológica. Com o tempo, ele se acostumaria ao meu cabelo e aí iria amar. Mas, no momento, eu ia ter que aceitar que ele não tinha gostado.

Também não era o meu cabelo. Havia uma tensão esquisita crepitando no aposento, como se houvesse algo nas entrelinhas eu não conseguisse ler. Eu nem tinha certeza de que *queria* ler.

Aí me lembrei do meu motivo original para a visita.

— Ah — falei, minha voz falsamente animada. — Quase me esqueci, Andrew, eu trouxe um presente sexual.

Levei alguns momentos para que caísse a ficha do que eu acabara de dizer, aquele sorriso idiota ainda plantado na minha cara. Eu acabara de dizer "presente sexual". Dissera isso na frente de Nathan, que estava me olhando com uma mistura esquisita de pena e alguma outra coisa, algo que não consegui definir. Ele estava com pena de mim porque eu acabara de bancar a imbecil completa ou porque sabia sobre minhas inseguranças fenomenais em relação ao sexo?

Mas também não era pena. Era mais como o olhar que você dá a uma criança que tem certeza de que ganhou o concurso da parte de trás de uma caixa de cereal, quando na verdade você sabe que ela tem chances mínimas de vencer. Era o olhar de alguém que sabia de algo, mas não tinha coragem de contar.

— Leigh. — Andrew apertou o alto do nariz como se estivesse com dor de cabeça. — Por que não vamos para o meu quarto e podemos conversar lá?

Não havia nada de incomum nisso, então por que meu estômago estava se retorcendo? Segui Andrew até seu quarto sem olhar para trás, para Nathan. Achei que não ia aguentar ver aquele olhar em seu rosto de novo.

Eu passara o caminho todo até aqui ensaiando um discursozinho e decidi começar logo antes que pudesse perder o foco.

— Eu sei que essas últimas semanas foram difíceis — comecei.

— Você não telefonou, Leigh — disse Andrew. — Você ficou fora o quê, dois dias? E não ligou nenhuma vez.

— Da última vez que verifiquei, também não tive nenhuma ligação perdida sua — observei.

— Não faça isso. Estou cansado de você transformar tudo em culpa minha.

— Pelo menos metade da culpa é sua — disse eu. — Você *é* metade deste relacionamento, acredite ou não.

Andrew suspirou.

— Mas eu não sou a metade que precisa de conserto.

De início, fiquei sem fala, tão incapaz de compreender esse ataque que nem conseguia encontrar as palavras. Quando finalmente falei, minha voz saiu em um sussurro.

— O que isto quer dizer?

— Qual é — disse Andrew, impacientemente. — Estou falando sobre as suas enormes inseguranças, neuroses e complexos, como você quiser "diagnosticar". Você não consegue relaxar. Não consegue se divertir. Não consegue parar de analisar as coisas, nem por um segundo, e pensar sobre o que *eu* posso querer ou do que o nosso relacionamento pode precisar.

— Você está falando sobre sexo.

Andrew arqueou as sobrancelhas.

— Entre outras coisas.

— Você nem *ouviu* o que eu soltei há pouco? — Minha respiração escapou em uma aproximação melancólica de uma risada. — Comprei para você um globo de neve idiota em São Francisco como um pedido de paz, como um presente *sexual*, pelo amor de Deus. Eu queria lhe mostrar que *estou* pronta, que quero dar o próximo passo no nosso relacionamento.

— Não é o bastante.

Eu sabia que ele não estava só falando do globo. *O que você quer dizer?*, queria perguntar, mas eu sabia. E não queria ouvir, não poderia aguentar a ideia de todas aquelas entrelinhas serem traduzidas em palavras que não podiam ser retiradas.

Aparentemente Andrew não tinha tais escrúpulos, pois continuou com a mesma voz que poderia usar para dizer a um conhecido o que deveria ler para uma aula.

— É tarde demais, Leigh. Eu precisava de alguém que fosse um pouco mais aberta, mais livre, mais... sensual. No começo, achei que se eu lhe desse tempo, você acabaria chegando lá. Mas o esforço não vale mais a pena. Você me conhece, Leigh, não quero dirigir um Gremlin. Eu quero o BMW, com garantia e manutenção total.

A analogia de Andrew com os carros era tão ridícula que beirava o surreal, mas a minha cabeça ainda estava ligada nas primeiras palavras que ele dissera. Eu *precisava* de alguém. Precisava. De alguém.

Precisava. No passado.

— Então quem é o BMW? — perguntei.

Pela primeira vez desde que eu chegara, Andrew parecia pouco à vontade.

— Não é o que você está pensando — disse ele. — Nada aconteceu. Só começamos a conversar na última semana mais ou menos, sério. É nós temos uma química maravilhosa, sabe? Jamais conheci alguém como ela, um espírito tão livre.

Eu não podia pensar em ninguém que tivesse o espírito menos livre do que Andrew. Mas neste momento eu só queria saber uma coisa.

— Quem... é... ela?

Ele hesitou.

— Heather.

— Heather — repeti, o nome se retorcendo nas minhas entranhas como uma faca. E por que não? Se havia algo que todo mundo sabia sobre Heather era que ela gostava de sexo. Nada de esperar por um ano, nada de drama por causa de uma camisinha com Heather. Pensei naquela noite, na forma como ele havia me tocado bem ali naquela cama e senti vontade de vomitar.

— Como eu falei, não aconteceu nada — disse Andrew, esperando o que, absolvição? O meu coração estava partido, espalhado pelo chão em pedacinhos que gritavam o nome *Heather* e ainda assim ele só se importava consigo mesmo. — Só andamos juntos, conversando. Eu não a traí, se é o que está pensando.

— O que Nathan acha disso? — Afinal de contas, Heather fora namorada dele, mesmo que ele estivesse saindo com Sydney agora. Não sei por que a resposta era tão importante para mim, mas era.

Andrew piscou.

— Nathan? Não havia nada entre eles. Saíram uma vez, só isso, e Nathan disse que ela nem fazia o tipo dele. Fim da história.

Aparentemente, não. Esse era só o começo da história, no que me dizia respeito.

— Então você está terminando comigo? — falei, sem emoção.

Andrew me lançou aquele olhar exasperado de novo, como se estivesse frustrado por isso estar levando tanto tempo.

— Achei que era isso que eu estava dizendo — continuou ele — quando lhe falei que acho que Heather é realmente mais... o que eu estou procurando.

— Você já sabia disso há uma semana — acusei. Eu me encolhi como se tivesse tomado um soco, a compreensão me atingindo no estômago. — Você já sabia disso há alguns dias, quando viajei. Mas ainda assim falou sobre fazer com que desse certo e comprar — engasguei com as palavras — camisinhas texturizadas, porque você sabia que era disso que *as garotas* gostavam. Você já estava pensando nela, mesmo então.

Lágrimas corriam pelo meu rosto, a última frase deformada por soluços indignos que torturavam o meu corpo e me deixavam sem ar. Andrew tentou me dar um tapinha nas costas, como se eu pudesse ser reconfortada como um daqueles bebês robóticos idiotas no programa de orientação. Eu o empurrei para longe, sabendo que, se ele me tocasse, de alguma maneira seria demais para aguentar. Eu não desmoronaria desde que ele não me tocasse.

Andrew tentou dizer mais alguma coisa, mas decidi que não queria ouvir. Abrindo a porta com violência, saí para a sala de estar. Lá estava Nathan, sentado no sofá. A TV não estava ligada e fiquei imaginando se ele ouvira a história toda. Ele estava sentado ereto como uma sentinela, como se estivesse ali para garantir que eu iria embora sem transtorno, e algo dentro de mim simplesmente explodiu.

— Está feliz agora? — falei, sem fôlego. — Sei que você nunca achou que Andrew e eu devíamos ficar juntos. Bem, eu não vou estar por aqui para comer o seu precioso cereal e estragar a sua experiência universitária, e tudo porque você não conseguiu controlar a sua namoradinha sexy.

Nathan olhou para mim em silêncio, como se isso fosse tão difícil para ele quanto era para mim. Bem, ele podia se ferrar. Ele não fazia ideia de como isso me fazia sentir. Ele tivera *um* encontro com Heather. Andrew e eu estávamos namorando por quase *um ano e meio*.

Está bem, pouco mais de um ano — tanto faz. Tudo o que eu sabia era que não merecia isso.

— Leigh — falou Andrew e ouvi de novo, aquela nota em sua voz que dizia *por favor não faça escândalo* e não *sinto muito por tê-la magoado*.

Girei para encará-lo.

— *Você*, me deixe em paz — disse eu. — Não quero falar com você, não quero vê-lo e definitivamente não quero ouvir mais as suas mentiras pomposas e autocentradas. Você não quer mais saber de mim, tudo bem. Só me deixe em paz.

Meus dedos pareciam desajeitados na maçaneta, mas mesmo depois que abri a porta, parei antes de sair. Ali, espalhado pelo linóleo, vi o que restava do globo de São Francisco, agora só cacos de vidro e pedaços de neve falsa em volta de um pequeno bonde. Tive a sensação esquisita de saber que ia perder a cabeça e ainda assim não conseguir impedir.

— E isto — falei, meus soluços agora um cruzamento entre choro e risada histérica —, isto era para você e para o nosso relacionamento e para a nossa *primeira vez*. Mas está arruinado quebrado, certo? Está tudo arruinado.

Eu me ajoelhei, tentando catar o vidro e o confete — para que, eu não sei. Talvez parecesse simbólico, apesar de na verdade só significar que eu estava agindo de uma forma completamente ridícula por causa de um souvenir de dez dólares que nunca poderia ser consertado. Acho que isso é simbolismo, outro tópico de um trabalho digno de ganhar concurso.

E então Nathan estava lá, agachando-se do meu lado. Através das lágrimas, achei que talvez ele estivesse só tentando me ajudar a limpar a bagunça. Mas aí percebi que ele estava segurando minhas mãos e as guiava na sua direção, para longe do vidro.

— Leigh, não — disse ele, a voz rouca e quase terna, mas eu não queria. Me ajeitei, sacudindo as mãos como se elas tivessem sido queimadas, e corri cegamente na direção do estacionamento. Não olhei para trás e, desta vez, ninguém me chamou.

> IMPOTÊNCIA ADQUIRIDA: Uma condição criada pela exposição a acontecimentos adversos inevitáveis. Isso retarda ou previne aprender em situações subsequentes as quais se pode evitar ou fugir.

NO ENSINO médio, havia uma garota chamada Kristy Salazar que era *sempre* dispensada pelos namorados. Ela nunca terminava — sempre faziam isso com ela, normalmente de maneiras muito públicas e dolorosas. Uma vez um cara botou uma música ao máximo no som de seu carro sobre "mocreias horrorosas" ou algo assim. Outra vez, um garoto levantou a mão em aula para anunciar que não queria mais sair com ela. Mais notoriamente, seu acompanhante da formatura a trocou por seu coprotagonista no musical da escola. Seu coprotagonista *homem*.

Teria sido realmente trágico, exceto que Kristy era bem chegada a um drama. Depois de cada rompimento, ela ficava inconsolável, fazendo cenas na classe como se seu melhor amigo tivesse acabado de morrer. E eu comecei a perceber — ela não está chorando porque foi dispensada. Ela foi dispensada porque não para de chorar.

Nunca pensei que me tornaria Kristy Salazar, a garota que mata aula e fica largada por aí, uma caixa de lenços de papel sempre na mão. Antes de Andrew terminar comigo, eu só havia usado papel higiênico para assoar o nariz. Mas agora, desde o fato de Ami estar começando a se referir ao incidente como "O que Jesus faria?", eu fora convertida inteiramente ao Kleenex. Tinha que ser, pelo bem do meu nariz.

— Você tem que parar com isto — dizia Ami. — O que aquele jumento faria?

Funguei.

— Trocaria sua namorada amorosa por uma piranha qualquer?

— A mesma garota que ele comparou a seu BMW — lembrou Ami. — E não, mas está perto. O babaca estragaria a melhor coisa que já teve, só porque queria se dar bem.

Isso me lembrou de quando eu havia dito a meu grupo de orientação que sexo não era uma competição e que eu não estava tentando "me dar bem". Que idiota. Recomecei a chorar e Ami correu para consertar o estrago.

— Ei, há uma Coca sobrando na geladeira. O que o jumento faria?

— Beberia?

— Não — falou Ami alegremente. — Ele faria xixi dentro dela, e aí a beberia.

Eu assoei o nariz.

— Esta é a coisa mais nojenta que eu já ouvi. — Fiz uma pausa, imaginando a cara de todo mundo se pegassem Andrew fazendo algo tão grotesco e pouco higiênico. — E, ainda assim, por incrível que pareça, ajuda.

Esse foi o padrão durante dias — mandei um e-mail para os meus professores e lhes disse que estava doente, o que achei que não era exatamente mentira. Eu me sentia doente, só que era o tipo de doença que não vai embora com um pouco de vitamina C e alguns Advil gripe & sinusite.

Perdi uma reunião da panelinha de psicologia — ou grupo de estudos de Introdução à Psicologia, tanto faz — também. A Joanna me mandou um e-mail dizendo que eu só perdera Ellen falando mais sobre seu projeto final. (Ela já havia codificado mais de 300 comerciais e achado uma tendência para magreza nos de carro, álcool e roupas. Que surpresa.) Jenny se lembrara de levar seu material desta vez, mas Joanna disse que ela devia simplesmente deixá-lo em casa, já que tudo que Sydney e Ellen haviam feito fora estraçalhar sua ideia para um projeto final (algo idiota sobre a percepção da simetria nos rostos). Aparentemente, em um determinado ponto, Jenny começou a chorar tanto que Senhor Wug ficou irritada e saiu da sala. Se isso funcionou, acho ótimo.

Joanna não me disse nenhuma das coisas que eu realmente queria saber e não me dei o trabalho de perguntar. Eu queria saber o que fora dito sobre mim — com sua ligação nebulosa com Nathan, Sydney certamente sabia sobre o rompimento. E acho que Ellen é amiga de Heather, o que só acrescenta mais uma camada de crueldade às coisas que elas sem dúvida estavam falando pelas minhas costas.

Talvez fosse porque eu não me importava muito com a opinião daquele grupo idiota ou talvez fosse porque eu achasse difícil me importar com qualquer coisa, mas até mesmo as fofocas em potencial não estavam me incomodando.

Era Nathan. A forma como eu agira naquele dia fora totalmente digna de asco, e a ideia de Sydney e ele rindo sobre isso me deixava toda arrepiada. Também fiquei imaginando o quão sério seria seu relacionamento — conhecendo Sydney, se eles estivessem juntos, ela teria se vangloriado a respeito durante a reunião inteira. Mas como eu podia perguntar a

Joanna sobre isso? Ei, o colega de quarto do meu ex-namorado pode estar ficando com aquela maníaca por atenção, e eu me sinto estranhamente compelida a saber a respeito.

Então, em vez disso, só evitei o grupo por completo, ignorei os e-mails de Sydney sobre a próxima reunião e o tipo de material que deveríamos reunir em breve. Quem se importava com uma aula que era só de introdução, de qualquer maneira? Quem se importava com trabalhos e provas finais e transcrições? Quem se importava com as fotos da Sydney nua e sua pastinha de queijo dormida e sua gata maluca? O quanto qualquer uma dessas coisas importava?

Infelizmente, a coisa que eu mais queria esquecer era a única coisa que não podia ser esquecida — o grupo semanal de orientação. Como poderia aconselhar uma menina de 13 anos — ou 15, tanto faz — sobre a vida, o amor, a escola, o sexo e todas as coisas nas quais eu basicamente era uma *droga*? Eu devia ser rotulada de "Leigh Nolan: um caso para servir de exemplo" e mostrada em todas as aulas de educação sexual das escolas de ensino médio.

Essa reunião não foi como da vez em que Linda fez com que todas nós déssemos as mãos em um pretzel humano e então tentássemos nos desemaranhar. Pelo menos naquela vez eu não tive que dizer quase nada, a não ser pelo ocasional "vá por baixo, eu vou por cima".

Em vez disso, essa reunião era o tour por Stiles, que fora mais anunciado do que o *Episódio I: a Ameaça Fantasma* do Guerra nas Estrelas. Havia algumas semanas, Linda decidira que as meninas precisavam fazer um tour pelo campus para estimular sua motivação para se saírem bem na escola e, é claro, não engravidar. Enquanto isso, ela também esperava que a chance de interagir pessoalmente fora do ambiente da escola encorajasse as meninas a se abrirem mais.

Até agora não parecia estar funcionando.

— Então, este é o prédio de Biologia Marinha — disse eu para Rebekah, apontando. — É aqui que as pessoas estudam peixes e, humm... — Uau, eu realmente era a pior guia de turismo do mundo. Não acredito que tudo em que consegui pensar foi que eles "estudam peixes".

Olhando em volta, vi todas as outras orientadoras conversando e rindo com suas orientandas. Até Ellen estava sorrindo, e, apesar de eu ter certeza de tê-la ouvido descrevendo os méritos de um professor em relação a outro, sua orientanda na verdade também parecia estar sorrindo.

Rebekah ainda não havia reagido a nenhuma das minhas piadinhas e eu continuei a dirigir a atenção dela para prédios nos quais eu nunca havia entrado e com os quais não me importava nem um pouco. Eu tinha pego uma orientanda porcaria? Ou ela é que ficara presa uma péssima orientadora?

— Onde estão todos os bebês? — perguntei a ela, enfatizando uma impressionante falta de carrinhos ou daqueles cangurus nos quais algumas pessoas carregam seus bebês. Eu havia pensado que, se botasse meu filho em um daqueles negócios e fosse atropelada por um carro ou algo assim, nós dois morreríamos. Pelo menos se tivesse um carrinho, eu poderia empurrar meu filho para fora do caminho no último segundo, sacrificando assim a minha vida pela do meu bebê.

— Em casa — falou Rebekah.

Cinco mães adolescentes solteiras vagando por uma universidade enquanto seus recém-nascidos estavam em casa. Que realista.

— Aqui é onde tenho a maioria das minhas aulas — falei, indicando a casinha convertida que era o prédio da psicologia. — Humm... você quer entrar?

Rebekah deu de ombros, o que eu tomei como um sim retumbante. Abri a porta e quase trombei com Sydney, que estava saindo.

— Leigh — disse Sydney, mudando de lado a pilha de cadernos em seus braços. Os livros haviam prendido sua blusa e a cada centímetro que ela os movia mais um centímetro de pele nua aparecia acima do decote em V. Próxima parada do tour: os peitos da Sydney. — Eu só estava terminando de codificar alguns dados para a minha tese. O que você está fazendo aqui?

— Só, você sabe... — Percebi que seria incrivelmente constrangedor admitir que estava orientando Rebekah com ela de pé bem ali. Mas por outro lado, se eu mentisse, Rebekah ia me entregar direto. Não havia nenhuma lealdade ali. — Dando uma volta.

Rebekah me lançou um olhar estranho, mas a ignorei. Sydney estava observando nós duas com os olhos fixos.

— É aquele negócio de orientação de que você e Ellen estavam falando? Quando vocês andam com garotas menos privilegiadas ou algo assim? Ei, é como você disse. Pelo menos vai fazer bonito na sua requisição para a pós-graduação.

Fechei os olhos. O que foi isso, menos de cinquenta palavras? E ainda assim ela havia resumido perfeitamente cada coisinha que eu *não* queria dizer em voz alta. Eu não podia nem olhar para Rebekah. Era oficial: eu era a pior orientadora *do mundo.*

— Por que você não tem vindo às reuniões do grupo de estudo? — perguntou Sydney, os livros puxando sua blusa mais para baixo conforme ela os arrumava nos braços. Isso não era *nada* liberado para menores. — É por causa do que aconteceu com Andrew? Eu queria lhe dizer o quanto sinto; a Heather é uma vadia. Sério, Leigh, você não devia se culpar. Podia ter acontecido com qualquer uma.

Desesperada, olhei para o resto do grupo, esperando ao menos usá-lo como uma desculpa para encerrar esse encontro medonho. Mas as outras estavam perto do ecossistema autos-sustentável que algum aluno de ciência ambiental construíra para sua tese anos atrás.

Com minha infelicidade consumada, Sydney voltou sua atenção para Rebekah.

— Então, o que você quer ser quando crescer? — perguntou com uma vozinha alegre.

— Não uma vaca como você — disse Rebekah, fazendo aquele som de estalido com os lábios. Algum dia eu não havia gostado daquele som? Agora era a coisa mais doce que jamais podia ter ouvido.

Sydney ficou parada ali por alguns segundos, totalmente em choque. Aí seus lábios se apertaram em uma linha reta e ela se virou para mim.

— Bom trabalho, Leigh. — falou ela. — Bela forma de moldar a juventude da nossa nação.

Apertando os livros junto ao peito (graças a Deus, agora estavam cobertos), ela se afastou na direção de seu Toyota Celica com todos os opcionais. Esperei até ela estar indo embora antes de olhar para Rebekah.

— Isso foi *sensacional* — disse eu.

Rebekah dispensou o elogio com um gesto.

— É a verdade — falou ela.

— É, mas ainda assim foi totalmente demais — disse eu. — Você não faz ideia, aquela garota é tipo o meu pior pesadelo.

— Tanto faz — falou Rebekah. — Ela acha que é muito mais cruel do que realmente é.

Percebi que ainda estávamos paradas no vão aberto da porta do prédio da psicologia.

— Então, você quer entrar?

— Nah.

Por um segundo, eu realmente havia me iludido e tinha pensado que houvera um momento de conexão genuína ali. Obviamente, eu estava enganada. Agora estávamos de volta a frases incompletas e quase monossilábicas.

Fechei a porta e comecei a caminhar na direção do ecossistema. Rebekah correu um pouco para me alcançar.

— Então, você nunca fez aquilo, não é?

Talvez frases polissilábicas fossem superestimadas. Suspirei.

— Nunca cheguei realmente lá — disse eu. — Como você ouviu, nós terminamos.

Seus olhos de 15 anos de idade eram oniscientes.

— Porque ele era um galinha e você não quis transar com ele — falou ela. Não era uma pergunta.

Nem tentei manter a amargura longe da minha voz.

— Basicamente.

— Desgraçado — disse ela. Ouvir a palavra saindo de sua boca me chocou um pouco, mas era surpreendentemente bom. Sorri pela primeira vez.

— É — falei. — Basicamente.

— Tyrone, ele é o cara do Kmart, sabe? — Ela olhou para mim, como se estivesse esperando que eu não fosse me lembrar, mas assenti. Sua primeira vez e aparentemente o pai de seu bebê de 500 dólares, eu me lembrava. — Ele foi o melhor que eu já tive. Não o sexo, quero dizer. Ele não entendia nada disso. Mas foi o melhor cara que eu podia querer.

— Então o que aconteceu?

Os olhos dela estavam muito sérios.

— Eu fiquei grávida.

Jesus. Uma parte de mim esperava por isso, mas ainda assim me derrubou de alguma forma, agora que havia sido dito em voz alta.

— E você abortou? — perguntei, pensando na pergunta que ela fizera algumas sessões atrás.

Ela balançou a cabeça, me surpreendendo.

— Eu ia. Tyrone não queria que eu fizesse isso. Mas aí perdi o bebê e Tyrone não conseguiu me perdoar.

Pelo tremor em sua voz, mais parecia que ela não conseguia perdoar a si mesma.

— Como você engravidou, para começar? — perguntei.

— Achei que você também tomava pílula.

— Minha mãe me deu depois que a minha irmã mais velha ficou grávida — disse ela —, mas eu não tomava direito. Não conseguia tomar certinho. Mas agora eu tomo, como vitaminas. Mas Tyrone não quer mais saber de mim. Aí eu fui burra, fiquei com o amigo dele, tentando fazer ciúmes, e agora ele nunca vai me querer de volta.

Isso mesmo, a segunda vez tinha sido melhor. Aparentemente, Tyrone, apesar de todas as suas virtudes, ainda não conseguia chegar à altura do seu amigo quando o assunto era o lado físico do relacionamento. E ainda assim era por ele que Rebekah ainda era apaixonada, o pai de seu filho perdido.

Eu queria ter algo a dizer para Rebekah, algumas palavras de sabedoria que fizessem tudo ficar melhor. *O tempo cura todas as feridas*, talvez, ou *tudo acontece por um motivo*. Mas as palavras seriam ocas e, para variar, a habilidade para mentir me escapava completamente.

Rebekah e eu nos juntamos ao grupo perto do ecossistema e então todo mundo andou até o centro de eventos para pegar o ônibus. Rebekah estava prestes a entrar quando a chamei de volta.

— Ei — falei.

Ela só ficou ali, com um pé no degrau. O ônibus estava em ponto morto e a fumaça me fazia querer vomitar.

— Qualquer um que possa repreender Sydney na cara dela — disse eu — é alguém que faria de qualquer garoto um cara de sorte. Sério.

Rebekah revirou os olhos, mas juro que vi um sorriso surgir em seus lábios. Ela entrou no ônibus e eu acenei conforme ele se afastava.

Fui totalmente sincera quanto ao que disse a Rebekah, mas eu sabia melhor do que qualquer um que às vezes não basta saber que você merece alguém. Isso não muda o fato de que você o perdeu. Quero dizer, claro, Andrew e eu não tínhamos 15 anos, eu não perdi a virgindade com ele atrás do Kmart e não perdi seu bebê ou dormi com seu amigo. Mas e se Andrew fosse o meu Tyrone e eu nunca o esquecesse?

E se o tempo *não* curasse todas as feridas?

Eu estava voltando a pé do centro de eventos quando dei de cara com ele — Nathan, não Andrew. De certa forma, era muito pior ver Nathan. Talvez fosse porque a única coisa que me vinha à mente quando o via eram as cenas daquele último dia, o quanto eu devo ter parecido ridícula tentando catar cacos de vidro quebrado do chão, balbuciando a minha primeira vez.

Ele não sorriu, mas quando nossos olhos se encontraram pareceu que havia sorrido. Desviei o olhar, sem querer ver a pena que eu tinha certeza de que estaria lá.

— Ei — disse ele. — Como você está?

Eviscerada. Desesperançada, obrigada por perguntar. Destruída, deprimida, impotente — louca com a ideia de que, se eu simplesmente tivesse ido em frente naquela noite, talvez ainda tivesse Andrew. Irada com Andrew, culpando-o por todas aquelas dúvidas, por me fazer culpar a mim mesma. Na maior parte, só estava triste.

— Bem — falei, erguendo o queixo. — Como vai a Heather?

A pergunta devia soar ultracivilizada, como se eu fosse o tipo de garota que podia se referir sem emoção à vagabunda destruidora de lares que havia roubado seu namorado. Infelizmente, não saiu assim, e senti minha amargura e insegurança no ar entre nós como calcinhas sujas no varal.

— Foi atropelada por um ônibus — disse Nathan. — Ela sobreviveu, mas está com o corpo inteiro engessado e fez uma cirurgia de reconstrução facial usando partes de um gorila. Os médicos dizem que ela nunca mais será a mesma.

Finalmente olhei para Nathan e vi o sorrisinho, o brilho suave em seus olhos.

— Que pena — falei, vencendo o nó na minha garganta. — E Andrew? Ele também foi atropelado por um ônibus?

Desta vez, Nathan não sorriu.

— Não tenho como saber — disse ele. — Eu não moro mais com ele.

É claro. Mesmo que não fosse como se ele e Heather estivessem escolhendo louça juntos, ainda devia ser constrangedor morar com um cara que estava namorando a mesma garota com quem você acabara de sair. Os boatos nas ruas eram que Heather era uma garota bastante barulhenta... talvez Nathan tivesse ficado cansado de ouvi-la gemer *ahmeuDeusissoétãogostoso* através da parede. Senti uma nova onda de dor passar por mim.

— Ah — disse eu. Então, sentindo a inadequação da resposta, acrescentei, como uma idiota: — Sinto muito por isso.

Os olhos do Nathan procuraram os meus.

— Sério? Eu não.

Eu não sabia o que ele queria dizer com isso, mas realmente não tinha energia para descobrir. Então ele e Andrew haviam brigado — grande coisa. Andrew vinha fazendo muito isso ultimamente.

Nathan mudou a mochila para o outro ombro, limpando a garganta.

— Então, quer ir tomar um café? — disse ele, fazendo um gesto na direção do Monóculo do Sapo, que era para onde eu estava indo. — Ou podíamos ir ao Dunkin' Donuts. Eu pago, é claro.

Era uma oferta muito gentil, mesmo que fosse só por pena. Mas será que ele não sabia o quanto doía só de olhar para ele?

— Não posso — falei com um sorrisinho que eu esperava parecer apologético. — Estou atrasada para a aula.

O olhar dele me atravessou, me dando aquela sensação desconfortável que sempre tinha perto dele, como se, de alguma maneira, ele soubesse que eu estava mentindo. Mas como poderia? Não é como se ele tivesse decorado os meus horários.

Ele virou a mochila, abrindo o zíper do bolso da frente e vasculhando até encontrar um pedaço de papel e uma caneta. Fiquei olhando enquanto ele rabiscava alguma coisa no papel antes de entregá-lo para mim.

Havia alguma equação complicada de matemática em um lado do papel e eu o observei por alguns segundos confusos antes de virá-lo ao contrário. Em tinta azul grossa, ele rabiscara seu nome e seu número de telefone, que reconheci como tendo um código de área do norte da Califórnia. Franzi a testa para o papel, os dez dígitos do número de telefone ainda mais indecifráveis do que o cálculo do outro lado.

— Por que isto? — perguntei.

Nathan deu de ombros, mas o movimento foi tenso.

— Caso você precise — disse ele. — Está bem?

— Claro — menti. — Valeu.

Ele assentiu.

— A gente se vê, Leigh.

— Tchau — falei em um sussurro que Nathan, já se afastando, não devia ouvir. Enfiei o papel na minha bolsa, sabendo, enquanto fazia isso, que eu nunca, *jamais* ligaria para ele. Afinal de contas, o ex-colega de quarto do meu ex-namorado, que provavelmente havia se mudado porque sua ex-namorada tarada (está bem, eles só saíram uma vez, mas ainda assim) agora estava ficando com o cara com quem eu havia planejado perder a virgindade na minha formatura do ensino médio? E, ah, é, o cara que era o tema de um sonho bem intenso que eu tivera apenas algumas semanas atrás?

Não estava exatamente no topo da minha lista de discagem rápida.

> ANSIEDADE DE SEPARAÇÃO: O protesto e a
> aflição exibidos por uma criança com a partida
> de seu responsável.

DEPOIS de três meses na universidade, é claro que eu estava
com saudades dos meus pais. Quero dizer, eu tenho alma.
Quando assisti a *Meu Primeiro Amor*, me acabei de chorar
quando Vada desceu as escadas correndo no velório do Thomas
J., falando como ele queria ser acrobata e precisava de seus
óculos. Mas os meus pais tinham sua pousada esotérica, eu
tinha meus estudos... minha mãe me deixava longas mensagens
na secretária eletrônica, eu ligava uma vez por semana para
ver como eles estavam e isso funcionava muito bem para nós.

Isso não significa que meu relacionamento com meus
pais fosse algo saído de *Leave it to Beaver* (que eu nunca vi, na
verdade, mas as pessoas sempre usam como referência quanto
estão tentando dizer que uma família convive bem). O meu
pai é, na minha opinião, louco de carteirinha, com seu tapa-
-olho e a torre que construiu no telhado quando eu tinha 11
anos, na esperança de contatar "seres extraterrenos". Como
se já não fosse vergonhoso o suficiente não podermos ter an-
tena parabólica porque iria "interferir com o sinal", ele nem
pode simplesmente chamá-los de *alienígenas*, como as pessoas
normais fazem.

A minha mãe estava sempre me perturbando quando minha aura estava turva ou meus planetas não estavam alinhados, como se eu realmente pudesse fazer algo a respeito. O assustador é que, na metade das vezes em que estava me submetendo a suas "leituras", ela acertava bem na mosca. Não que eu acreditasse nem por um segundo que fosse devido a qualquer habilidade psíquica real. Só achava que isso não devia ser o instinto maternal, sei lá? Ela nunca assou biscoitos ou costurou fantasias de Dia das Bruxas, então não é como se eu tivesse visto provas desse instinto em qualquer outra área.

Ami estava indo para a Nicarágua para ver os parentes distantes durante o feriado prolongado de Ação de Graças. Ela sempre dizia que você não havia tido um Dia de Ação de Graças até tê-lo passado com duzentos integrantes nicaraguenses do clã dos Gutierrez gritando, chorando e rindo.

— O Dia de Ação de Graças não é uma coisa americana? — perguntei.

Ami fez uma pausa, como se nunca tivesse pensado nisso antes.

— Acho que é — disse ela. — Mas diga isso a *mis abuelos*. Qualquer desculpa para comemorar, eles estão dentro.

Perguntei a ela então se eles celebravam o Cinco de Maio.

— Nós não somos mexicanos — falou ela, ofendida.

Desisti. Enquanto Ami jogava roupas a esmo em duas das maiores malas que eu já tinha visto, eu dobrava cuidadosamente os itens para a minha mochila. Sempre que viajo, tenho uma certa combinação de roupas que levo. Conto uma camiseta para cada dia de viagem, mais uma extra, para ter uma opção. Me asseguro de que uma das camisas possa ser usada num conjunto um pouco melhor se for necessário e coloco um cardigã na mala caso faça frio.

Mas a chave, descobri, são as calças. Muitas malas não fecharam por causa de algumas volumosas calças jeans. O truque é usar a calça jeans e botar na mala uma outra calça — nem menos, caso você derrame algo na primeira e nem mais, para não exagerar. Eu me permito uma calça extra por semana que vou ficar fora, o que significa que quase nunca boto na mala mais do que duas calças.

Diferente de muitos estereótipos femininos, minhas malas são bem leves. Nem tão higiênicas, talvez, mas leves.

— Cuide-se este feriado, está bem? — disse Ami, me dando um olhar que eu vira muito ultimamente, como se ela fosse uma mãe deixando seu filho adoentado na creche.

— Vou me cuidar — falei firmemente, mais para convencer a mim mesma do que Ami. — Vou fazer leituras de tarô para os turistas, dar longas caminhadas e ler bons livros. Espere só: vou voltar tão relaxada que você vai ter que me dar uma injeção de adrenalina.

Ami riu.

— Bem, aproveite seu feriadão catatônico — disse ela. — Mas divirta-se um pouco também, sabe? Vá a uma boate, conheça um cara, pegue o telefone dele e não ligue nunca. Viva um pouco.

Em primeiro lugar, vamos só dizer que Lindsay Lohan não vai aparecer tão cedo na vida noturna de Sedona. Não é o que você chama de animada. E em segundo lugar, eu nunca pedi o telefone de um cara na minha *vida* — a não ser para algum trabalho em grupo ou algo assim, quando tínhamos que fazer planos para nos encontrar e trabalhar na apresentação de PowerPoint. Ou de Nathan.

Mas eu não havia pedido esse. Ele me deu. Fazia uma semana desde que eu o havia encontrado e aquele papel ainda estava no fundo da minha bolsa, intocado. Bem... não *intocado*, exatamente, mas pelo menos não usado. Eu o tirara algumas vezes, virando-o de um lado para o outro, tentando descobrir um motivo possível para ele me ter dado aquilo.

Isso me fazia pensar nas coisas idiotas que as pessoas escreviam nos livros do ano do colégio. *Leigh, você fez com que a aula de álgebra fosse mais suportável. Me ligue uma hora dessas!* E então, inevitavelmente, em algum momento do verão, eu ficava tão entediada assistindo à TV que ligava. E a pessoa ficava muito surpresa: *Ah, Leigh... Me desculpe, você precisa de alguma coisa? Não? Bem, estou meio ocupado agora...* E eu sempre queria dizer: "Ei, eu não queria ligar para você mais do que você queria que eu ligasse. Só fiquei entediada e, por um segundo, pensei que o seu recado realmente significava alguma coisa."

Era isso que o telefone do Nathan tinha sido? Um cartão de lembrança, rabiscado às pressas para aplacar alguma sensação de cortesia e culpa? Se eu ligasse, seria uma surpresa agradável, ou ele imediatamente inventaria alguma desculpa para desligar?

De alguma forma, eu achava que a última opção era a certa. Então simplesmente enfiava o papel de volta na minha bolsa e voltava a ignorá-lo, até a próxima vez que a minha mão o encontrasse e eu me sentisse compelida a tirá-lo de novo, como se os números já não estivessem marcados a fogo no meu cérebro.

Não contei nada disso para Ami. Se isso tivesse acontecido com ela, Ami teria ligado de volta para Nathan a essa altura, passado alegremente por aquele papo inicial constrangedor e, duas horas depois, eles teriam contado um ao outro suas fobias secretas e momentos mais vergonhosos da infância.

Enquanto isso, eu nem contara a ela sobre ter esbarrado com Nathan. Desde que havíamos discutido aquele sonho, ela erguia as sobrancelhas à menor menção do nome dele. Parecia ter uma verdadeira fixação pela ideia de que nós estávamos cosmicamente destinados um ao outro ou sei lá o quê.

Só o que posso dizer é que, se um sonho significa que duas pessoas estão destinadas uma à outra, então por que eu ainda não estou com Jake Gyllenhaal?

Ami e eu saímos na mesma hora e eu a ajudei a colocar as malas no carro que a levaria ao aeroporto. Eu havia me oferecido para levá-la, mas ela vira umas postagens sobre um pessoal que ia junto e em vez disso resolveu ir com eles. Isso significava que ela iria com uma garota esquisita cuja boca sempre ficava aberta, como a do Brendan Fraser, mas admito que fiquei um pouco aliviada. Afinal, o aeroporto ficava a uma hora de distância e eu ainda não tinha recebido nenhum dinheiro da gasolina pela vez em que a levara a um mercado das pulgas a trinta quilômetros de distância. Nunca encontramos o bibelô da Virgem Maria que ela estava procurando.

— Divirta-se você também — disse eu, abraçando-a rapidamente. — Não só diversão do Dia de Ação de Graças Hispânico, mas sua própria diversão de dança do robô-com-música-eletrônica.

— Você me conhece. — Ela riu. E aí subiu no carro, acenando para mim conforme se afastava. Por mais que estivesse ansiosa para passar um tempo sozinha, eu ia sentir falta da Ami.

Como só há setecentos alunos na minha universidade, os estacionamentos não são muito grandes. E ainda assim eu sentia como se tivesse andado oito quilômetros quando finalmente acabei de andar de uma ponta à outra. Podia jurar que havia estacionado logo na primeira fileira. Eu me lembrava porque havia buscado Ami na aula e fizéramos um *high five* digno de sitcom quando vimos que uma vaga tão excelente estava disponível. E, ainda assim, meu carro não estava em nenhum lugar à vista.

— Cara, cadê o meu carro? — perguntei em voz alta, descansando a minha mochila momentaneamente na calçada.

— Senhorita? — Eu me virei para ver um homem que estava ficando careca sentado em um carrinho de golfe, com as palavras *Serviços de Estacionamento* estampadas do lado. — Está procurando um... — ele consultou seu bloco de notas, como se a Gretchen não fosse totalmente memorável — ... um Gremlin AMC 1971?

Senti um estômago afundar.

— Isso. Onde ela está?

— Senhorita, o seu carro foi rebocado há vinte minutos — disse ele. — A senhorita não tinha o adesivo. E já passou bastante da sua terceira advertência.

Tinha sido a quinta, na verdade, não que eu estivesse contando. Acho que uma parte de mim não acreditara que eles realmente rebocariam um carro, independentemente do que aquela observaçãozinha embaixo das multas dizia. Principalmente um carro tão fofo quanto a Gretchen.

— Olhe — falei, enfiando minha carteira de estudante na mão do homem que aparentemente não tinha nada melhor para fazer do que rebocar carros antigos adoráveis. — Obviamente, eu sou uma aluna. Então, posso pegar meu carro de volta agora? Vou comprar um adesivo, juro, mas tenho que ir para casa para o Dia de Ação de Graças.

— Sinto muito, senhorita — disse ele, sem nem olhar para a minha carteirinha. Não era a minha melhor foto, admito. Por algum motivo eu me torcera na direção da câmera, meu pescoço esticado como o de uma girafa. — Os carros são levados para um depósito. Vai ter que ir até lá para pegá-lo e vai lhe custar 300 dólares.

— *Trezentos dólares?* — Se eu tivesse esse dinheiro todo, teria ido para casa de avião. No momento, meus pais haviam me mandado só o dinheiro suficiente para ir de carro. — Vocês aceitam bebês robóticos sinistros em troca? Posso lhe arrumar um que vale 500 dólares.

— O quê? — disse ele, franzindo o cenho até que todo o seu escalpo calvo se enrugou. — Não. Dinheiro ou cartão de crédito apenas. Aqui está o endereço.

Ele me deu um panfleto do Serviços de Estacionamento, que incluía parágrafos sobre quantas advertências você podia receber antes de ter seu carro rebocado (três), razões aceitáveis para apelar de uma multa ("Eu só não comprei um adesivo" *não* estava entre elas) e o que fazer se seu carro fosse rebocado. Aparentemente, como era um fim de semana prolongado, eu tinha até segunda-feira para pegá-lo. Depois disso, haveria 50 dólares extra por dia acrescentados à conta.

— Você recebe uma parte disso ou algo assim? — perguntei. Ele sacudiu a cabeça.

— Só compre um adesivo, está bem? — falou ele, e aí foi embora.

Fiquei parada ali no meio do estacionamento (que estava notavelmente *sans* Gretchen), minha mochila a meus pés e um panfleto do estacionamento na mão. Me ocorreu que teria sido útil saber todas aquelas coisas sobre estacionamento, tipo, três meses atrás. Aí me ocorreu que eu *sabia* e, por algum motivo inexplicável, escolhera ignorá-las. E agora eu estava completamente ferrada, porque não havia como eu arrumar 300 dólares antes de segunda-feira.

Eu podia pedir o dinheiro emprestado a meus pais, mas eles não ficariam felizes, considerando que o carro só custara 400 dólares para começar. De qualquer forma, isso não me ajudaria a chegar em casa neste momento.

Ir de avião estava fora de cogitação e era tarde demais para pegar uma carona com alguém, no entanto havia mais uma opção. Não era como se eu não conhecesse alguém da minha cidade que estava indo para casa para passar o feriado, mas que muito provavelmente ainda estava aqui fazendo um trabalho no último minuto.

Se por acaso ele era meu ex-namorado, bem, acho que eu ia ter que superar isso.

De pé do lado de fora da suíte de Andrew, minha mão pronta para bater na porta, eu senti uma sensação esquisita de *déjà vu*. Seria fácil pensar nele como meu namorado de novo, esquecer tudo o que havia acontecido e os motivos para estarmos separados.

Aí a porta se abriu e lá estava um motivo gigantesco para não estarmos mais juntos, usando um top em cima do outro e mascando chiclete.

Não entendo por que ela se dá o trabalho de vestir duas camadas de roupa. Você acharia que alguém que adora sexo tanto quanto ela usaria menos, você sabe, para uma maior eficiência.

— Humm — disse eu —, Andrew está?

Ela me deu um olhar de avaliação antes de gritar por cima do ombro:

— Andrew!

Nos cinco segundos que ele levou para aparecer, o meu coração estava como um beija-flor. Achei que ia sair direto do meu peito. E aí eu o vi e ele estava... exatamente igual.

Não sei o que eu esperava — haviam sido, afinal de contas, apenas algumas semanas. Fiquei imaginando como eu pareceria para ele. Fiquei imaginando se ele sentia saudades de mim.

— Leigh — disse ele inexpressivamente.

Certo, talvez não.

— *Esta* é a Leigh? — disse Heather, parecendo aliviada.

Legal.

— Andrew, posso falar com você um segundo?

— Eu não me incomodo — se intrometeu Heather. Aposto como ela teria se incomodado muito mais se eu fosse a *outra*, a versão megafeminina da Leigh.

Revirei os olhos, esticando a mão para agarrar o braço do Andrew, até perceber que na verdade eu não podia mais fazer isso. Tocá-lo era algo para o qual eu precisava de *permissão*.

— Tanto faz — falei, puxando minha mão para trás. — Andrew, lá fora? Por favor?

Heather lhe deu um beijo longo e babado que eu sei que era só para marcar seu território e me fazer sofrer. Bem, funcionou, e não porque eu estivesse com ciúmes. Vê-los se beijando era como ver alguém lamber a tampa de uma privada pública. Era simplesmente nojento. Não importava que fosse Andrew, o cara com quem achei que fosse perder a minha virgindade, o ex-namorado com quem achei que ia ficar para sempre.

Então eu estava com ciúmes. Grande coisa.

Quando os lábios da Heather estavam suficientemente cobertos de saliva, ele se aproximou.

— Ouça, Leigh — disse ele. — Sei o que você vai dizer e simplesmente não acho que seja uma boa ideia...

Eu levantei a mão para fazê-lo parar.

— Antes que você morra de vergonha, não estou aqui porque quero voltar com você — falei. Naquele momento, isso era cem por cento verdade. Se ele não tinha uma DST antes, quase definitivamente tinha uma agora.

Isso era maldade, mas eu não me importava.

— Então por que você *está* aqui?

— Preciso de uma carona — disse eu. — O meu carro... Quer saber? Não interessa. A questão é que tenho que ir para casa para o Dia de Ação de Graças. Sei que não estamos nos dando superbem no momento, mas espero que pelo menos possa ser civilizado o suficiente para me deixar ir com você para Sedona. Eu divido a gasolina, é claro.

— Eu não vou para casa — falou ele. — Sinto muito.

Uau, eu não havia previsto isso mesmo.

— Como assim, você não vai para casa? É Dia de Ação de Graças. Você tem que ir para casa.

— Bem, eu não vou — disse ele. — Tenho muita coisa para estudar e, além do mais, só faltam algumas semanas para as férias de inverno. É completamente ilógico ir para casa.

— Alguma chance de você mudar de ideia?

— Quer dizer se há alguma chance de eu rodar mil quilômetros no BMW e ficar atrasado nas minhas leituras só para poder levar uma garota que disse que não queria mais me ver para uma cidade com a qual eu não podia me importar menos?

Está bem, então isso era um não. E, se estava imaginando se Andrew ainda era um babaca, essa era minha resposta.

Então por que eu ainda sentia uma ligeira pontada quando ele voltou para dentro, para Heather, fechando a porta atrás de si?

Meu plano B era ligar para os meus pais. Talvez eles pudessem me mandar o dinheiro, como em um daqueles comerciais da Western Union. Talvez a minha mãe tivesse previsto que algo ia acontecer e já estivesse fazendo isso. Andei pelo estacionamento na frente das suítes, olhando para cima para ter certeza de que não podia ser vista da janela do Andrew, e disquei o número dos meus pais.

Atende, atende, atende. Finalmente, ouvi a voz da minha mãe, o ligeiro sotaque russo familiar (ela é de Vermont, mas diz que não há nada errado em acrescentar um pouco de tempero) e meus ombros relaxaram de alívio.

Era a secretária eletrônica.

— Você ligou para a Pousada Corpo Astral — disse ela —, lar da quinta geração de médiuns "Mama" Nolan...

Normalmente, eu me divertia com esse recado. O primeiro nome da "Mama" é Susan e tenho quase certeza de que a minha avó pintou muitas camisetas e cuidava no jardim. Ela morreu antes de eu nascer, mas nunca ouvi nada sobre ela ser médium.

Mas hoje o recado me fez ter vontade de gritar e eu me entreguei, soltando um grito agudo conforme desligava meu telefone celular. Por que eles não estavam atendendo o telefone quando eu mais precisava deles? De que adiantava ter habilidades mediúnicas se você não podia sentir quando a sua filha estava presa em algum lugar sem carro? Onde estava o instinto maternal *agora*?

Talvez fosse o meu encontro com Andrew e Heather ou talvez fosse o fato de que agora já haviam se passado duas horas do horário que eu planejara partir e eu ainda estivesse no estacionamento com minha mochila. Mas eu só me sentia *desesperada*, como se resolver esse problema do carro fosse a coisa mais importante do mundo inteiro.

De repente, me lembrei do número de Nathan no fundo da bolsa e, antes que pudesse me controlar, comecei a discar. Ele tocou uma, duas, três vezes enquanto eu vacilava entre rezar para ele atender e imaginar o que eu diria se o fizesse.

Finalmente, os toques cessaram e houve um leve farfalhar antes de eu ouvisse a sua voz.

— Alô?

Eu havia começado a me preocupar que ele fosse do tipo que não atende telefonemas de números desconhecidos. Odeio essas pessoas. Abri a boca, lágrimas deslizando pelo meu rosto de novo. Era tão bom ouvir a voz de alguém que não fosse uma gravação, um ex-namorado ou a garota que estava dormindo com aquele ex-namorado... era tão bom ouvir a voz *dele*.

— Alô? — Ele parecia um pouco mais impaciente agora e percebi que, se não dissesse nada logo, ele talvez desligasse.

— Nathan? — Tentei manter a voz firme, mas um pequeno tremor escapou.

Ouvi outro farfalhar.

— Leigh? O que houve?

Não perguntei como ele sabia quem era. Como ele presenciara um dos meus piores momentos na vida, tenho certeza de que minha voz chorosa e patética era altamente reconhecível.

— É o m-meu... — Senti tudo me atingir de uma vez: o pânico quando não consegui encontrar o meu carro, o choque ao ouvir que ele fora rebocado, a forma como Andrew beijara Heather. Ele nunca havia me beijado assim. Foi aumentando como uma bola de neve, ficando maior enquanto ia cada vez mais rápido, até não poder mais ser detida. Parecia que eu não podia respirar.

— O que foi? — A voz dele era urgente. — Leigh, fale comigo.

Entre soluços, contei a ele sobre o meu carro. Expliquei sobre o nazista careca do estacionamento, os trezentos dólares e o bebê robótico. Quase lhe contei sobre Andrew e Heather, mas algo me fez parar. Só parecia que talvez houvesse um limite para o ridículo e eu já o tivesse alcançado.

— Onde você está? — perguntou ele.

— No estacionamento — disse eu.

— Na frente do seu dormitório?

— Não, na frente das suítes — corrigi. — Andei até aqui.

O que era totalmente desnecessário, é claro, considerando que tinha sido a minha falta de carro que me colocara nessa situação para começo de conversa. Nathan agora também basicamente sabia que eu fora ver Andrew e eu havia destruído qualquer última chance de dignidade à qual pudesse me agarrar.

— Está bem — falou ele. — Aguente firme. Eu chego aí assim que puder.

Eu devia ter dito alguma coisa. *Não, você não precisa fazer isso*, ou *Se tiver trezentos dólares para me emprestar, posso pedir para os meus pais pagarem de volta.* Mas a verdade é que eu realmente precisava de alguém ali. Precisava que outra pessoa resolvesse isso, porque eu simplesmente achava que não podia fazer isso sozinha.

— Valeu — disse eu a Nathan, mas ele já havia desligado.

Mesmo com o dinheiro, eu também precisaria de uma carona até o depósito, e de jeito nenhum ia voltar e pedir a Andrew. Ia parecer que estava tentando usar a técnica da "cara na porta" para fazer com que ele ficasse comigo. Sabe, como quando os políticos pedem que você doe cem dólares para sua campanha e você bate a porta na cara deles. Aí, se batem de novo pedindo que doe um dólar, você dá, porque parece muito melhor do que os cem dólares que eles estavam pedindo antes.

Como se eu fosse desperdiçar qualquer técnica de persuasão com Andrew.

Sentei em um toco de árvore para esperar por Nathan. Pareceu que um tempo impossivelmente curto havia se passado antes que eu o visse emergir do carro, um par de óculos escuros cobrindo os olhos. Sério, ele devia ter quebrado a barreira do som ou algo assim para ter chegado ali tão rápido, já que obviamente não morava mais nas suítes. Ou pelo menos alguns limites de velocidade do campus (que são estabelecidos em 20 km p/h — qual é? Como se o velocímetro da Gretchen tivesse esse tipo de precisão).

— Ei, Leigh — falou ele, parando de pé na minha frente. Eu esperava que ele estivesse sorrindo, rindo de mim (quem é que tem o carro rebocado, afinal de contas, principalmente na universidade na qual estuda?). Mas ele não estava sorrindo e esticou a mão para mim. Após uma breve hesitação, eu a peguei, e ele me puxou de pé com facilidade.

— Me desculpe — falei, dando uma risadinha entrecortada. — Eu acho que entrei em pânico.

Essa tinha que ser a declaração mais óbvia do mundo, mas Nathan só assentiu.

— É compreensível — disse ele — O seu carro significa muito para você.

Era verdade que já sentia falta da Gretchen, mas esse não era o motivo pelo qual eu sentia meus olhos começarem a se encher de água.

— Eu... obrigada — falei. — Sei que foi idiotice minha ligar para você e fazê-lo vir até aqui.

Nathan olhou para mim.

— Não foi idiotice — disse ele. — Fico feliz que tenha ligado.

— É, mas não há muita coisa que você possa fazer — falei. — Quero dizer, a não ser que tenha trezentos dólares para me emprestar. Aí poderíamos ir pegar o meu carro e eu poderia dirigir para casa para o Dia de Ação de Graças como havia planejado.

— Até o Arizona? No mesmo carro com a incrível ignição que desaparece e vibra enquanto você dirige?

É *claro* que isso era algo que Andrew dissera a Nathan.

— Eu sei — disse eu. — Ela custou apenas quatrocentos dólares quando a comprei e parece ridículo pagar quase isso para recuperá-la agora. Mas a Gretchen é especial para mim e, de qualquer maneira, o problema da ignição foi totalmente consertado...

Nathan riu, sacudindo a cabeça.

— Não, não foi isso que eu quis dizer — falou ele. — Só quis dizer que não é exatamente seguro fazer uma viagem longa com ela. Você não acha?

Ele estava certo, é claro. Os meus pais também não haviam ficado entusiasmados, principalmente o meu pai, mas eu os convenci de que faria uma regulagem e que seria supercuidadosa na estrada. No final, minha mãe caiu no seu clássico, "Se é importante para você, Leigh, então é importante para nós". Às vezes os meus pais são muito maneiros.

234

— Eu sei — concordei, meus ombros afundando. — Eu realmente queria passar o Dia de Ação de Graças em casa.

— Bem — falou ele. — Você ainda pode.

— Não, não posso — disse eu. — Nem tenho dinheiro para tirar o carro do depósito, muito menos para pagar uma passagem de avião de última hora em um feriado prolongado.

— Eu levo você — falou ele. — Se você quiser.

Está bem, isso era mais louco do que a vez em que ele me disse que eu podia passar a noite em seu quarto e terminar o trabalho.

— Sedona fica a, tipo, sete horas de distância — protestei. — E é o fim de semana de Ação de Graças. Você não pode me levar até lá.

Nathan encolheu os ombros como se a perspectiva de uma viagem de sete horas devesse ser levada em consideração tanto quanto uma carona até o posto de gasolina na esquina.

— Por que não?

Fiquei olhando para ele de boca aberta, como aquela garota no carro de Ami.

— Mas você deve ter seus próprios planos.

— Na verdade, não — disse ele. — E eu não teria problemas em participar dos seus. Quero dizer, se você não se incomodar.

Pensei a respeito.

— Não — falei lentamente. — Não, eu não me incomodo.

— Então está fechado — disse ele, sorrindo para mim. — Para o Arizona.

— Para o Arizona — repeti, desorientada. E, antes que eu pudesse realmente pensar sobre com que havia acabado de concordar, ele pegou a minha mochila e começou a andar na direção do carro. Por alguns momentos, fiquei parada ali, como se estivesse enraizada no mesmo lugar. Nathan chegou ao carro, mas, em vez de jogar a mochila no banco de trás, ele se virou. Seus olhos ainda estavam escondidos pelos óculos escuros, mas parecia quase como se estivessem pedindo minha permissão — como se estivessem querendo que eu o seguisse.

Então eu respirei fundo e o segui.

> HIPÓTESE DA MERA EXPOSIÇÃO: Uma teoria
> de que uma exposição repetida a um estímulo
> leva ao aumento do gosto.

ELES dizem que você pode saber muito sobre uma pessoa pela forma como ela dirige. Não sei quem "eles" são, exatamente, mas tenho certeza de que li isso em algum lugar.

Ou talvez eu só tenha inventado isso depois de passar algumas horas observando Nathan dirigir.

Nathan era um desses motoristas que dirigem sem esforço, a mão esquerda descansando de leve no volante, a outra em cima do câmbio. Seu Chevy Cavalier era automático, mas você podia ver que ele se sentia mais confortável dirigindo um carro com câmbio normal, pela forma como sua mão ficava pousada ali, como se estivesse sempre pronta para passar a marcha a qualquer minuto. Ele mantinha uma velocidade só um pouco acima do limite, usando o mindinho da mão esquerda para piscar a seta quando precisava ultrapassar alguém que ia um pouco mais devagar. E, se acabava ficando preso atrás de uma dessas pessoas, ele não xingava e tamborilava os dedos no volante como eu. Simplesmente diminuía um pouco a velocidade, seguindo dentro do limite até ter a oportunidade de ultrapassá-los.

Na maior parte do tempo, fiquei olhando pela janela, mas ocasionalmente (está bem, um pouco mais do que *ocasional-*

mente), eu dava uma espiada em Nathan pelo canto do olho. Em um determinado momento, ele virou a cabeça e viu o meu olhar, e eu rapidamente olhei para longe.

Mas, se ele percebeu que eu havia passado a última hora espiando-o furtivamente, não falou nada.

— Quer ouvir música? — perguntou, em vez disso. — Meu porta-CDs está no banco de trás.

Tive que soltar o cinto de segurança para alcançá-lo, mas finalmente agarrei seu porta-CDs gigantesco. Também vi seu violão, atravessado no couro surrado do banco.

— Você leva o violão para onde quer que vá? — perguntei.

Deve ter sido a forma como o sol estava entrando pela janela, mas a pele do Nathan por um instante ficou com um tom avermelhado.

— Às vezes — foi tudo o que ele disse.

Havia algo mais ali, pude perceber, mas não me senti à vontade bisbilhotando. Então só folheei seu porta-CDs, tentando achar algo para escutar. Eu estava me debatendo entre Elvis Costello e Jonathan Richman quando dei de cara com um CD queimado que parecia muito mais interessante.

— Mix de Verão do Nathan — li, tirando-o do envelope do porta-CDs. — Não estamos no verão, mas isto deve ser bom.

— Ei, não... — falou Nathan, esticando a mão para o disco, mas ele já estava no CD player. Sua mão se afastou enquanto o primeiro compasso de palmas e pés batendo no chão da música "Hollaback Girl", de Gwen Stefani, enchia o carro.

— Quê... — comecei a perguntar, mas aí simplesmente caí na gargalhada — "Hollaback Girl"? Jura?

Se Nathan parecera um pouco desconfortável antes, agora parecia completamente envergonhado.

— Minha irmã gravou isso para mim, está bem? — disse ele.

— Como quiser — falei, levantando as mãos em um gesto cômico de rendição. — Tenho certeza de que ela o *forçou* a se fantasiar e brincar de chá das cinco com ela também.

O Nathan sorriu.

— Na verdade, não. Desde que ela me deixasse usar as pérolas, eu até gostava.

Eu sorri, me assombrando com como isso era fácil. Talvez agora que eu não era uma ameaça a seu colega de quarto, Nathan não me odiasse mais. Ou talvez nós só tivéssemos uma camaradagem baseada em nós dois termos sido sacaneados. O que quer que fosse, eu estava começando a sentir como se, por mais louco que parecesse, nós pudéssemos até ser... amigos.

Eu escolheria No Doubt em vez da carreira solo da Gwen Stefani a qualquer hora, mas tinha que admitir que a música grudava na cabeça e me vi cantando baixinho junto com as partes que eu sabia e inventando o resto. Não fui exatamente abençoada com a voz da Jessica Simpson — ou mesmo a da *Ashlee* Simpson, por falar nisso — mas também não sou a pior cantora do mundo. Essa honra pertence a meu pai.

Para minha surpresa, Nathan começou a cantar junto. E até mais surpreendente... ele era muito, muito *bom*. Sua voz era grave e cálida, envolvendo cada palavra e, de alguma forma, fazendo "Hollaback Girl" soar como algo que um crooner antigo poderia ter cantado.

Bem, até ele cantar junto toda a parte das "B-A-N-A-N-A-S". Nem Chris Isaak conseguia fazer *isso* ficar sexy.

Minha língua tropeçou em um dos versos mais óbvios do refrão. *Sexy?* O que eu estava pensando?

Então, está bem, ele tinha uma voz bonita. E possivelmente um tórax ainda melhor. E, apesar de ser um pouco possessivo a respeito do seu cereal e de estudar matemática, o que com certeza indicava *algum* tipo de patologia, ele parecia ser, no geral, um cara legal. Mais legal do que eu havia achado que ele era, de qualquer modo.

Mas sexy?

Era o sonho. Tinha que ser. Eu ainda estava associando o Nathan da vida real com o Nathan do sonho megarromântico e tenho certeza de que até o vocalista do Nickelback poderia ficar atraente em um sonho.

Bem, talvez não. Mas eu tinha que descobrir uma forma de impedir esse tipo de pensamento. Não só era idiota, era... bem, um delírio praticamente diagnosticável.

A música terminou e Nathan esticou a mão para baixar o volume.

— Quer parar para comer alguma coisa? — perguntou. — Temos que botar gasolina, de qualquer maneira.

Ele pegou a saída seguinte e parou em um posto, onde, após uma discussão considerável, finalmente permitiu que eu pagasse pela gasolina. Ou talvez eu não devesse dizer *permitiu*, e sim tanto quanto *concordou*, depois que passei meu cartão de débito na máquina, empurrando-o alegremente para fora do caminho antes que ele pudesse até mesmo pegar sua carteira. Para ser justa, ele aceitou bem a derrota. Enquanto isso, eu estava estranhamente triunfante para alguém que acabara de pagar uma quantia obscena de dinheiro por 45 litros de gasolina.

Enquanto eu esperava o tanque encher, me encostei no carro do Nathan.

— Sei que você disse que não tinha planos — falei —, mas sinto muito ter ligado para você e estragado seu fim de semana de Ação de Graças.

Ele veio para o meu lado, tão perto que a manga de sua camiseta roçou no meu ombro.

— Você não estragou nada — disse ele.

— É, mas... você provavelmente ia ficar em casa e estudar um monte de coisas — falei. — E seus pais devem estar decepcionados por você ir ver a família de outra pessoa em vez da sua.

— Na verdade, é só a minha mãe — disse ele, e meu rosto imediatamente se encheu de um rubor culpado. É claro, eu havia me esquecido sobre a morte de seu pai. — E agora que a minha irmã está na faculdade, a minha mãe e seu namorado decidiram tirar este fim de semana para sair em um cruzeiro que estão planejando há algum tempo.

Era a segunda vez que ele mencionava a irmã. Percebi que não sabia muito sobre ele, nem mesmo as coisas que eu deveria saber por ser a namorada do colega de quarto dele. Ex-namorada agora. Andrew não havia me contado muita coisa e eu nunca me dei o trabalho de perguntar.

Eu queria saber mais, mas aí a bomba de gasolina parou e Nathan sugeriu que fôssemos para a lanchonete ao lado para comer alguma coisa. Eu estava inclinada a só pegar uns doces no posto de gasolina, mas ele insistiu que nenhuma road trip estava completa sem uma refeição em alguma lanchonete nojenta local.

Nunca precisei de muito convencimento para a ir a qualquer lugar com batatas fritas, portanto, só alguns minutos depois, eu estava escorregando para o assento de vinil de um reservado do restaurante, Nathan sentando-se no assento a minha frente. Em restaurantes com reservados, Andrew sempre se sentava do meu lado, em vez de na frente. Sei que isso é uma coisa muito romântica e até admito que sentia inveja de outros casais sentados lado a lado antes do meu relacionamento com Andrew.

Mas, na realidade, é muito desconfortável. Você passa o jantar inteiro se virando para olhar para a outra pessoa e é uma questão ainda maior quando um de vocês é canhoto. Não que a gente fosse, mas é o princípio da coisa. Andrew também passava o braço pelos meus ombros e *o deixava lá*. Não me entendam mal, há uma menina de 13 anos dentro de mim que adora o fato de que um garoto está mesmo colocando o braço em volta dela. Mas também há uma garota de 18 anos (em breve 19) que pensa, *alô*, isso se chama espaço pessoal. Quando a comida chega, é a deixa para tirar o braço daí.

Fiquei imaginando como Nathan seria em um relacionamento. Ele se sentava ao lado ou em frente? De alguma forma, imaginei que entenderia a questão do espaço pessoal — e não apenas porque percebi que ele era canhoto.

A garçonete veio e Nathan pediu uma Coca grande e um sanduíche de bacon, tomate e alface. Pedi a mesma coisa — não porque sou uma dessas garotas que ri e diz "Quero o mesmo", como se *esse* fosse o motivo para um cara querer ficar com você, pedir a mesma comida que ele, mas porque tenho a tendência a ficar com muita inveja da comida dos outros depois que ela chega. Então, a não ser que seja, tipo, um sanduíche de salada de atum, que eu nunca, *jamais* vou cobiçar, frequentemente acho que é melhor simplesmente coordenar o meu pedido com o da outra pessoa, para não sofrer com uma crise com identidade alimentar mais tarde.

— Espero ter dinheiro para pagar isto — falei, depois que a garçonete foi embora, vasculhando a minha bolsa.

— Você pagou a gasolina — disse ele. — Eu pago isso.

Eu o ignorei, continuando minha caça ao tesouro. Não sou superorganizada com a minha bolsa e a maior parte do meu dinheiro acaba parecendo ter passado alguns dias enfiado no bolso de uma criança enquanto espera ser trocado por moedas para o fliperama. Comecei a remover recibos e pedaços de papel, empilhando-os na mesa enquanto separava o dinheiro.

Nathan ficou me observando da maneira como a maioria dos caras reage a uma garota e sua bolsa — com a expressão pasma de alguém observando uma forma de vida alienígena em seu habitat natural. Ele pegou um pedaço de papel amassado.

— O que é isto? — perguntou.

Só percebi o que era depois que ele já o havia alisado e começado a ler os primeiros itens.

— *Frases incompletas de Rotter* — leu. — *Número um: Eu gosto de ler... romances incrivelmente não realistas e mal-escritos.*

Ele ergueu uma sobrancelha para mim e corei. Ami não era exatamente LeBron James (ou seu equivalente na WNBA, quem quer que fosse) e o trabalho que ela tentara jogar no lixo ficara intocado no nosso chão de linóleo por mais ou menos dois meses. Só o encontrei no desespero pós--Andrew de organizar o quarto e assim, simbolicamente, a minha vida. Na época, eu sentira uma compulsão estranha de guardá-lo e então colocara o papel — ainda amassado — na bolsa, com todo o resto do meu lixo, achando que um dia ele seria útil.

— Ei, devolva isso — falei, esticando a mão para pegá-lo.

— Você comprou o primeiro disco da Avril? — perguntou Nathan incredulamente, inclinando o papel como se tivesse toda a intenção de ler o negócio inteiro.

— Você ouve dance music hip-hop animadinha? — mandei de volta, me inclinando por cima da mesa para arrancar o papel dele.

Eu meio que esperava que ele tentasse pegá-lo de volta, mas ele não tentou. Em vez disso, só ficou sentado ali, olhando para mim com olhos que não estavam mais rindo.

— Quando você preencheu isso? — perguntou.

Eu não tinha que perguntar o que ele queria dizer.

— Antes — falei e então acrescentei desnecessariamente: — Há alguns meses, no dia em que Andrew e eu saímos para comer comida tailandesa.

— Ah — disse ele, como se na verdade soubesse a data à qual eu estava me referindo, o que teria sido completamente ridículo. Não era como se ele estivesse prestando atenção. — *Naquela* noite, também conhecida como a oitocentésima-quadragésima-sexta vez que Andrew foi um imbecil completo.

Eu ri, mais por surpresa do que por humor.

— Você quer dizer, na vida? Porque acho que talvez você tenha que acrescentar mais, tipo, dois bilhões a esse número.

— Eu quis dizer com *você* — falou Nathan. — Mas você provavelmente tem razão.

Então eu sabia que Nathan e Andrew não eram mais exatamente amigos do peito, mas as palavras de Nathan ainda me chocavam um pouco. Parecia quase que ele *não* tivesse me odiado por não ser boa o bastante para Andrew. Após meses acreditando nisso sem pensar duas vezes, agora eu ficava imaginando se, apenas talvez, não fosse... bem, o oposto.

244

Não que eu houvesse imaginado a atitude menos-que-entusiasmada em relação a mim nos últimos meses, mas estava começando a vê-la sob outra perspectiva. Talvez ele não gostasse de mim não por achar que eu não era boa o bastante para seu colega de quarto, mas por achar que eu era uma dessas garotas idiotas que está com um babaca e não faz nada a respeito.

Nathan falou alguma coisa que eu não ouvi, imersa demais na minha própria cabeça para acompanhar a conversa.

— O quê? — perguntei.

— Eu disse que me surpreendeu que você tenha preenchido isso *antes* do rompimento — repetiu Nathan. Foi a primeira vez que eu realmente ouvi outra pessoa dizer tão diretamente: "o rompimento".

— Por quê? — perguntei. — Porque é esquisito eu ainda ter um papel de dois meses atrás dentro da bolsa?

Nathan riu.

— Não; você podia ter um mapa do tesouro perdido de Atlântida aí e não seria uma grande surpresa. É mais por causa do negócio do seu momento mais feliz... você disse que não conseguia lembrar. Me parece que, se você ainda estava com Andrew, podia ter se lembrado de algo com ele.

Fiz uma careta.

— Sabe o quanto é difícil pensar em respostas para isto assim de repente? Não sei o que você está tentando insinuar, mas posso me lembrar de *vários* momentos felizes. Essa pergunta idiota é inerentemente irrespondível, é sobre *o momento* mais feliz. E quem sabe o seu?

— Assim de repente? Meu momento mais feliz foi quando vi um show do They Might Be Giants há dois anos. O show foi incrível e muito divertido, e depois eu conheci os dois Johns no camarim. — Ele ergueu as sobrancelhas para mim, como se me desafiando. — É claro, não há como medir objetivamente se esse foi o meu momento *mais feliz* de todos, mas é o que me vem à cabeça de imediato. E você?

— Eu?

— É — disse ele. — Qual foi o seu momento mais feliz?

Não sou nenhuma Poliana. Não jogo o jogo do contente e tão cedo não vou ganhar nenhuma estrela dourada pela atitude positiva. Mas também não é como se eu estivesse a uma música do Joy Division de cortar os pulsos. Então é claro que eu devia ser capaz de pensar em *alguma coisa*, certo? Qual era o meu momento mais feliz?

A cerimônia de premiação tinha sido divertida, rir com Ami sobre a comicidade da leitura poética improvisada do Li. Mas eu não podia nem pensar naquele momento sem ele ser maculado pelo que aconteceu depois — o globo idiota de confete, a briga com Andrew... o rompimento.

A garçonete trouxe nossos sanduíches, largando os pratos na nossa frente e indo embora sem nenhuma palavra a mais. Nathan me deu um sorriso torto, como se me dissesse que reconhecia minha esperança de uma suspensão de sentença com a chegada da comida. Mas também me dizia que eu não escaparia do assunto tão facilmente.

— Tecnicamente, a pergunta é *o* momento mais feliz — disse eu —, não necessariamente o *meu* momento mais feliz. Então eu teria que dizer... o momento mais feliz é estar cercado pelos amigos e pela família com boa conversa.

Nathan assentiu, dando uma mordida em uma das metades de seu sanduíche e deixando o assunto para lá sem demora.

Mas eu sabia que a minha resposta era uma evasão, e mais, sabia que *ele* também sabia. Senti a necessidade de me justificar.

— Sinceramente, foi o que me veio à cabeça — insisti. — E você tem que responder o mais rápido possível, sem pensar em como vai parecer ou o que significa sobre a sua personalidade. Então não tenho obrigação nenhuma de desencavar alguma lembrança do meu momento mais feliz e exibi-la na sua frente. Não que eu tenha qualquer obrigação com você, para começo de conversa.

É claro que eu tinha. Havia todo o negócio de me-levar-para-o-Arizona. Mas isso não dava a Nathan acesso aos meus pensamentos e desejos mais íntimos, certo? Eu não tinha vendido minha alma.

Nathan descansou o sanduíche no prato.

— Eu nunca disse que tinha — falou ele. — Só acho interessante que você pense que tem que "desencavar" algo, em primeiro lugar.

Ele tinha estudado psicologia ou algo assim? Porque, eu precisava admitir, ele era muito bom nisso. Um pouco mais para agressivo, tipo Albert Ellis, do que bonzinho como Carl Rogers, mas bom mesmo assim.

Eu ainda estava considerando minha resposta quando Nathan me surpreendeu esticando a mão por cima da mesa e pegando a minha.

— Ouça, esqueça isto — disse ele. — Não é da minha conta, de qualquer modo.

Mesmo que fosse isso que eu estava pensando, sacudi a cabeça.

— Não, tudo bem — falei. — Eu só...

Deixei a frase morrer e os olhos de Nathan procuraram os meus. E, de alguma fora, apesar de eu não ter formado completamente aquela última frase na minha cabeça e sinceramente não fazer ideia do que estava prestes a dizer, senti como se ele entendesse.

— Posso lhe fazer uma pergunta? — perguntou ele. Sua mão ainda estava cobrindo a minha.

— Pode — falei, mas saiu como um sussurro. Meus lábios estavam secos e então eu os lambi, tentando de novo. — Pode.

— Mais cedo, você mencionou algo sobre bebês robóticos. O que isso quer dizer?

— Ah, isso — falei, sufocando uma risada constrangida. O que eu havia esperado que ele me perguntasse, de qualquer modo? — É uma longa história...

> EFEITO GARCIA: Um estado de alerta biológico
> que associa doença com algo que foi ingerido
> e une visões e sons a dores físicas.

MEIA hora depois de ter comido aquele sanduíche, o meu estômago parecia a carne crua que Rocky soca antes de suas lutas. Pressionei a mão no centro da minha barriga e fechei os olhos, esperando que a dor simplesmente desaparecesse. A última coisa que eu queria era vomitar no carro do Nathan.

— Ei — disse Nathan, olhando para mim. — Você está bem?

— Estou ótima — falei. — Só fico meio enjoada quando leio no carro, só isso.

Apesar de ele estar usando óculos escuros, eu podia ver sua testa se enrugando.

— Quando você esteve lendo? — perguntou ele.

Viu, é por isso que não é uma ideia inteligente tentar inventar alguma coisa quando não está em sua melhor forma — você comete erros idiotas, coisa de amador. Como esquecer que a chave para uma boa mentira é ser pelo menos *um pouco* baseada na realidade.

— Humm, o verso do quebra-sol — disse eu. — Aquela advertência sobre segurança do air bag é realmente fascinante.

Rapidamente, fechei o quebra-sol, esperando que ele não percebesse que a advertência estava quase completamente descascada. Apesar de estarmos nos dirigindo para leste, o sol ainda estava claro demais e eu não consegui evitar um gemido conforme uma nova onda de náusea me atingiu.

— Tem certeza de que está bem? — perguntou ele. — Há uma parada daqui a alguns quilômetros. Quer que eu pare?

— Por favor — consegui resmungar. Como era justo que nós tivéssemos comido exatamente a mesma coisa e eu me sentisse um lixo completo enquanto Nathan parecia totalmente bem? Meninos e seus estômagos de ferro.

Chegamos à parada e pulei para fora sem nem esperar que o carro parasse por completo. Infelizmente, não houve jeito de conseguir chegar ao banheiro. Eu mal consegui chegar aos *arbustos* antes de vomitar todo o meu almoço.

Nojento, certo? Sem falar em totalmente constrangedor. Nathan ficou a uma distância respeitável, encostado no carro, mas tenho certeza de que ainda viu mais do que queria. Àquela altura, Nathan podia fazer uma apresentação de slides dos meus piores momentos: tomar um fora, chorar, ser a primeira aluna de Stiles da história a ter o carro rebocado do estacionamento da universidade e agora vomitar bacon, alface e tomate na estrada. Que beleza.

Finalmente, quando achei que não podia mais ter nada dentro de mim, andei timidamente de volta na direção do Nathan. Ele me entregou uma garrafa de água.

— Está quente — falou ele —, mas achei que você podia precisar beber um pouco.

— Valeu — disse eu, dando um gole grande. — Onde arrumou isto?

— Tenho uma caixa inteira no porta-malas — falou ele.

— Para emergências como esta, na verdade.

Uau. Nunca pensei que encontraria alguém tão preocupado com hidratação na estrada quanto eu.

— Me desculpe por... tudo — falei. — Você deve estar desejando que nunca tivesse se envolvido nesta confusão.

— Eu é que deveria estar pedindo desculpas — disse ele, me dando um sorriso torto. — Eu sugeri aquela lanchonete e comecei a onda do sanduíche de bacon.

— É, e nem teve a decência de sofrer junto comigo.

O Nathan riu.

— Vou me forçar a vomitar, se é o que você quer.

— Nojento — falei, franzindo o nariz. — E isso se chama bulimia, para a sua informação. Ou anorexia, com subtipo purgativo. Sabia que muita gente não percebe que anoréxicos também provocam vômito? Eles só não se enchem de comida. Essa é a diferença.

— É isso que você quer estudar, não é? — perguntou Nathan. — Distorção de imagem corporal ou algo assim?

Assenti, dando outro gole grande de água. O meu estômago estava começando a se acalmar, mas ainda assim eu franzi o cenho, considerando a pergunta do Nathan.

— Espere — falei. — Como você sabe disso?

Nathan esfregou a nuca.

— Eu presto atenção — disse ele. — Isso é um crime?

— Não — falei lentamente. — Acho que só é inesperado. O que mais você percebeu, além do assunto que escolhi estudar e minha predileção por filmes do John Hughes?

— Vamos lá — disse Nathan com uma risadinha. — Está começando a escurecer. Se você está se sentindo melhor, devíamos realmente continuar a viagem.

— Está bem — falei —, mas antes, só me diga mais três outras coisas que percebeu sobre mim enquanto estava "prestando atenção".

— Por quê?

— Estou curiosa.

Ele inclinou a cabeça para o lado, como se estivesse pensando a respeito.

— Está bem — disse ele. — Vou lhe dizer três coisas que percebi sobre você. Mas tem que empatar comigo, três a três.

O meu estômago estava começando a se revirar de novo, mas desta vez achei que não era por causa do sanduíche de bacon.

— Tudo bem — concordei.

Nathan parecia consideravelmente mais seguro de si agora.

— Deixe-me pensar — falou ele, esfregando o queixo e sorrindo para si mesmo. — O que mais percebi a seu respeito?

— E coisas realmente óbvias não valem — acrescentei, querendo prevenir qualquer truque sujo. — Tipo, você não pode dizer que percebeu que eu dirijo um Gremlin. Isso é roubar.

— A mesma coisa vale para você, então — disse Nathan. — Está bem, tenho a minha primeira coisa. Percebi que você fica muito emocionada com músicas.

— Não fico, não — protestei automaticamente.

Nathan ergueu uma sobrancelha.

— Vai me dizer que não estava chorando daquela vez em que "Wonderful Tonight" tocou no rádio? Você se lembra: você, Andrew e eu estávamos indo de carro para o campus para ver aquele filme universitário.

Eu me lembrava, sim. As aulas haviam acabado de começar e Andrew e eu decidimos ir à pré-estreia de um dos curtas-metragens do departamento de cinema. Nathan nos acompanhara, o que eu achei bem irritante na época, considerando que deveria ser um encontro romântico. Quando estávamos no cinema, Andrew foi mais atencioso do que o normal, segurando a minha mão, até mesmo se inclinando para me beijar em várias partes. Olhando para trás agora, foi uma das poucas vezes nos últimos meses em que ele pareceu se lembrar de que tinha uma namorada.

E, está bem, eu não me lembrava exatamente de chorar por causa de "Wonderful Tonight", mas isso não significava que não havia acontecido. Eu realmente tendo a chorar muito com músicas. Sou conhecida até por soltar umas lágrimas com "Damnit", do Blink 182. Algo sobre todo o negócio do *I guess this is growing up*. Isso faz algum sentido?

— Então Eric Clapton é um gênio — disse eu. — Qual é a novidade?

— Sua vez — falou Nathan. — Lembre-se, você tem que se equiparar a mim, o que significa que tem que ser mais ou menos na mesma linha que eu.

— O que isso quer dizer? — perguntei.

— Descubra.

Agora estava realmente escuro e, nesse ritmo, não chegaríamos à Corpo Astral até bem depois das 20h. Mas eu realmente não me importava. Havia ligado para os meus pais e eles sabiam que eu ia chegar tarde, portanto não ficariam preocupados.

— Percebi que você desconta sua raiva no violão — falei finalmente. — Tipo, quando eu comi uma tigela do seu cereal, você foi para o quarto e começou a tocar como se estivesse no Metallica ou sei lá o quê.

— Na verdade, era Alice Cooper.

Eu revirei os olhos.

— Tanto faz. Foi um pouco demais, considerando que só o que eu fiz foi comer uma tigela de Cinnamon Toast Crunch.

— Não fiquei zangado por causa do cereal.

— Então com o que ficou zangado? — perguntei.

Nathan olhou para mim mas, com as luzes por trás dele, seu rosto estava envolto em sombras.

— Nada — disse ele. Houve um longo silêncio e então ele falou. — Você faz caretas quando lê, sabe. Sempre sei dizer quando você está lendo algo alegre ou tenso ou perturbador. O seu rosto mostra tudo.

— Sério? — Isso parecia horrível. — Sempre achei que tinha uma cara de pôquer.

— Ah, você tem — garantiu Nathan. — Acredite, metade do tempo eu não faço ideia *do que* você está pensando. Mas sempre que você lê, tudo se reflete bem aí no seu rosto. Como aquela vez em que foi lá em casa e Andrew estava estudando, então você leu *A sangue frio*. Você estava fazendo caretas e se encolhendo durante o livro inteiro, como se estivesse acontecendo pessoalmente com você.

— Então, basicamente, eu sou afetada demais pelas músicas e pelos livros — falei. — Que maravilha.

Nathan riu.

— Eu não havia pensado nisso sob essa ótica, mas, é... acho que sim.

Outro carro estacionou na parada e observei uma mulher e duas crianças saltarem e se dirigirem às máquinas automáticas de venda, mais para enrolar do que qualquer outra coisa. Apesar de ele ter dito que não conseguia me ler na metade das vezes, essa conversa ainda estava me deixando estranhamente nervosa.

— Você está bem? — perguntou Nathan.

— Estou — falei, voltando minha atenção para ele novamente. — Por que não estaria?

— Só estou checando — disse ele. — Por um segundo, você pareceu estranha.

— Estranha?

Nathan passou uma das mãos pelo cabelo.

— Você sabe o que quero dizer.

Ele era muito melhor em adivinhar o que estava se passando pela minha cabeça do que acreditava.

— Você passa a mão pelo cabelo quando está nervoso — disse eu. — Ou cansado. Ou frustrado.

— Não é verdade — falou ele.

— É, sim — disse eu. — Acredite em mim. Você levanta a mão e passa os dedos pelo cabelo, bem... — antes que eu pudesse pensar na total imbecilidade do que estava prestes a fazer, fiquei na ponta dos pés, esticando a mão para cima e deixando os meus dedos deslizarem pelo cabelo dele. Era grosso, e mais macio do que eu havia imaginado. Eu me envergonho um pouco em admitir que me demorei, só um pouco, quando meus dedos roçaram a pele quente da nuca dele. Aí, tirei a mão. — ...assim — completei.

Eu podia ver que Nathan estava olhando para mim, mas não conseguia definir sua expressão. Ele estava calado, e seu silêncio, aliado à escuridão, me deixou um pouco nervosa que eu tivesse bancado a completa idiota.

— Sua vez — falei asperamente.

— Humm... está bem — disse ele, estranhamente corado. — Você... tem cheiro de chuva.

Não sei o que eu estava esperando, mas não era isso.

— Isso é uma coisa boa ou uma coisa ruim?

— Boa — falou ele. — Definitivamente boa.

— Você tem um tórax muito bonito — soltei, meu rosto ficando imediatamente quente. — Quero dizer, é uma coisa que percebi. Quando não estava usando camisa. Ou, você sabe. Uma vez.

Ótimo. Agora parecia que eu estava sempre olhando para o tórax do Nathan. O que não era o caso de jeito nenhum — bem, está certo, não inteiramente. Mas o que queriam que eu fizesse? Desviasse o olhar? Eu não sou santa.

— Aposto como não estou com cheiro de chuva agora — falei, dando uma risada nervosa. — Provavelmente estou com um cheiro nojento.

Nathan se inclinou para perto e eu podia senti-lo roçando o topo da minha cabeça.

— Você ainda tem cheiro de chuva — disse ele, a voz mais rouca do que o normal.

Ele estava muito mais perto agora e eu de repente estava consciente de que a mulher e seus dois filhos já haviam ido embora. Estava escuro e Nathan e eu estávamos sozinhos em uma parada na estrada a quase duzentos quilômetros de Flagstaff. Eu também estava muito consciente do fato de que, independentemente do que ele dissesse, era impossível que o meu hálito não estivesse com um pouco de cheiro de vômito. O que era um balde de água fria, se é que algum dia houve isso.

— É melhor a gente ir — falei meio trêmula. — Não quero que os meus pais tenham que esperar até muito tarde.

Por um segundo Nathan só ficou ali, e então ele se inclinou na minha direção. Apesar de estar escuro, eu fechei os olhos, meio que esperando um beijo. Mas em vez disso, ele só abriu a porta para mim.

— Tem razão — disse ele. — Temos que voltar para a estrada.

Sentei no banco do carona e ele fechou a porta atrás de mim antes de atravessar para o outro lado. Eu apoiei a cabeça no encosto do banco. Era isso que eu queria, não era?

Então por que parecia uma decepção tão grande?

> OBSERVAÇÃO NATURALISTA: Um tipo de estudo onde o pesquisador não intervém, mas em vez disso avalia o comportamento conforme ele ocorre naturalmente.

APÓS o incidente na parada da estrada, e como se por um acordo tácito, Nathan e eu ficamos com conversas mais casuais. Eu descobri que o "Mix de Verão" incluía clássicos como *Impulsive* de Wilson Phillips e a música-tema de *A história sem fim*, o que para mim era uma diversão sem fim. Quando o CD terminou, Nathan estava admitindo abertamente que, apesar de sua irmã ter feito a compilação, o disco estava cheio de coisas de que ele gostava mas tinha vergonha de admitir.

A tarefa das Frases Incompletas, que eu originalmente quisera amassar de novo e deixar para lá, na verdade foi revivida como uma fonte de entretenimento conforme Nathan e eu repassávamos os itens. Li em voz alta algumas das minhas respostas — pulando aquelas nas quais eu falava sobre como era estranhamente sensível e sobre o sentimento de pavor que muitas vezes sinto, porque, ei, *road trips* devem ser alegres. Quando comecei a pensar nisso como uma *road trips* em vez de uma carona cheia de pena um passo acima de *Dirigindo Miss Daisy*, eu não faço ideia, mas acho que foi em algum ponto entre *Hollaback Girl* e aquele momento na parada da estrada.

— Então, o que você vê em romances açucarados, sério? — perguntou Nathan, ainda olhando para a estrada.

— Você pode lê-los de uma vez só — falei prontamente.

— Só isso? — Agora ele se virou para me encarar por um breve segundo, um dos lados de sua boca se curvando para cima em um sorriso. — Posso ler uma caixa de cereal de uma vez só também, mas não significa que eu poria isso em nenhuma lista de recomendação de leitura.

— É claro que não é *só* isso — eu disse e ri. — Mas eles são a fuga pessoal perfeita, sabe? Em apenas algumas horas você pode curtir uma historinha pronta às-vezes-não-tão--sagaz, uma tensão sexual em-grande-parte-mas-não-sempre eletrizante e pegações geralmente satisfatórias. Se são bons, são ótimos, e se não são... são melhores ainda. O que mais você pode querer?

— Realmente, o que mais? — A saída para nossa próxima autoestrada apareceu e Nathan manobrou habilmente o carro por rampas de saída e rampas de entrada antes de por fim falar de novo. — E então, e sobre as *suas* histórias?

De início, pensei que ele queria dizer minhas experiências românticas pessoais. Nesse caso, eu teria que dizer que o gra-cejo era mais desajeitado do que sagaz, a tensão sexual era mais tensão do que sexo e que os amassos eram... bem, inexistentes.

Aí percebi que Nathan devia estar se referindo à parte das Frases Incompletas onde eu mencionei inventar histórias na minha cabeça e me senti completamente idiota de novo.

— Ah — falei, corando um pouco. — São bobas, na ver-dade. Só coisas românticas típicas de garotas.

— Eu também faço isso — disse Nathan. — Invento histórias para passar o tempo quando estou deitado na cama.

— Ah, é? Sobre o que são as suas... Gatos?

As palavras saíram da minha boca antes que eu pudesse impedi-las e, mesmo na escuridão, pude ver que o olhar que Nathan me lançou era de confusão. Pelo menos ele não pareceu fazer a conexão entre seus desenhos de gatos — que eu não pretendera mencionar, por mais indiretamente que fosse — e a minha pergunta. Eu odiaria ter que admitir *mais* uma coisa que havia percebido, principalmente quando tinha percebido isso ao bisbilhotar o quarto dele.

— Não... — falou ele. — As suas são?

— Não. — Fiquei olhando para fora da janela, dividida entre o desejo de saber mais sobre suas histórias para dormir e a relutância em partilhar as minhas. Eu nunca havia contado a mais ninguém sobre as histórias que invento enquanto estou tentando adormecer e nunca nem pensei em escrevê-las. São simplesmente pessoais demais.

Nathan também ficou em silêncio e percebi que talvez não fosse a única a se me sentir assim. Fiquei imaginando quantas pessoas no mundo têm devaneios girando na cabeça que nunca poriam em palavras. Provavelmente mais do que imaginam.

Conversamos sobre outras coisas — o programa de orientação, a música dele, nossas aulas —, mas sempre voltávamos às Frases Incompletas. Parecia que era a nossa forma de evitar a conversa relativa a outros assuntos, como onde exatamente Andrew se encaixava nisso tudo e por que eu praticamente acariciara o cabelo de Nathan. Ou pelo menos era o que me parecia.

— Qual é o seu maior medo? — perguntei a ele, olhando de novo para as Frases Incompletas.

— Provavelmente que Sydney Belcher vá cozinhar o meu coelho de estimação — disse ele ironicamente. — Aquela garota é intensa.

Fiquei feliz que ele tivesse falado nela, assim eu não precisava fazê-lo. A curiosidade estava me matando desde que eu os vira juntos na festa da praia.

— É, o que foi aquilo? — perguntei, no que esperava ser um tom casual. — Vocês saíram algumas vezes, certo?

Nathan deu de ombros.

— Ela precisava de uma ajuda na matemática para sua tese, ou pelo menos foi o que disse. Não levei muito tempo para descobrir que suas intenções eram completamente diferentes. Quem é que pede ajuda a um calouro para fazer a monografia?

Eu ri um pouco demais, então mudei rapidamente o foco de volta para o trabalho de psicologia.

— Não, mas sério. Do que você tem medo?

— De perder alguém próximo de mim — falou ele.

Pelos momentos seguintes, fiquei ouvindo o som da autoestrada passando por baixo de nós e tentei pensar em algo para dizer. É claro que esse seria seu maior medo. Eu me senti tão idiota! Antes que eu pudesse dizer alguma coisa sobre seu pai, ele falou do meu.

— Então seu pai usa um tapa-olho e sua casa cheira a incenso — disse Nathan, erguendo uma sobrancelha para mim.

— Não é o que você pensa — falei. — Bem... acho que é. Mas não somos aberrações de circo nem nada. Os meus pais têm uma pousada esotérica. O incenso e o tapa-olho são só duas manifestações de sua espiritualidade, ou seja, truques para vender mais pulseiras espirituais, dependendo de como você encara.

— Como *você* encara? — perguntou Nathan.

Acho que ninguém nunca havia me perguntado isso de forma tão direta antes. Eu estava começando a pensar que o banco do carona de Nathan devia se transformar em um divã para que eu pudesse ter a experiência completa.

— Sei lá — falei. — A minha mãe não prevê os números da loteria ou desastres naturais nem nada desse tipo, mas lê bem as pessoas. E o meu pai sempre disse que é mais um filtro do que qualquer outra coisa. Então, se eles são apaixonados por isso e os turistas parecem se divertir, por que não?

— Eles parecem legais — falou Nathan.

— Eles são — disse eu e percebi que estava falando muito a sério. Nunca parei muito para pensar nos meus pais e acho que não havia lhes dado valor nos últimos anos. Mas, apesar de suas peculiaridades um tanto constrangedoras, eles eram pessoas incríveis. Eu estava animada para apresentá-los a Nathan — e, estranhamente, ainda mais animada para apresentar Nathan a eles.

— E você? — perguntei casualmente, como se não tivesse curiosidade sobre isso nas últimas horas e talvez no último ano. — Como são a sua mãe e o namorado dela? E a sua irmã? Eu sou filha única, o que sempre achei ser meio chato. Eu queria ter um irmão ou irmã.

— Tirando o fato de ela fazer CDs totalmente constrangedores para mim, Joanie é sensacional. — Nathan sorriu. — Mas, acredite, eu queria ser filho único às vezes, quando ela surtava porque eu roubava o último biscoito ou quando ela se beliscava e dizia que tinha sido eu.

Percebi que ele não respondeu exatamente a minha pergunta sobre o resto de sua família e fiquei imaginando se só havia esquecido ou se estava sendo evasivo de propóstio. Há seis horas, eu teria deixado para lá. Agora, só fiquei mais agressiva.

— Vocês provavelmente se aproximaram ainda mais por conta do que tiveram que passar com o seu pai — disse eu.

Nathan sacudiu a cabeça, mas não foi em negação.

— Fiquei imaginando se você sabia, mas acho que não devia ficar surpreso. Desde que Andrew soube que chorei como um bebê na aula de espanhol depois que o meu pai morreu, ele realmente adora contar essa história.

— Ouvi dizer que foi na aula de biologia, mas, é — falei, pensando que talvez não devesse ter tocado no assunto mas, agora que havia sido abordado, sem querer voltar atrás. — Então... é verdade?

Ele se virou para olhar para mim, uma faixa de luz passando por seu rosto.

— É verdade que o meu pai teve câncer? É. E é verdade que eu desmoronei completamente, se é que você pode chamar assim, depois que ele morreu? É, eu senti falta do meu pai. Nunca vou parar de sentir saudades dele, é como aquela coceira que às vezes a gente tem dentro do ouvido, tão lá dentro que jamais consegue alcançar. Alguém tão egoísta quanto Andrew nunca conseguiria nem começar a entender.

E então, como se não tivesse acabado de se abrir e despejar seu coração pelo carro todo, um dos cantos da boca do Nathan se ergueu.

— Então — disse ele com ironia. — Vai me perdoar se não fico superfeliz em saber que Andrew ainda está espalhando isso.

— Sinto muito — falei, as palavras completamente inadequadas. Eu sentia muito que o pai do Nathan tivesse morrido, mas também estava muito envergonhada por nunca ter parado para pensar a respeito do que Nathan deveria estar passando. Para mim, a história era só mais uma peça do quebra-cabeça para descobrir como Nathan pensava. Para ele, era uma lembrança pessoal e dolorosa. Eu não tinha o menor direito de explorá-la.

Nathan começou a passar uma das mãos por seu cabelo grosso, mas parou no meio do caminho, como se percebesse o que estava fazendo. Sua mão voltou para o câmbio.

— Ei — falou ele. — A culpa não é sua.

Isso era uma questão de opinião, mas não forcei a barra. Estávamos chegando perto da casa dos meus pais e guiei Nathan pelo resto do caminho, dizendo a ele aonde ir enquanto apontava nossos pontos turísticos locais. Não havia muitos — o café C'est La Vie, a biblioteca pública, a loja esotérica rival, da Madame Ruby —, mas ele tinha aquela maneira de ouvir que fazia você sentir como se tudo o que dizia fosse a coisa mais fascinante do mundo. O que ele tinha dito antes? *Eu presto atenção.*

Observação para mim mesma: aprender como Nathan faz isso antes de me tornar uma terapeuta.

Finalmente, estacionamos na Pousada Corpo Astral, uma bela casa vitoriana completamente deslocada entre os prédios de estuque. Meus pais haviam posto a antiga casa abaixo quando eu era um bebê, insistindo que a substituta com cara de casinha de pão de mel fazia muito mais o seu estilo. Foram advertidos de que teríamos cupins e tivemos que dedetizá-la algumas vezes desde então, mas eles nunca se preocupam muito com coisas mundanas como essas.

Agarrei minha mochila, subindo a escada enquanto Nathan seguia atrás de mim, carregando seu violão. Quando entramos pela porta, um sininho soou e o meu pai saiu de detrás de um suporte de cartões-postais e calendários de Sedona que dizem onde os planetas estão a cada dia. Eu tenho, tipo, cinco desses, então por acaso sabia que Júpiter estava atualmente na parte de sua órbita que ficava mais perto da Terra. O que isso significava para o cosmo, eu ainda não entendia muito bem.

— Tuesday! — disse ele, abrindo bem os braços enquanto eu corria na sua direção. Talvez eu estivesse com mais saudades dos meus pais do que pensava, porque era muito, muito bom estar em casa. Minha mãe saiu, juntando-se ao abraço e à comemoração. Meu pai fez perguntas sobre a faculdade, minha mãe fez um espalhafato sobre o meu corte de cabelo e revirei os olhos para Nathan, embora estivesse secretamente curtindo.

Tentei vê-los pela perspectiva de Nathan. Meu pai era muito alto e tinha uma aparência distinta, é verdade, com seu cabelo branco e seu tapa-olho. Seu rosto se enrugava com facilidade em um sorriso, acomodando-se em vincos tão profundamente talhados que você sabia que era onde seu rosto realmente queria estar. Depois de perder quarenta quilos, minha mãe parecia menos com uma aberração de circo e mais com Carnie Wilson, com seu cabelo negro curto e sua maquiagem de bom gosto. Os lábios eram um fio vermelho brilhante em seu rosto e, quando ela sorria, mostrava duas fileiras de dentes brancos, os dois da frente se sobrepondo ligeiramente.

Finalmente, minha mãe virou-se para Nathan.

— E você trouxe um novo homem — disse ela com aquela voz com um ligeiro sotaque, arqueando as sobrancelhas para Nathan. — Ele é bonitão.

Agora eu me lembrei por que me esquecia tantas vezes como os meus pais eram maneiros. Eles também podiam ser incrivelmente constrangedores, em especial a minha mãe.

— Nathan não é o meu novo homem — falei, dando um sorriso pesaroso para Nathan que dizia, *Pais, o que se pode fazer?.* — Meu carro foi rebocado e ele foi gentil o bastante para me dar uma carona.

Meu pai estava perguntando sobre o meu carro, mas minha mãe só tinha uma coisa na cabeça.

— Por que não? Este aqui é muito melhor do que aquele que você namora... Como é o nome dele? Adam?

Não acreditei nem por um minuto que a minha mãe não se lembrava do nome dele. Quando havíamos ido juntos à festa de formatura, ela tirou, tipo, um milhão de fotos, pelo amor de Deus.

— Andrew, mamãe — eu disse. — O nome do meu namorado é Andrew. O Nathan na verdade é colega de quarto dele.

Nathan me lançou um olhar que ignorei. Ex-colega de quarto, ex-namorado, tanto faz. Eu não estava a fim de falar nisso agora.

Pelo visto, nem a minha mãe, porque dispensou a minha explicação e em vez disso bateu palmas.

— Uma foto da aura! Sim, vamos ver a aura dele!

— Mamãe — protestei. — Hoje não, está bem? Nathan passou o dia inteiro dirigindo. Tenho certeza de que ele está muito cansado...

Mas Nathan, o traidor, só sorriu para mim.

— Isso parece ótimo, Sra. Nolan — disse ele.

Minha mãe o calou com um sibilo.

— Me chame de Mamma — falou. — E este é o meu marido, Maple.

Eu sei que esse é seu apelido esotérico, mas eu ainda não me sentia à vontade com ela dizendo a Nathan para chamá-la assim. Fazia com que parecesse que estavam a um passo de virarem parentes ou algo do tipo. E Maple era um nome de *mulher*. Expliquei isso para o meu pai um milhão de vezes, mas ele nunca me ouve. Diz que essa é a árvore à qual ele se sente mais ligado e não dá para discutir com ele sobre a natureza.

— Ou você pode chamá-los de Susan e Dave — resmunguei, e ela me lançou um olhar reprovador.

— Vamos arrumar as coisas — falou ela, desaparecendo por uma porta com uma cortina de miçangas e arrastando meu pai junto.

Assim que eles haviam desaparecido, Nathan se virou para mim.

— *Tuesday?*

Suspirei. Podia ter vivido feliz durante mil anos sem que *isso* tivesse sido descoberto.

— Leigh é o meu nome do meio — disse eu. — Meu primeiro nome é Tuesday.

Esperei por alguma piada relacionada aos dias da semana, mas ele só assentiu.

— Tuesday — repetiu, e por um minuto eu reconsiderei minha escolha de usar meu nome do meio. Tuesday não soava tão mal quando ele dizia. — Gostei. Então, o que exatamente é uma foto da aura?

Não havia como eu ficar mais sem-graça do que já estava, então decidi simplesmente ir até o fim.

— Aqui — falei, levando-o para a sala principal. — Vou mostrar.

267

O estilo dos meus pais era meio eclético-folclórico-turco que de alguma forma funcionava muito bem. No chão arranhado de tábua corrida havia alguns tapetes macios lindos, os sofás eram fofos e confortáveis, e a sala era decorada com uma explosão de arte folclórica, tapeçarias orientais e kitsch. Guiei Nathan para a parede mais distante, onde uma foto estava pendurada ligeiramente separada do resto. Era uma dessas molduras clássicas que os pais compram — exibindo 12 pequenos retratos ovais em torno de um maior.

— A maioria dos pais coloca as fotos de colégio de seus filhos aqui — disse eu. — Mas não os meus. Os meus colocam as fotos da minha aura.

Começou quando eu tinha 5 anos, sorrindo banguela para a câmera com um redemoinho de cores em volta de mim. Com o passar dos anos, às vezes as cores diminuíam, indicando uma saúde espiritual pior, e outras vezes eram tão proeminentes que você mal conseguia ver o meu rosto. Não estou dizendo que acredito em nada disso, mas a minha aura era mais fraca por volta do terceiro ano, o que faz sentido, considerando o roubo do macaco de pelúcia que tive que aguentar naquela série.

Expliquei para Nathan o que algumas cores queriam dizer e como interpretar as fotos, apesar de saber que a minha mãe entraria em uma análise muito mais profunda. Ele fez perguntas, mas pareciam ser menos sobre fotos de aura em geral e mais sobre as *minhas* fotos de aura.

Havia um álbum de fotos em uma das estantes e Nathan sentou-se no sofá, folheando-o. Eu sempre achei que era superconstrangedor que qualquer hóspede pudesse simplesmente olhar fotos minhas pelada na banheira quando bebê, mas era ainda mais desconfortável quando quem estava olhando era um conhecido.

Nathan sorriu com algumas das fotos e fez perguntas sobre outras, mas na maior parte só folheou o álbum em silêncio. Ele chegou ao fim, que exibia uma das muitas fotos da formatura. Eu estava usando um vestido tomara que caia verde-escuro, sorrindo para Andrew enquanto ele vestia um bracelete de flores no meu pulso.

Ele ficou olhando para a foto por algum tempo antes de levantar os olhos para mim.

— Você ainda não contou a eles.

Eu me remexi, desconfortável.

— Não exatamente — falei. — Mas tenho certeza de que eles desconfiam. É difícil esconder coisas da minha mãe médium e do meu pai olho de águia.

Era para ser engraçado, mas Nathan não riu. Ele só fechou o álbum, colocando-o de volta na estante entre um livro sobre a Tailândia e um romance do Kurt Vonnegut.

Minha mãe escolheu aquele momento para enfiar a cabeça pelo vão da porta, seus lábios vermelhos sorrindo largamente.

— Venha, Nathan — falou ela. — Está tudo pronto para a sua foto.

Sem nem olhar de novo para mim, ele seguiu a minha mãe através das miçangas. Caí no sofá, uma lágrima escorrendo silenciosamente pela minha bochecha. Eu nem sabia por que estava chorando mas, depois que comecei, as lágrimas fluíram mais rápido do que eu podia impedir.

Uma mulher usando uma blusa listrada com ombreiras e um par daquelas calças horrorosas que parecem uma saia entrou e então imediatamente deu meia-volta quando me viu.

Eu sabia que devia ser péssima para os negócios, mas não me importava nem um pouco.

Estiquei a mão para deslizar o álbum da prateleira, abrindo--o no meu colo na última foto. Ela havia sido tirada na primavera do meu último ano de escola, quando Andrew e eu ainda éramos felizes — ainda estávamos *juntos*. Nós estávamos sentados no balanço da varanda da frente, o braço dele em volta de mim, me puxando mais para perto. Eu estava tocando o rosto dele com a ponta do dedo.

Normalmente, a minha mãe passa pelo menos dez minutos analisando a foto com a pessoa, então fiquei surpresa ao olhar para cima e ver Nathan. Ele estava com uma polaroide na mão e a jogou em cima do sofá a meu lado.

— Coloque-a no álbum, se quiser — falou, seu rosto inexpressivo. — Ou não coloque, tanto faz. Mas eu não quero.

Com isso, ele se virou e saiu pela porta, e eu sabia pelo som dos sinos que também saíra pela porta da frente. Eu peguei sua polaroide, confusa.

Ele devia ter ouvido algo de que não gostara lá dentro, mas olhando para sua foto, eu não podia pensar no quê. A aura dele era muito forte, principalmente com a cor azul, o que significava que ele era muito bom em fazer com que o complicado se tornasse simples. Havia um laranja amarronzado do lado esquerdo, o que indicava alguma mágoa antiga, mas o lado direito era amarelo, o que implicava em uma cura futura.

Era essa a questão? Será que a minha mãe vira algo a respeito da morte do pai dele? Eu sabia que Nathan não gostava muito de falar sobre isso, mas ele ainda estava claramente de luto pelo pai.

Levando a foto comigo, fui para fora e encontrei Nathan apoiado na varanda que dava a volta na casa, dedilhando seu violão.

— Ei — falei.

— Ei.

Eu só tinha ido até ali no roteiro imaginário do que ia falar para ele. Sentei-me no balanço da varanda, usando a planta dos pés para balançar suavemente para a frente e para trás.

— Alguma coisa lá dentro o chateou? — perguntei com delicadeza.

Ele suspirou, botando o violão no chão.

— É... não — falou, passando a mão agitado pelo cabelo. — Na verdade, não quero falar sobre isso.

— Tudo bem.

E então, como se não tivesse acabado de dizer isso, ele começou a falar.

— O meu pai ficou doente durante três anos, sabe? — disse ele, olhando não para mim, mas para algum ponto distante no céu. — *Três* anos. Você pensa que isso seria tempo suficiente para se preparar, mas não é.

— Acho que ninguém está preparado para perder os pais — falei baixinho. — Como podem esperar que esteja preparado quando ainda está no colégio?

Aí ele olhou para mim.

— Então quanto tempo você acha que se leva para superar?

Dei de ombros, sem querer exatamente dar um prazo de validade.

— Não sei — disse eu. — Acho que você nunca supera por completo. Mas não acho que isso seja necessariamente uma coisa ruim. É só algo que você carrega com você.

— Bagagem, é como as pessoas chamam — falou Nathan.

— Você está dizendo que perder alguém significa que você sempre vai carregar essa bagagem?

Não sei por que, mas eu quase tive a impressão de que ele não estava mais falando sobre o pai.

— Acho que sim — disse eu, imaginando o que era que ele queria de mim. Mas, depois de algum tempo, isso se torna parte de você e você só... se adapta.

Mesmo na escuridão, eu podia sentir a intensidade do seu olhar em mim.

— Talvez eu esteja esperando demais — disse ele suavemente. — Talvez só seja cedo demais.

Fiquei imaginando o que ele queria dizer com isso, mas nunca tive a chance de perguntar. Ele pegou o violão de novo e começou a dedilhar de leve. Depois de algum tempo, começou a cantarolar junto e então estava cantando, a voz grave e profunda na noite silenciosa. Fechei os olhos, inclinei a cabeça para trás e fiquei ouvindo.

Quando ele terminou, sorri.

— Foi uma música muito bonita — falei. — Você a compôs?

Ele deu uma risadinha.

— Não, foi o Wilco — disse ele. — Mas, é, é uma das minhas preferidas.

Algo me ocorreu e me ajeitei para olhar para ele.

— Mais cedo, perguntei se você levava o violão para todos os lugares — falei —, e você ficou meio estranho. Por quê? Não é como se você fosse um daqueles imbecis que sempre carregam um violão mas não sabem tocar de verdade.

— Você não sabe?

— Não.

Ele deu um sorriso largo.

— Todo mundo sabe que o propósito de aprender violão é impressionar as garotas. Você não pode simplesmente dizer, "desculpe, eu adoraria me exibir, mas esqueci meu violão em casa", pode?

Agora era a minha vez de rir.

— Acho que não.

— Então agora você conhece o meu segredo — disse ele.

— Funcionou?

Eu fingi pensar a respeito.

— É, funcionou.

SITUAÇÃO DESCONHECIDA: Uma situação feita para estudar afeto, onde a confiança no afeto sentida por um bebê é medida pelo grau em que o bebê fica nervoso quando um dos responsáveis sai e se acalma quando o responsável volta.

EM algum momento, eu sei que os meus pais vão redecorar completamente o meu quarto para transformá-lo em outro quarto de hóspedes. Em uma pousada, afinal de contas, o espaço é importante. Mas, por enquanto, meus pais o haviam mantido exatamente igual, o que meio que foi um alívio. Acho que eu não poderia voltar para minha primeira visita depois de ir para a faculdade e encontrar a minha cama coberta com uma daquelas colchas de patchwork que a minha mãe usa nos quartos de hóspedes, ou ver os dez espelhos obrigatórios na parede. Minha mãe adora espelhos.

— Então este é o seu quarto — disse Nathan, colocando seu violão no chão e olhando em volta.

— É — falei. — Desculpe por você não ter seu próprio quarto. Normalmente o Dia de Ação de Graças é um período bastante devagar para a pousada, mas acho que estamos lotados. Mas você provavelmente está cansado da viagem, então pode ficar com a cama hoje.

Ele olhou para mim, mas não discutiu.

— Está bem, obrigado — disse ele. — Vamos revezar.

— Ah — falei, um pouco surpresa por ter sido tão fácil.

— Sem problema.

Sem perceber minha confusão interior, Nathan andou até a minha penteadeira, coberta de fotos minhas e de amigos do colégio (da maioria eu já perdera contato, a não ser por mensagens ocasionais no Facebook). Também havia uma caixa em formato de estrela que eu tinha pintado e na qual fizera uma colagem, um peso de papel de vidro soprado e uma pequena estátua de Buda que os meus pais me deram no meu aniversário de 16 anos.

— Este deve ter sido um lugar sensacional para se crescer — disse ele, erguendo o peso de papel e olhando para as cores retorcidas dentro do vidro transparente.

— Em certos aspectos, foi — falei. — Mas às vezes era um pouco sufocante. Passei muito tempo sentada no telhado, do lado de fora daquela janela. Quero dizer, não consigo encontrar a Ursa Maior nem que a minha vida dependa disso, mas é divertido só olhar para as estrelas, sabe?

Nathan se aproximou da janela, pressionando o rosto contra o vidro. O meu quarto ficava bem em cima da varanda da frente, portanto era relativamente fácil pisar na parte plana do telhado e curtir o lado de fora.

— Foi por isso que você foi para aquela noite de observação de estrelas? — perguntou ele.

Como ele sabia tanto sobre mim? Como se eu tivesse feito a pergunta em voz alta, Nathan se virou.

— Eu estava lá — disse ele.

É claro. Agora eu me lembrava — fora na semana de orientação e um dos eventos noturnos havia sido observação de estrelas com o professor de astronomia. Por acaso coincidiu com a festa dos anos 1970 no rinque de patinação, portanto poucas pessoas apareceram. Tanto Nathan quanto eu fomos para o telescópio ao mesmo tempo, acabamos nos esbarrando, e ele pedira desculpas. Eu mal havia olhado para ele — ainda nem nos conhecêramos. E agora ali estávamos nós, no meu quarto de infância.

— O meu pai provavelmente tem algum pijama para te emprestar — disse eu, pensando em resolver essa questão antes mesmo que ela surgisse. — Volto já.

Quando voltei, alguns minutos depois, segurando um velho par de pijamas de algodão, a janela estava aberta e Nathan não estava em nenhum lugar à vista.

Ele estava sentado no telhado, os braços unidos em torno dos joelhos.

— Você tem razão quanto às estrelas — falou ele. — Acho que não se consegue esse efeito olhando através de um telescópio, apesar de, é claro, isso ser impressionante da sua própria maneira. — Ele olhou para mim, inclinando a cabeça. — Venha, me faça companhia.

Saí pela janela, anos de lembranças passando comigo enquanto eu me sentava de pernas cruzadas no telhado. Ficamos sentados assim pelo que pareceu uma eternidade, sem palavras, como se de alguma forma elas fossem estragar a magia da noite.

Mas aí a pergunta simplesmente saiu da minha boca e não pude detê-la.

— Você acha que Andrew me amava?

Pude sentir os olhos de Nathan em mim, mas mantive meu olhar fixo no céu, sem querer ver uma resposta em seu rosto que contradissesse a que saía de sua boca.

— Acho que sim — disse Nathan finalmente. Sua voz parecia triste. — De sua própria maneira egoísta, acho que sim.

De alguma forma, eu acreditava nele, e suas palavras acalmaram uma parte no fundo do meu coração que eu nem havia reconhecido que estava sofrendo.

— Espero que sim — falei. — Porque ele nunca disse isso primeiro; ele só dizia "eu também". E eu odiaria pensar que ele estava pensando em qualquer outra coisa, sabe?

Nathan riu, uma risadinha baixa que vibrou nos meus ossos e, como todas as outras vezes em que eu o fizera rir, parecia uma vitória.

— Ei, Nathan?

O riso morreu em seus lábios e em seus olhos e foi substituído por um olhar que de certa forma me fazia pensar naquela noite na fogueira.

— Sim? — disse ele.

— Sinto tê-lo chamado de hipócrita.

Nathan desviou o olhar então, e passou-se muito tempo antes que falasse.

— Tudo bem — disse ele.

No dia seguinte, decidi levar Nathan para tomar café da manhã no C'est La Vie, já que é uma das minhas coisas favoritas em Sedona e um dos poucos lugares que ficava aberto pelo menos parte do dia de Ação de Graças. Além disso, eu sabia que, se ficássemos em casa, minha mãe ia continuar fazendo mais perguntas e o meu pai ia querer mostrar a ele as várias pedras e cristais de cura que tínhamos no jardim. Eu tenho um monte delas misturadas com rochas que peguei em um museu de ciências e não sei dizer a diferença.

Eu não havia dormido tão bem na noite anterior, o que achei ter a ver com dormir no chão. Não podia ser Nathan, já que não era como se eu não tivesse dormido no mesmo quarto que ele antes. Tecnicamente, eu caíra no sono naquela noite em que usei seu quarto para terminar o meu trabalho, ouvindo seu ronco suave na cama bem atrás de mim. Portanto, isso não era diferente.

Mas era, de certa forma, e eu não conseguia definir por quê. Claro, nós havíamos passado muito tempo juntos nas últimas 24 horas e tivéramos algumas conversas bastante intensas. Mas ele ainda era *Nathan*, o estudante de matemática que desenha gatos e que assistira de camarote a alguns dos meus momentos mais vergonhosos na vida. Então decidi que, hoje, nós só íamos nos divertir, sem pensar na faculdade ou em Andrew ou em qualquer outra coisa.

— Peça cream cheese de abacaxi com o seu bagel — sugeri enquanto estávamos na fila do café. — Sério, você não vai se arrepender. Parece estranho, mas é delicioso.

— Por que eu não experimento um pouco do seu? — disse ele. — Não sou muito de correr riscos.

— Claro que é — falei. — Você dirigiu até o Arizona para ficar com uma família *new age* maluca, não foi? E arriscou a vida deixando que tirassem a foto da sua aura. Quero dizer, quem sabe o que isso poderia ter revelado?

— É verdade — disse ele. — E pus a minha vida em risco ao comer aquele sanduíche de bacon...

Eu me virei e, exatamente naquele momento, Andrew entrou no café com Heather pendurada no braço. Se David Becknam tivesse entrado, eu não poderia ter ficado mais surpresa.

— Ah, meu Deus.

— Desculpe — falou Nathan. — Eu sei que é uma lembrança dolorosa. E, sério, você merece todo o crédito por ter comido aquele negócio.

— Não... — disse eu, mas não havia tempo para explicar. Heather estava apontando para nós e eles estavam vindo na nossa direção.

— O que foi?

— *Andrew* está aqui — falei por entre os dentes. — Com Heather.

Meu último pensamento foi que eu realmente devia ter lavado o rosto aquela manhã e talvez passado um pouco de creme com vitamina E debaixo dos olhos para esconder as olheiras. Mas aí não havia mais tempo para pensar, porque Andrew e Heather vieram ficar bem atrás de nós na fila.

— Leigh — falou Andrew, inclinando a cabeça. Aí, um pouco menos educadamente. — Nathan? Por que está aqui?

— Porque quero estar — disse Nathan. Apesar de não poder vê-lo, eu podia imaginá-lo olhando para Andrew com aqueles olhos verdes e frios que eu costumava achar serem direcionados a mim. Pelo menos eu esperava que fosse direcionado a Andrew agora, e não a mim.

Eu ia ficar indiferente. Atravessara nosso último encontro sem cair aos prantos ou ter um surto total, então não devia ser difícil jogar conversa fora civilizadamente enquanto esperávamos pelos bagels e cafés.

— O que *você* está fazendo aqui? — perguntei, um tom esganiçado na voz.

Que se dane. Bancar a indiferente é superestimado.

— Estamos tomando café — gorjeou Heather, esfregando a mao no peito do Andrew. Eles estavam juntos há menos de um mês e já estavam agindo mais como um casal do que eu e Andrew jamais agíramos. Talvez isso devesse ter aberto os meus olhos ou me feito perceber alguma coisa, mas em vez disso, só me deixou amarga.

— Eu quis dizer, o que você está fazendo colocando quilômetros no seu precioso BMW e ficando com a leitura atrasada? — perguntei. — Ah, e vindo para uma cidade com a qual "não podia se importar menos". Para a sua informação, Andrew, é não *poderia* se importar menos.

— Qual é, Leigh? — disse ele. — Você sabe que teria sido constrangedor virmos de carro juntos. Como eu ia saber que ia dar de cara com você?

Nathan limpou a garganta, mas eu ignorei.

— Ah, se o meu desejo por cream cheese de abacaxi não tivesse arruinado o seu plano perfeito — falei sarcasticamente.

— Você ainda come isso?

Ele não tinha permissão para fazer isso. Não tinha permissão para trazer outra garota para a *minha* cidade natal, para a *minha* cafeteria e então fazer algum comentário a respeito da minha escolha de cream cheese como se tivéssemos alguma história em comum. Quero dizer, nós tínhamos. Mas a história *não* ia se repetir.

Nathan limpou a garganta novamente e eu me virei para encará-lo.

— O que foi?

— Posso anotar o seu pedido? — perguntou um adolescente com cara de estressado de detrás do balcão, e Nathan ergueu a sobrancelha para mim.

— Humm, só um bagel com cream cheese de abacaxi e um café médio — falei. — E ele quer...

— Eu já pedi — disse Nathan.

— Perfeito — resmunguei, vasculhando a minha bolsa, mas Nathan sacudiu a cabeça e colocou uma nota de dez dólares em cima do balcão.

O atendente abriu a registradora e começou a contar o troco, largando-o na mão esticada do Nathan.

— Então estou vendo que o seu problema de carona foi resolvido — disse Andrew atrás de mim.

— Não podia ter sido melhor — falei. — Ainda bem que *algumas* pessoas não são tão autocentradas que não podem se dar o trabalho de ajudar mais ninguém. Quando eu liguei para Nathan, ele ficou mais do que feliz em me trazer para o Arizona.

— Que conveniente.

— Leigh, posso falar com você? — disse Nathan, puxando o meu braço. Relutando, eu o segui, deixando Heather e o atendente com expressões idênticas de *Qual é o problema dela?* Andrew parecia calmo, como sempre. Mas também, ele *sabia* qual era o meu problema.

— O que você está fazendo? — falou Nathan quando estávamos sozinhos, do outro lado do café.

— O que foi? — perguntei. — Certo, é claro que vou devolver o dinheiro do café da manhã. Eu só estava distraída, só isso.

— Não foi isso que eu quis dizer — disse ele baixinho. — Eu quis dizer o que você está fazendo, deixando que ele a afete tanto?

Soltei o ar devagar. Eu sabia que estava lidando com aquilo da forma errada, que devia ficar calma e distante, como se o último ano nunca tivesse acontecido. Mas tinha. Andrew havia

281

me beijado e dito que me amava (mais ou menos) e segurado a minha mão. Andrew havia comprado comida pastosa para mim quando arranquei o siso, pelo amor de Deus. E aí ele me deu um fora, porque de repente eu não estava disposta a passar o nosso relacionamento para o nível seguinte, quando até a semana anterior eu não sabia nem que ele *percebia* em que nível nosso relacioamento estava.

— Eu sei — falei, esfregando a testa. — Só não acredito que ele me disse que não vinha para casa quando vinha. Não acredito que ele... — Deixei a frase morrer antes de dizer algo de que fosse me arrepender. — De qualquer modo. Você deve saber como me sinto. Você saiu com Heather, afinal de contas.

— Saí *uma* vez — disse ele. — E isso não tem nada a ver com Heather. Eu não poderia me importar menos com Heather.

Eu sorri — de leve, mas pelo menos era um sorriso.

— Você usou corretamente.

— É claro — falou ele. — Afinal, se você *podia* se importar menos com alguma coisa, isso significa que você se importa pelo menos um pouco com ela. Certo?

— Certo.

— Bem, neste momento, eu não poderia me importar menos com Andrew ou com Heather — disse ele. — Sabe com o que eu me importo?

— Com o quê? — Eu ergui os olhos para ele, percebendo como era louco o quanto ele parecia familiar agora. Se ele fosse a uma sessão de observação de estrelas, eu não esqueceria de jeito nenhum. E também não o evitaria.

Ele abriu um largo sorriso.

— Com o café da manhã.

Soltei a respiração.

— Típico — falei, sorrindo. — Bem, enquanto você está comendo o seu bagel sem-graça com cream cheese normal, não venha chorando atrás do meu de abacaxi. Você teve a sua chance.

Nós voltamos para o balcão para pegar nossos bagels, passando por Andrew e Heather. Pensei em dizer mais alguma coisa mas, no último minuto, só pedi nossos bagels para viagem. Foi idiota, eu sei, mas não podia deixar de pensar que o problema é que eu podia me importar menos com Andrew. E eu só podia fingir que não até determinado ponto.

> REALIZAÇÃO DO DESEJO: Na análise dos
> sonhos de Freud, isso ocorre no sonho latente
> e representa os desejos ocultos de quem está
> sonhando.

O JANTAR de Ação de Graças na minha casa era sempre interessante. Para começar, não havia peru ou qualquer refeição,
por falar nisso. Este ano íamos comer a tradicional abóbora
assada duas vezes com recheio de arroz e cogumelos e molho de levedo, mas também teríamos sanduíches de húmus
de toferu no pão árabe que a minha mãe estava cortando
no formato de peru com um cortador de biscoito. Ou, pelo
menos, deveriam ter o formato de peru. Saíram mais com
cara de manchas de Rorschach. Eu a ajudei a carregar o
banquete para a mesa, onde meu pai, Nathan e uma família
de três pessoas esperavam.

A família pareceu bem desconcertada com os sanduíches, mas digo que é isso que você ganha por passar o Dia
de Ação de Graças em uma pousada esotérico-chique em
Sedona. Eles deviam ter ficado felizes por terem qualquer
refeição, já que eram quatro horas da tarde e *muito* depois
da hora do café da manhã. O menino de 10 anos de idade,
Kyle — eu ouvira o pai gritando com ele para largar *Sextrologia*, um livro que a minha mãe havia deixado na mesinha

de centro, por isso sabia o seu nome —, caiu dentro, mas os pais pareciam um pouco mais céticos.

Acho que, se você pode ter a mente aberta em relação a uma mulher com um dos piores sotaques russos que já ouviu na a vida lendo a sua sorte em *folhas de chá*, alguns sanduíches de húmus não deveriam perturbá-lo. Mas é só minha opinião.

— Isto é delicioso — falou Nathan. — Obrigado.

Minha mãe sorriu radiante.

— Receita da Mama — disse ela.

Nathan deu outra mordida e piscou para mim, confirmando a minha suspeita de que ele só estava sendo educado. Escondi um sorriso atrás do meu próprio sanduíche.

— Vocês têm uma filha linda — falou a mãe do Kyle e um daqueles olhares que as mães partilham às vezes passou entre elas, do tipo, *O milagre da vida não é maravilhoso?*

— Tuesday é a nossa alegria — falou a minha mãe.

Meu pai se intrometeu com a boca cheia da batatas.

— Ela está na faculdade, estudando psicologia.

Ouvi uma nota de orgulho em sua voz e não pude evitar 1e me sentir um pouco emocionada. Talvez fosse só porque eu estivera tão sensível ultimamente ou talvez fosse só por sempre ter presumido que os meus pais estavam um pouco decepcionados com a minha escolha de profissão.

— Linda *e* inteligente — falou a mãe do Kyle, sorrindo para mim antes de virar seu sorriso para Nathan. — E com um rapaz tão bonito!

Está bem, isso estava ficando desagradável.

— Eu não estou *com* ele — falei.

Minha mãe fez um gesto com o garfo, um pouco de molho de cranberry pingando de volta em seu prato.

— É só uma questão de tempo — falou ela. — Tuesday acabou de terminar um namoro com um outro rapaz, um com uma aura ruim. Este aqui é muito melhor.

Meu garfo bateu no prato, meus olhos virando para Nathan. Ele havia contado — depois de rir comigo no telhado, depois do momento de compreensão que achei que havíamos partilhado no C'est La Vie —, andara falando pelas minhas costas. Para a minha mãe. E não teve nem a decência de parecer culpado. Senti a traição subir pela minha garganta.

— Você é um babaca — falei, jogando meu guardanapo em cima da mesa.

A cadeira arranhou o chão de madeira quando me levantei abruptamente, todo mundo à mesa olhando para mim com uma expressão muda de horror. Eu podia ver que a mãe do Kyle estava acrescentando *louca* à minha lista de atributos, e até Kyle, de 10 anos de idade, que ficara rindo com *Sextrologia*, olhava para mim como se eu fosse uma maluca. O garfo de Nathan estava suspenso no ar, seu rosto uma mistura de confusão e preocupação que só alimentava ainda mais a minha raiva.

Dei meia-volta e saí, batendo a porta da frente atrás de mim com uma força que fez com que os sinos badalassem enlouquecidamente. Eu sabia que também estava sendo um pouco babaca, mas não me importava. Por que Nathan faria isso? Será que ele pensava que estava me fazendo um *favor*, contando aos meus pais sobre Andrew, quando eu ainda nem tinha certeza se queria que eles soubessem?

Eu me sentia inquieta e chateada mas, depois que saí da casa, só me joguei nos degraus da frente, com a energia esgotada. Ouvi a porta da frente se abrir atrás de mim e não fiquei surpresa quando Nathan se sentou a meu lado. Se eu esperava um pedido de desculpas dele, não parecia que havia um a caminho.

— Por que era tão importante que os seus pais não soubessem? — perguntou ele.

Ele nem negava o que havia feito, o que eu acho que de certa forma era nobre, mas só me deixava mais zangada.

— Porque sim — resmunguei.

— Porque sim, por quê? — disse ele, parecendo um pouco zangado agora. — Porque vocês dois vão voltar e você não quer ter que admitir que terminaram, para começo de conversa?

Lágrimas fizeram meus olhos arderem, mas eu não consegui dizer nada. Como ele podia ser tão cruel?

Ele suspirou, um sopro forte de frustração.

— Eu não disse nada para a sua mãe — falou ele. — Dê um pouco de crédito a ela. É uma mulher perceptiva.

— Por que, porque ela é *médium*? — desdenhei.

— Não, não porque ela é médium — Nathan mandou de volta. — Porque ela não é cega. Você carrega o fim do namoro como um distintivo das bandeirantes. No começo, eu tentei ser discreto em relação a isso, sabendo que ainda era bastante recente e que você devia estar sofrendo. E mesmo quando demos de cara com Andrew hoje, e você obviamente não o esqueceu, achei que você só precisava de tempo. Mas, meu Deus, Leigh, como pode ser tão *cega*!

Eu estava chorando copiosamente agora, mas qual era a novidade? Parecia que eu sempre estava chorando. No fundo, no fundo, eu sabia que o que Nathan estava dizendo tinha algum mérito, que eu havia escolhido me agarrar à minha tristeza em vez de encarar a verdade. Mas isso não fazia com que fosse mais fácil ouvir.

— Você sempre me odiou — sussurrei. — E quem pode culpá-lo? Sou um caos emocional idiota. — Nunca isso foi tão verdade quanto naquele momento.

— Andrew é que é o idiota — falou Nathan, a voz amarga. — E com certeza você deve saber que eu nunca a odiei. Longe disso.

Eu dei uma fungada pouco digna.

— Mas você sempre foi tão... *desaprovador*.

Nathan riu sem realmente achar graça.

— Talvez porque eu desaprovava — disse ele. — Eu desaprovava a forma como o Andrew a tratava. E *realmente* desaprovava a forma como me sentia em relação a você. Era a namorada de adolescência do meu colega de quarto e, mesmo agora, quando está chorando por causa *dele*, eu só...

Senti como se estivesse na beira do precipício e a minha decisão de pular ou não fosse a mais importante que podia tomar na vida.

— O quê? — sussurrei.

Ele olhou para mim e seus olhos estavam muito, muito sérios.

— Eu só quero beijar você — falou ele.

— *Eu?*

— É, você — disse ele, me dando um sorriso torto. — Eu lhe dei meu telefone esperando que você nunca fosse ligar, e então, quando você ligou... por que acha que fiquei tão animado para dirigir esse caminho todo até aqui? Eu queria passar um tempo com você.

Fiquei olhando para ele com os olhos arregalados. Ele queria me *beijar*? Sem querer, meu olhar caiu nos lábios dele. Fiquei imaginando como seria se ele realmente me beijasse — seria como no meu sonho?

— Está bem — disse eu.

O cenho dele se franziu.

— Está bem o quê?

Umedeci os lábios.

— Pode me beijar — falei.

Os olhos dele procuraram os meus.

— Está falando sério?

Cheguei mais para perto dele nos degraus, hesitando só um pouco antes de colocar minha mão em seu braço. Estávamos protegidos apenas parcialmente pela sombra e a pele dele debaixo da minha mão estava quente por causa do sol.

— Achei que você tinha dito que queria — eu disse.

Nathan baixou os olhos para a minha mão e eu fiquei imaginando se havia sido ousada demais. Mas aí ele falou e eu podia ver pelo tom rouco da voz dele que ele não estava totalmente indiferente.

— Acredite em mim — falou ele —, eu quero. Mas não posso simplesmente beijá-la se não vai significar nada.

Eu não sabia o que significaria. Só o que sabia era que também queria isso e já havia algum tempo, estivesse disposta a admitir ou não. Desde aquele momento na lanchonete em que ele pegou a minha mão e eu senti aquela faísca entre nós. Talvez desde o sonho que eu tivera, sei lá... talvez até há mais tempo.

Em vez de responder a ele, eu me inclinei para a frente, meus lábios tocando os dele, demorando só por um momento antes de me afastar.

Ele havia fechado os olhos e, quando os abriu de novo, eles estavam de um verde-escuro, quase preto. Eu podia ver a guerra dentro deles, mas aí suas mãos seguraram o meu rosto e senti uma onda de triunfo conforme ele me puxava mais para perto, inclinando sua boca por cima da minha.

Foi exatamente como sonho, exceto que estávamos na varanda dos meus pais e não em uma praia, eu estava usando um top velho e jeans em vez de uma saia esvoaçante e estávamos sentados em vez de em pé.

Ah, e era dez vezes melhor.

Devia ter sido esquisito, beijar Nathan assim, depois de tudo o que havia acontecido. Mas não foi. Era como no sonho, de alguma forma realmente *certo*. Aquela sensação de nervosismo estava lá, no meu estômago, conforme Nathan segurava o meu rosto, secando os rastros molhados das minhas lágrimas agora esquecidas. Mas, enquanto no sonho eu era majoritariamente passiva, agora eu queria mais. Enterrei minhas mãos em seu cabelo, aprofundando o beijo.

Enquanto estávamos provando que a sextrologia entre Peixes e Câncer era uma combinação apaixonada, Kyle abriu a porta da frente de supetão. Eu me afastei tão rápido que quase caí para trás, e foi só a mão de Nathan apertando a minha cintura que me manteve equilibrada. De alguma forma, nos últimos minutos, sem que eu percebesse, a mão dele havia aberto caminho por baixo da bainha da minha camisa, chamuscando a pele nua onde a minha cintura se curvava antes de virar o quadril.

— Eca. — Kyle fez uma careta que só uma criança de 10 anos que tomara uma injeção poderia fazer. — Arrumem um quarto! — Ele girou e desapareceu pela porta, obviamente sem entender a inteligência de sua própria piada, tendo em vista que nós *estávamos* em uma pousada.

Eu me sentia como um treinador na lateral de um jogo de futebol americano, depois que seus jogadores despejaram em cima dele uma tina de Gatorade gelado. Deve ter transparecido no meu rosto, porque Nathan deixou a mão cair.

— Você está se arrependendo — falou ele sem emoção.

Seu cabelo estava um pouco desgrenhado, seus lábios úmidos por causa do beijo e eu não conseguia olhar para ele.

— Sim... não — disse eu. Respirei fundo. — Acho que estou.

— É Andrew, não é? — Havia uma resignação em sua voz que me fazia retorcer um pouco por dentro, mas eu não podia negar.

— Só estou preocupada que ele seja o meu Tyrone, sabe? — É claro que ele não sabia e eu me apressei em explicar. — Como Rebekah, da orientação, sobre quem eu estava lhe falando. O segundo cara foi melhor na parte física e, vou dizer, você beija *muito* bem. Melhor do que Andrew, eu admito. Mas, no final, tudo o que ela realmente queria era Tyrone, e dormir com o amigo dele só estragou isso.

Eu sabia que podia ter lidado com isso com muito mais delicadeza. Aquilo fez parecer que o que eu estava realmente esperando era voltar com Andrew. O que, apesar do que Nathan possa ter pensado, *não* era mesmo o caso. Eu podia ter estado cega antes, mas não estava agora. Eu sabia que Andrew era um imbecil e, por mais que uma parte de mim sentisse muita falta dele, outra parte de mim... não.

Mas, de alguma maneira, era exatamente isso que me assustava. Quero dizer, eu havia namorado Andrew *por mais de um ano* e estava só começando a perceber o quanto ele realmente era errado para mim. Eu só conhecia Nathan há alguns dias e já sentia que ele realmente me *entendia* de uma forma que ninguém mais jamais entendera. Mas será que era possível? E o que eu podia saber sobre isso, se o meu julgamento tinha sido tão ruim antes?

— Então, diga-me, Leigh — falou ele, e havia um tom tranquilo em sua voz que me fez olhar para ele. — Algum dia você vai ser capaz de olhar para mim e ver... *eu*, Nathan, não só o colega de quarto do Andrew?

O negócio era que eu já via. Era assustador o quão rápido estava vendo tudo sob uma ótica diferente, e eu sentia uma necessidade desesperada de me agarrar a algo que, por mais triste que fosse, pelo menos era seguro. Esse negócio com Nathan — o que quer que pudesse ser — estava acontecendo rápido demais. Como eu podia saber o que queria, quando isso parecia mudar a cada segundo?

O meu olhar nunca deixou o de Nathan e eu quase podia sentir a mudança nas profundidades verdes dos olhos dele antes que as palavras saíssem da minha boca, como se ele já soubesse.

— Não — disse eu. — Não, acho que nunca...

As palavras não ditas ficaram ressoando entre nós, carregando o ar com seu silêncio. Por um momento pensei em voltar atrás, jogando meus braços em volta dele e admitindo que era uma mentira.

Abri a boca, mas simplesmente não consegui fazer isso.

— Sinto muito — falei em vez disso, e as palavras nunca haviam sido mais inadequadas.

Nathan deu uma risada curta e ela era tão desprovida de qualquer alegria que me fez querer chorar de novo. Por que não podíamos voltar à forma como as coisas haviam sido ontem à noite, quando nos sentamos no telhado e conversamos sob as estrelas? Por que tudo não podia ser mais fácil?

— Eu entenderia se você quiser ir embora esta noite — falei, bem baixinho. — Vou pedir aos meus pais para reembolsá-lo pelo dinheiro da gasolina e posso pegar um avião de volta para a universidade.

Nathan não disse que sim, mas não disse que não. Ele só baixou os olhos para suas mãos, seu perfil duro na luz oblíqua do sol poente.

— Mas houve um momento — disse ele finalmente, uma ligeira interrogação em sua voz, e eu sabia o que ele queria dizer.

— Houve um momento — concordei baixinho e meu coração queria muito lhe dizer quantos.

Mas, em vez disso, apenas nos sentamos ali nos degraus em um silêncio total, olhando o sol desaparecer atrás do horizonte.

> SUBSTITUIÇÃO DE SINTOMA: Um processo inconsciente no qual um impulso reprimido se manifesta em outro sintoma, como depressão ou ansiedade.

EU devia ter sabido que Nathan ainda me levaria de volta para a Califórnia. Ele simplesmente não era o tipo de cara que me deixaria ali, e não era como se ele não fosse dirigir de volta, de qualquer modo. Passamos o resto do dia de Ação de Graças nos evitando e então dirigimos de volta na manhã seguinte, cada um de nós alegando uma súbita necessidade de botar os estudos em dia.

É claro que eu precisava pedir aos meus pais um pouco de dinheiro para a gasolina da viagem de volta, porque de jeito nenhum eu ia fazer Nathan pagar por tudo, dadas as circunstâncias. Mesmo se ele fosse meu namorado, seria meio feio não me oferecer para rachar, quando a viagem toda fora por minha causa para começar. E, obviamente, ele não era meu namorado. Eu duvidava até que ainda fosse meu amigo.

Na maior parte da viagem, ele botou a música bem alta, então a única hora em que conseguimos conversar foi quando paramos para botar gasolina.

— Eu pago — falei, saltando para o posto.

Ele não discutiu.

— Vou entrar para beber algo — disse ele. — Você quer alguma coisa?

Quero, que as coisas voltem a ser como eram antes, quando estávamos conversando, rindo e nos divertindo. Às vezes eu só queria dizer a ele... o quê? Não havia mais nada a dizer.

— Não — falei. — Eu estou legal.

O que eu realmente precisava fazer era colocar meus problemas pessoais de lado e me jogar nos estudos, decidi. Eu fora uma Kristy Salazar por tempo demais — era hora de me concentrar nas minhas aulas e naquele projeto final para Introdução à Psicologia.

Eu não ia pensar em Nathan. Para quê? Eu já o havia rejeitado. Parecia que era hora de pensar em outra coisa, *qualquer* coisa, além da minha vida amorosa infeliz.

Quando chegamos à universidade, uma das minhas primeiras ações como Leigh, a aluna nova e melhorada, foi entrar em contato com Linda, do programa de orientação, sobre como fazer um projeto envolvendo imagem corporal. Para alguém que eu havia descartado como uma casca vazia, ela foi surpreendentemente cooperativa. Ela me disse que eu devia desenvolver uma rápida oficina sobre imagem corporal e usar testes de antes e depois para avaliar a imagem corporal e a autoconfiança das meninas. Determinamos que eu iria preparar a oficina e, depois de passar por todos os obstáculos necessários, poderia conduzir o estudo no próximo semestre. Não dava para ser feito a tempo para o meu trabalho final, mas daria um projeto sensacional de estudo independente.

Uma semana se passara desde as férias de Ação de Graças e não deveria haver mais nenhuma sessão de orientação até depois do Natal. Então é um eufemismo dizer que fiquei surpresa quando abri a porta do meu dormitório e encontrei Rebekah de pé do outro lado, ninando a cria robótica de Satã nos braços. Quero dizer, eu havia apontado o meu dormitório para ela quando fizemos aquele tour, mas quem pensou que ela realmente viria *aqui*?

— Rebekah — falei. — O que está fazendo aqui?

— Eu fugi — disse ela. — Posso entrar?

Eu não era aluna de direito, mas tinha quase certeza de que abrigar um fugitivo era algum tipo de crime.

— Humm... — falei.

Ela revirou os olhos.

— Então ligue para a minha mãe e diga a ela que estou aqui. Ela não se importa.

Eu a deixei entrar, mas não perdi tempo pegando o telefone e discando o número que ela me deu. Não era como se eu estivesse tão distante da minha adolescência que não me lembrasse de como era idiota quando alguém ligava para os seus pais, mas eu também era adulta aos olhos da lei. Se eu mal conseguia sobreviver na faculdade, como iria lidar com a prisão?

— Oi, Sra... — comecei, antes de perceber que não sabia o sobrenome da Rebekah. Ótimo. Ela me escolhe para acolhê-la e eu nem sei seu sobrenome. — Humm, é a mãe da Rebekah?

Depois que ela confirmou, expliquei quem eu era e contei sobre a aparição repentina de Rebekah à minha porta. A resposta da mãe dela foi:

— Ela está incomodando você? Não? Então por que você está *me* incomodando?

Então o comentário da Rebekah não era só angústia adolescente mas, em vez disso, você sabe, verdade.

— Bem, desculpe incomodá-la, senhora — disse eu —, mas caso precise me achar, o número do meu celular é...

Fui deixada com o tom de discagem apitando no meu ouvido.

— Uau — falei.

— Eu sei — disse Rebekah — Ela pode ser uma vaca.

— É por isso que você está aqui? — perguntei, liberando um espaço na minha cama para nos sentarmos. Ami e minhas semitentativas de fazer faxina mais ou menos no começo do semestre haviam descambado para uma bagunça absoluta. Havia pilhas de roupas por todo o chão, livros e papéis empilhados em todas as superfícies (eu *havia* tentado organizar minhas anotações do primeiro semestre, daí a cama coberta) e amostras grátis de produtos de higiene atravancando o banheiro. Na orientação, havia cestas e recipientes cheios de produtos de toalete para serem pegos à vontade. É claro que eu e Ami pegamos milhares de coisas e voltamos para pegar mais, não que precisássemos de nada daquilo. Mas, alô, era de graça.

— Eu devia devolver o bebê — falou ela. — Mas não queria.

— Por quê? — perguntei antes que pudesse evitar. — Sério, esse negócio é igual ao bebê de Rosemary. Além do mais, tenho quase certeza de que Linda ficaria chateada se você não devolvesse um recém-nascido de 500 dólares.

— Eu sei — resmungou ela. Aí ela falou outra coisa, algo que eu não entendi.

— O quê?

— Eu não quero ser uma má pessoa — disse ela, mais alto desta vez.

Eu ia fazer uma piada sobre como tinha quase certeza de que sequestrar um bebê de mentira não a poria na lista dos bonzinhos do Papai Noel este ano. Mas aí ela olhou para mim e eu vi que seus olhos estavam úmidos. Para variar, ela não parecia desdenhosa, sarcástica ou cínica. Só parecia meio triste.

— Como devolver o bebê faria de você uma má pessoa? — perguntei. — Você *deve* devolver o bebê. Acho que é a vez da Molly com o diabinho agora.

— Eu queria dar o meu outro bebê — falou ela. — Isso não me torna uma má pessoa? Não me faz ser *boa*.

— Só faz com que seja jovem e esteja assustada — disse eu. — Até o seu corpo sabia disso. Por isso você teve aquele aborto espontâneo, porque simplesmente não estava pronta para ter um bebê. Um dia você vai estar pronta e vai ser uma ótima mãe. Em, tipo, dez anos, porque, por mais idiota que a Linda possa ser, eu concordo plenamente com ela sobre esperar para ter um filho. Mas, por enquanto, você é só uma criança. E é assim que deve ser.

— Acho que sim — falou ela.

— É verdade — assegurei. — Acredite, já é difícil o suficiente ser criança sem ter que criar uma enquanto isso.

— É.

— Então você vai devolver o bebê, certo? — perguntei. — Sem querer ofender, mas o Tyrone Jr. aqui me assusta.

— Verdade — disse ela — Ele é um bebê *feio*.

— Pelo menos se passasse o aspirador de pó ou fizesse sanduíches na chapa para o café da manhã, ele seria útil — falei —, mas, do jeito que é, ele tem todas as partes ruins de ser um bebê e nenhuma das partes fofas. Deve ter puxado Tyrone pai, não é?

— Tyrone, quem? — falou ela e, no momento em que abri a boca para responder, ela riu. — Só estou brincando. Eu sei quem é Tyrone. Mas ele é passado, entende o que estou dizendo?

Eu não entendia.

— Mas eu achei... que ele era a sua alma gêmea — disse eu.

Rebekah deu de ombros exageradamente.

— Há mais peixes no mar, sabe? Não posso ficar chorando pelo Tyrone para sempre.

Eu realmente não havia esperado tamanha indiferença e isso me confundiu um pouco. Mas por que eu ficara surpresa? Ela, afinal de contas, tinha 15 anos. Percebi o quanto eu fora idiota por usar a situação dela como paralelo para a minha. Seria possível analisar algo a ponto de não conseguir mais ver o que se estava analisando?

— É — falei, tentando achar um ponto em comum. — Eu decidi que chega de caras para mim. Vou só me concentrar nos estudos por enquanto. É realmente o mais importante, de qualquer maneira.

Rebekah balançou a cabeça e corri para me defender.

— O que foi? É verdade. No momento, estou em posição de tomar decisões que podem afetar o resto da minha vida. O que eu escolher estudar pode afetar onde vou fazer pós-graduação daqui a quatro anos. A universidade que eu escolher para fazer a pós vai afetar onde vou morar, que contatos vou fazer, o que vou estudar... o emprego que vou acabar arrumando. Isso são coisas importantes. Você também deveria pensar sobre isso, sabe.

— Eu tiro boas notas — disse Rebekah.

— Tenho certeza que sim — falei, apesar de que, para ser sincera, até aquele momento eu provavelmente teria chutado o contrário, se alguém tivesse perguntado. Não porque a Rebekah não parecesse inteligente; ela parecia, às vezes inteligente demais para seu próprio bem. Mas ela não parecia ser alguém que se importava muito com a escola.

— E aposto como você também tira boas notas, não é? — Ela colocou Tyrone-robô na cama, espiando mais de perto a minha estante de livros. De certa forma, eu duvidava que ela veria os meus romances açucarados como prova de uma média alta.

— Bem... — Eu comecei a explicar que a Stiles na verdade não tinha notas. O que é legal, porque você pode fazer besteira e ainda passar, mas também é um saco, porque cada detalhezinho da besteira é exposto sem meias-palavras para todo mundo (leia-se: cursos de pós-graduação) ver.

— Você tira — disse Rebekah impacientemente. — Você pensa demais. Você é inteligente na escola, mas é burra na real.

Não ficou claro se ela queria dizer que eu era burra "no mundo real" ou se havia só errado com a gíria para modificar a palavra. De qualquer maneira, não era nada lisonjeiro.

— O quê?

— Você não é uma vítima — falou Rebekah —, mas age como se fosse. Para mim, isso é ser burra.

— Isso não é verdade — protestei.

— Você age como se o seu namorado galinha a tivesse realmente magoado — disse Rebekah, contando nos dedos. — Não consegue dizer àquele safado de cabelo preto como se sente. Você "escolhe" estudar, mas só porque não tem nenhuma outra opção. Isso é ou não é burrice?

Eu estava atônita.

— Andrew terminou *comigo* — falei. — Como é que não sou a vítima nessa situação? Eu nem percebi que estava para acontecer.

— Exatamente. Porque você é burra.

Você é burra, eu quis responder. Era infantil, eu sei, mas não podia evitar. Não dá para andar no ônibus da escola durante dez anos e não ter o instinto de revidar quando alguém a xinga.

Eu ainda estava formulando minha resposta quando Rebekah continuou.

— Mas sabe de uma coisa?

— O quê? — perguntei, cansada.

— Você é legal — disse Rebekah. — E divertida para conversar. Acho que você podia ser esperta também, se tentasse de verdade.

— Valeu — falei ironicamente, apesar de por dentro sentir o calor se espalhando por mim. — Você também é divertida. Mesmo sendo uma espertinha.

— Melhor do que ser uma idiotinha — observou Rebekah.

— Verdade — falei. E então eu ouvi: o choro perturbador de um bebê eletrônico. Tyrone Jr. estava chorando como se nunca fosse parar e Rebekah o levantou, dando tapinhas em suas costas de plástico.

— Acabei de alimentá-lo — disse ela. — Acho que ele precisa de carinho.

E então a imagem dela reconfortando um bebê falso foi demais e eu simplesmente comecei a rir. Rebekah começou a rir também e foi assim que Ami nos encontrou — eu e Rebekah chorando de rir e Tyrone Jr. ainda chorando louca e assustadoramente.

> CONTRACONDICIONAMENTO: Reações ao relaxamento são reforçadas por um estímulo provocador de ansiedade, até que finalmente o estímulo não provoque mais medo.

ANTES que eu levasse Rebekah para casa, Ami e eu decidimos levá-la ao Monóculo do Sapo para beber alguma coisa. Eu disse para Rebekah que ela precisava provar o Bel's Knees, enquanto Ami empurrava a limonada de morango. Rebekah acabou pedindo um chocolate quente, apesar de ainda estar fazendo 27 graus lá fora.

— Então — Ami falou quando nos sentamos —, você já falou alguma vez com Nathan?

Eu lhe lancei uma olhada e o olhar dela voou para Rebekah.

— Desculpe — disse ela. — Não estamos falando sobre isso?

— Quem é Nathan? — falou Rebekah, pendurando a bolsa de livros com Tyrone por cima das costas da cadeira. Toda vez que acho que cansei de ficar grata por ele não ser um bebê de verdade, Rebekah me dá mais um motivo.

— Não é nada de mais — disse eu. — Ele é o colega de quarto do meu ex-namorado. Ex-colega de quarto.

— Isso é um monte de ex — falou Rebekah.

— É — falei, dando uma risada desanimada. Eu ainda não havia contado a história toda para Ami e não tinha certeza se queria fazer isso ali, com Rebekah e seu "bebê" a reboque.

Apesar dos meus esforços, eu não fora capaz de parar de pensar em Nathan. Alguns dias atrás ele enviara um e-mail para o fórum em campus a respeito de vender um futon e li cuidadosamente cada palavra como se fosse uma carta de amor. E, deixem-me lhes dizer, "confortável e versátil, apesar de um pouco lascado", mesmo que fosse a forma como eu andava me sentindo nos últimos tempos, não dava muito material para uma garota trabalhar.

À certa altura, até fui ao prédio da matemática, o que *tem* que significar que eu estava caidinha, porque aquele é um lugar esquisito. É muito estéril, com pisos frios de cerâmica e portas de vidro, apesar de eu ter percebido que seus banheiros são muito melhores do que os do prédio da psicologia Fiquei andando pelos corredores, me sentindo meio idiota, mas ainda assim esperando nervosamente que Nathan saísse de uma aula e nós déssemos de cara um com o outro. Eu até havia ensaiado algumas histórias — em uma delas eu estava procurando ajuda de um professor para umas estatísticas e em outra eu ia encontrar um amigo.

Nenhuma dessas desculpas chegava perto de ser crível. Obviamente, eu estava perdendo a manha.

Então eu o vi de verdade — só um vislumbre, através da porta do laboratório de informática. Ele estava com os fones nos ouvidos e concentrado em algo na tela do computador, e não me viu. Ele parecia sério e inacessível, e hesitei por um momento, imaginando se devia entrar lá e falar com ele. Mas, no final, só continuei andando.

— Leigh? — falou Ami, me trazendo de volta para o presente. — Aconteceu alguma coisa com Nathan? — Seus olhos negros como tinta estavam mais preocupados do que nunca. Eu podia ver que ela estava mesmo nervosa por minha causa e merecia a verdade.

— Eu acho — comecei a dizer, mas nunca tive a chance de terminar aquela frase. Em vez disso, vi um olhar de horror no rosto de Ami e me virei para trás.

Andrew acabara de entrar no café e estava vindo bem na nossa direção. Eu me levantei conforme ele se aproximava, como se estivéssemos em um filme de época e nossos gêneros estivessem invertidos. E, mesmo quando ele estava de pé bem na minha frente, foi de certa forma difícil registrar que Andrew estava *ali*. Foi ainda mais difícil acreditar que, aparentemente, ele estava ali para falar *comigo*.

— Oi, Leigh — falou. Ele baixou o olhar para Ami, soltando um aceno perfunctório.

— Imbecil — disse ela, o tom e o aceno de cabeça educados como os dele.

— *Este* é o namorado? — perguntou Rebekah.

O Andrew ignorou as duas.

— Posso falar com você? — ele me perguntou.

Parecia que era impossível encontrar a minha língua e Ami se apressou em responder no meu lugar.

— Por que ela iria querer falar com *você*? Sugiro que rasteje de volta para a pedra debaixo da qual você saiu e nos deixe em paz

— Uau, isso foi maneiro — falou Rebekah para Ami, impressionada.

— Está tudo bem — falei para as duas. — Temos mesmo que conversar

Tentei lhes dar um sorriso que as fizesse saber que, mesmo que não estivesse aceitando sua ajuda, eu ainda agradecia muito por ela. Mas Ami pegou sua bebida com irritação, lançando um último olhar venenoso na direção do Andrew.

— Certo — falou ela. — Vamos, Rebekah. Mas vamos estar logo ali se precisar de nós. — Ela deu mais uma olhada desdenhosa de cima a baixo para Andrew, para fazê-lo pensar na possibilidade de eu precisar.

Elas saíram e Andrew puxou a minha cadeira e fez um gesto para que eu me sentasse. Ele nunca fizera esse tipo de coisa quando estávamos juntos e fiquei abismada com a ironia de que fizesse isso agora.

— O que você quer, Andrew? — perguntei, tomando meu lugar e indo direto ao assunto. Saiu mais duro do que eu esperava. Não que isso fosse ruim.

Acho que ele também não queria perder tempo.

— Em uma palavra? — disse ele — Você.

Outra ironia. Essas quatro palavras teriam me derretido há pouco tempo, quando eu estava do lado de fora de sua porta, implorando por uma carona. Teriam até me feito pensar duas vezes, se eu as tivesse ouvido naquele dia no C'est La Vie. Agora? Nada.

Um canto da minha boca se levantou e Andrew viu isso e ficou animado, esticando-se para pegar a minha mão.

— A pior coisa que já fiz foi terminar com você — disse ele com sinceridade. — Ficar com Heather foi um erro enorme. Não acredito que fui tão *cego*!

Fora exatamente do que Nathan me chamara, mas senti como se nunca tivesse visto com mais clareza. Andrew era todo charme e nenhuma substância — e isso era particularmente triste, porque, para ser sincera, ele não era tão charmoso assim.

Eu não tinha dúvidas de que, se nós voltássemos, isso logo retrocederia ao que sempre fora — a necessidade egoísta do Andrew de conseguir o que queria.

— Não, Andrew — falei, retirando a minha mão. — Era *eu* quem estava cega. Mas agora é diferente.

— Não, não é — disse ele. — Eu sei que parecia que as coisas haviam mudado depois que viemos para a faculdade, mas eu ainda gosto muito de você. Vai ser igual a como era no colégio: você e eu, juntos.

— Andrew, *eu* mudei. Como diria Gwen Stefani, não sou nenhuma "hollaback girl".

Ele franziu as sobrancelhas.

— O que isso significa?

Na verdade, eu também havia acabado de entender, então fiquei meio entusiasmada para explicar a ele. Estranho, dadas as circunstâncias.

— Como com as líderes de torcida. Uma "hollaback girl" é uma garota que só repete o que quer que a capitã da equipe grite. Significa que não vou ser a garota que simplesmente aceita tudo o que você diz.

Andrew balançou a cabeça.

— Você quer me castigar, tudo bem. Eu entendo. Caramba, até respeito isso. Se eu estivesse no seu lugar, ia querer me vingar um pouco. Mas você está me ouvindo? Estou dizendo que *sinto muito* e que quero você de volta. Não jogue isso fora por ser orgulhosa demais.

— Não estou jogando fora — falei —, porque não quero isso, para começo de conversa.

Andrew finalmente olhou para mim então, olhou *de verdade* para mim, e soltou um longo suspiro.

— Você está com outra pessoa, certo? — disse ele. — É a única explicação.

— Na verdade, não, não estou — falei, mas ele não estava ouvindo.

— Deixe-me adivinhar... Nathan — disse ele com uma risada amarga. — Tem que ser Nathan. Jesus, ele me disse no *primeiro dia* que gostava de você. Mas não se esqueça da *nossa* história, Leigh. Nós éramos ótimos juntos.

Aparentemente, eu não era a única que precisava de uma aula de história. Mas, no momento, não estava interessada no revisionismo de Andrew.

— Espere. Nathan fez o quê?

Andrew fungou.

— Qual é, Leigh? Como se não fosse asquerosamente óbvio que ele era a fim de você.

Se eu achava que estava acompanhando essa conversa, havia acabado de me perder.

— O quê?

— Vocês se conheceram durante a orientação — ele falou — e Nathan era apaixonado por você.

— A observação das estrelas — lembrei, atordoada.

— É, que seja — falou Andrew impacientemente. — Ele voltou para o quarto naquela noite e não parava de falar sobre uma garota que vira na observação estelar. Ele estava tímido e então falei que, se a apontasse para mim, eu tentaria lograr um encontro.

Juro, Andrew é a única pessoa que podia usar a palavra *lograr* sem dar risada.

— Mas ele estava falando de mim — disse eu.

Andrew deu de ombros.

— Quando descobrimos isso, demos uma boa risada a respeito — disse ele, na defensiva. — Mas é claro que você era minha namorada. Então ficou por isso mesmo.

Talvez Andrew e eu tivéssemos algo em comum, afinal de contas. Talvez nós dois tivéssemos medo de mudanças — tanto no nosso relacionamento quanto em nós mesmos. Mas eu estava cansada.

Mesmo eu não tendo sido nada simpática com ele, Nathan viera correndo no segundo em que precisei dele. Andrew mentira sobre ir para casa só para não me dar uma carona. Nathan me conhecia há um semestre e ainda assim sabia por que eu ficara tão chateada por ficar em segundo lugar em um concurso. Andrew mal entendera por que eu havia me inscrito, para começo de conversa.

As poucas vezes em que eu ficara no dormitório do Andrew, fora Nathan que eu observara pelo canto do olho o tempo inteiro. Era Nathan que fazia minha pele formigar sempre que entrava lá. No meu sonho, era Nathan. Sempre fora Nathan.

— Andrew — falei, minha voz baixa, mas firme. — Nós não vamos voltar.

Ele ficou em silêncio por alguns instantes, olhando para mim. Finalmente, vi algo como resignação em seus ombros. Ainda assim, ele não conseguia evitar responder.

— Vai se arrepender disso. Você sabe que ainda me ama.

Eu achava que sim. Mas também, eu presumira que o amor era seguro, como pedir a mesma coisa em um restaurante todas as vezes. Não percebi que poderia ser um sanduíche gorduroso na beira da estrada e vômito, seguido por uma conversa que faria o tempo andar mais devagar e meu coração bater mais rápido.

— Adeus, Andrew.

Ele foi embora, então, e me deixou olhando muda para o lugar onde estivera. Ami e Rebekah voltaram tão rápido que eu sabia que elas tinham escutado e Ami esperou até a porta do café se fechar antes de se aproximar.

— O que foi isso? — perguntou ela.

Eu me lembrei do que estava prestes a dizer antes que Andrew aparecesse. Agora, falei em voz alta as palavras que andavam ecoando na minha mente, umedecendo minha língua.

— Acho que estou apaixonada pelo Nathan — disse eu.

Ami agiu como se eu devesse ir imediatamente para o meio do pátio e declarar publicamente o meu amor, ou sei lá o que, mas é claro que tínhamos que levar Rebekah para casa primeiro.

A casa de Rebekah estava definitivamente em mau estado, com tinta descascada e grama alta demais em volta da caixa do correio. Mas ainda era melhor do que eu esperava. Era óbvio que ela não se dava bem com a mãe, mas fiquei imaginando como seria sua vida, tirando isso.

É claro que, quando chegamos à porta, ela não queria que eu entrasse. Mas virou-se antes de desaparecer lá dentro.

— Leigh? — disse ela.

— Sim? — Tive que franzir um pouco os olhos sob o sol e era difícil vê-la na varanda escurecida.

— Você vai fazer o negócio da orientação no ano que vem? Quero dizer, quando as aulas começarem de novo, depois das férias?

— Vou, com certeza — falei, e Rebekah sorriu. — Quero dizer, acho que tenho que fazer. Vou fazer um projeto no semestre que vem, sobre a imagem corporal das adolescentes.

Rebekah assentiu.

— Legal — disse ela. — De qualquer modo, obrigada por ficar comigo hoje. E me pagar aquela bebida do lugar esquisito do sapo.

— Sem problema — falei. — E, ei...

Rebekah já estava com um pé dentro de casa, que estava escura. Mas esperou, ainda segurando Tyrone Jr. debaixo do braço.

— Você tem o meu telefone — disse eu. — E sabe onde moro. Então, independentemente do que aconteça com o negócio da orientação, você sempre pode falar comigo se só quiser conversar ou passar algum tempo juntas de novo. Está bem?

Ela não falou mais nada antes de fechar a porta atrás de si, mas vi um sorriso largo em seu rosto.

Então, o pátio era *um pouco* demais até para mim, mas definitivamente queria entrar em contato com Nathan para lhe dizer como me sentia. Ami e eu fizemos planos durante todo o caminho para casa e, quando finalmente chegamos ao nosso dormitório, Ami já resolvera tudo.

— Muito bem — disse ela. — Então você o rejeitou. Grande coisa. Ele gostou de você no momento em que a *viu*, apesar de estar escuro e insetos estarem comendo os dois vivos. Não é o tipo de coisa que simplesmente some em uma semana, certo?

As palavras da Ami me deram um pouco de esperança, mas eu ainda tinha minhas dúvidas.

— Sei lá — falei. — Eu mudei de opinião sobre Andrew bem rápido.

— Totalmente diferente. — Ela dispensou a ideia. — Andrew era um completo banana.

Eu não sabia como uma fruta agia, mas tinha quase certeza de que eu não agira muito melhor com Nathan. Se eu fosse *ele*, não confiaria em mim.

— Nem sei onde ele mora — protestei. Quero dizer, eu sabia que Nathan ainda morava no campus. Mas não podia exatamente sair batendo nas portas de todos os dormitórios na nossa universidade.

Se isso fosse um filme, Nathan teria um lugar que por acaso teria revelado para mim que era aonde ia quando "precisava pensar". Essa informação, aparentemente supérflua na época, mais tarde seria muito útil em uma situação como esta. Eu iria ao lugar à beira do mar ou debaixo de uma árvore ou num café fora de mão e ele estaria lá.

Eu sabia que Nathan passava muito tempo no laboratório de informática da matemática, mas isso simplesmente era clínico demais para termos o tipo de conversa que eu queria ter com ele. Ou para fazermos algo, se as coisas saíssem bem. Deus, eu esperava que elas saíssem bem.

— Então ligue para ele — falou Ami, revirando os olhos. — Como se você já não tivesse tatuado aquele papel a esta altura.

O que não era o caso, considerando-se que eu tinha memorizado o número havia muito tempo.

Ainda assim, senti um frisson de animação enquanto pegava o telefone e digitava os números, minhas mãos tremendo ligeiramente. Ami desapareceu para dentro do banheiro e, considerando que ela havia acabado de fazer xixi, tipo, há vinte minutos, eu sabia que só estava tentando me dar um pouco de privacidade.

O telefone tocou por algum tempo e comecei a compor mentalmente um recado alegre que transmitisse o meu desejo de conversar sem parecer desesperada. Mas aí os toques cessaram e ouvi uma voz do outro lado.

— Alô?

Era uma voz de garota. Em toda a minha preocupação, eu não acreditara *realmente* que Nathan estivesse com outra pessoa a esta altura. Na minha pior situação possível imaginária, ele havia me esquecido completamente e não me daria uma segunda chance. Mas outra garota?

— Alô? — falou garota de novo, e ela parecia tão... gentil. Se eu fosse uma pessoa melhor, poderia até ter ficado feliz pelo Nathan. Mas então provavelmente é por isso que ele está com ela e não comigo. Porque eu *não* sou uma pessoa gentil. Na verdade, eu queria arrancar os olhos dela.

Sabe, se isso fosse possível pelo telefone. E não tão nojento.

Pensei em desligar, mas imaginei os dois, rindo a respeito do trote esquisito. O que aconteceria se ele visse o número e o reconhecesse? Eu não via por que Nathan teria o número do meu quarto no dormitório, mas não queria arriscar e ter que atender quando ele ligasse de volta.

Limpei a garganta.

— Humm... — um começo vergonhoso, com certeza, mas pelo menos eu estava falando. Fiquei na dúvida sobre o que diria antes de ter uma inspiração. — Estou ligando por causa de um futon à venda?

Ela enalteceu alegremente as virtudes do futon, mencionando o quanto estava barato e como era confortável, e eu fiquei imaginando se ela estava morando lá. Por que outro motivo estaria atendendo o telefone dele e vendendo seus móveis?

Ela se ofereceu para me ensinar a chegar lá, se eu quisesse "dar uma olhada" por mim mesma, mas a informação que teria sido emocionante há dois minutos agora só parecia inexpressiva. Talvez ela fosse uma colega de quarto, pensei. Havia alguns apartamentos relativamente baratos perto do campus, mas fazia mais sentido dividir com alguém, certo? E por que não com uma garota simpática que parecia loura, divertida e que nunca tivesse feito joguinhos com um cara em sua vida?

Mas as últimas palavras destruíram minha última esperança.

— Nate e eu vamos jantar fora até umas nove da noite, mas se você quiser ligar de volta, talvez amanhã, tenho certeza de que ele pode lhe dizer mais — disse ela. — E, é claro, se quiser passar aqui, é só ligar antes e tenho certeza que não vai haver problema nenhum em você dar uma olhada.

Eles iam sair para jantar? Colegas de quarto podiam comer fora juntos, certo? Quero dizer, Ami e eu saímos para comer algumas vezes... mesmo que fosse no Taco Bell e não em um restaurante de verdade. Mas, de alguma forma, a maneira como ela havia soltado o apelido, *Nate*... eu simplesmente achava que não.

— Está bem — falei, como se o meu coração não estivesse se partindo. — Valeu mesmo.

Desliguei e, quando Ami emergiu do banheiro, só lhe dei um sorriso fraco e balancei a cabeça.

— Ah, Leigh — disse ela, apertando o meu ombro. Ela não falou mais nada, porque, sério, o que mais havia para se dizer?

Eu tivera a minha chance, sentada lá nos degraus no Arizona. E podia jogar a culpa em Andrew ou em um menino de 10 anos sem noção de timing, mas a verdade era que... eu não era uma vítima. Eu fizera isso sozinha. E agora era tarde demais.

> FINALISMO FICCIONAL: Um conceito da teoria
> de personalidade de Alfred Adler, é a noção de
> que um indivíduo é mais motivado por suas
> expectativas sobre o futuro, baseado em uma
> estimativa subjetiva ou ficcional de valores da
> vida do que por suas experiências passadas.

A MOSTRA acadêmica de Stiles ajudou (um pouco) a tirar Nathan da minha cabeça. Então, e daí se eu estivesse destinada a viver o resto da minha vida ridícula fazendo botinhas de crochê para os filhos de outras pessoas e gravando episódios de *Extreme Makeover* enquanto no mínimo seis gatos se enroscavam em volta das minhas pernas? Pelo menos eu teria a minha carreira. Certo?

Fiquei imaginando se você podia ter uma vida tão deprimente e ser uma terapeuta bem-sucedida. Viktor Frankl acreditava que as doenças mentais e o desajuste eram oriundos de uma vida de insignificância. Mas a minha vida não seria insignificante... só sem amor, talvez.

Sempre me parecia estranho que Vik pudesse ter sido um terapeuta tão bom. Quero dizer, ele sobreviveu aos campos de concentração nazistas. Se fosse eu e tivesse que ouvir as pessoas reclamarem de seus problemas, não sei se poderia aguentar. Eu ficaria, tipo, ah, *é*? Tente perder sua família inteira porque um cara com um bigode esquisito era um péssimo pintor.

Tenho certeza de que era isso que ele me diria se eu fosse sua paciente. Afinal de contas, quem sou eu para reclamar? Tenho minha família e amigos. Tenho saúde. E há todas as coisas que secretamente acho que tenho, mas que seria arrogante se dissesse. Sou mais ou menos bonita (obrigada, corte de cabelo), inteligente (mais cultura do que bom senso, mas o que se pode fazer?) e confiante (um pouco, de qualquer forma). Quando respondo às perguntas de Likert em uma escala de um a cinco, cinco sendo o melhor e um sendo o pior, normalmente marco quatro ou cinco em quase todas.

Se você fizesse a média de cada aspecto da minha vida agora, acho que eu ficaria por volta de três, mais ou menos. Mas isso também é porque a média é afetada por pontuações extremas, como a minha vida amorosa, que receberia um neste momento. Se você pegasse a mediana, que não é afetada pelos extremos, eu provavelmente teria um resultado geral de quatro. E isso não é tão ruim.

Ami ainda estava dormindo e eu me joguei em sua cama, acordando-a sem pedir desculpas. Ela meio que resmungou, meio que cuspiu algo em espanhol que tenho certeza de que não era *tengo una fiesta in mis pantalones*, uma das únicas frases de que eu realmente me lembrava das aulas de espanhol do ensino médio. A dela parecia um pouco menos divertida.

— Você vai à mostra? — falei.

— Me deixe em paz — gemeu ela.

Algumas pessoas com menos determinação poderiam ter considerado isso resposta suficiente. Não eu.

— Vamos lá — disse eu. — Você devia ir. Todo mundo vai apresentar sua pesquisa idiota do primeiro ano, e pode até haver alguns garotos bobões do colégio para dar uma olhada. É o último grande evento antes das férias de inverno.

— Não estou nem aí.

Eu a cutuquei nas costelas.

— Você pode fazer contatos — disse eu, um tom lisonjeiro na minha voz. — Você *adora* fazer contatos. Pode haver gente da pós-graduação lá.

A mãe de Ami havia passado no teste para corretora de imóveis quando Ami estava no ensino médio e agora é uma corretora muito bem-sucedida. Talvez seja só porque eu curto muito o modelo ecológico da psicologia, mas acho que isso tem muito a ver com a forma como Ami é. Ela está constantemente agitando as coisas, vendendo a si mesma. Eu admiro isso porque, de alguma maneira, é só um outro modo de inventar coisas na hora, do jeito que gosto de fazer.

Ami abriu um olho meio vesgo antes de fechá-lo de novo.

— Esqueça, Leigh — disse ela. — Eu não vou fazer pós-graduação, de qualquer maneira.

— Por que não? — perguntei, alarmada. Quero dizer, eu sei que me rebelei contra todo mundo tentando enfiar isso pela minha goela *agora*, mas isso não mudou o fato de que eu sabia que queria fazer pós-graduação no futuro. Estávamos só no primeiro semestre, mas as avaliações de Ami não eram fantásticas e suas atividades, além de um punhado de tutoriais de arte, eram quase nulas. Mas eu achava que era só a parte linda e ridícula dos programas de artes. Nada daquilo realmente importava.

Ami a contragosto retirou o travesseiro de cima da cabeça, enfiando-o debaixo de si enquanto se apoiava em um cotovelo.

— A educação formal é, tipo, o dobro de finados de um artista — declarou ela com uma arrogância arrastada. — Quero ficar nas ruas, fazendo arte para o povo. E você simplesmente não faz isso com um diploma Parsons.

Eu sabia que não adiantava discutir com Ami.

— Está bem — falei. — Bem, vou pegar alguns catálogos para você para o caso de mudar de ideia. — O que ela faria. Em uma semana, ela estaria listando os abundantes benefícios da pós-graduação e choramingando por ter perdido a mostra. Mas as opiniões de Ami, ainda que frequentemente transitórias, eram impossíveis de mudar enquanto ela ainda pensava assim. Então eu simplesmente não me dava o trabalho.

Quando cheguei à mostra, o centro estudantil estava cheio de... bem, estudantes. Também haviam sido montados estandes pela sala toda, na maioria de alunos do terceiro e do quarto anos e um punhado de calouros de pé ao lado de cartazes mostrando suas pesquisas.

Eu vi a seção de psicologia e fui para lá, mais por curiosidade mórbida do que por qualquer outra coisa. Não era de surpreender que as duas únicas pessoas comandando o estande fossem Sydney e sua nova companheira, Ellen, a dupla mais psicótica a estudar psicologia em toda a história de Stiles.

— O tipo de contato que você faz hoje será o maior trunfo da sua carreira acadêmica — dizia Sydney para Ellen. — Como todos nós sabemos, as impressões pessoais são muito importantes, então é fundamental que se saia bem na entrevista. Há cerca de duzentas outras pessoas tentando conseguir a mesma vaga, então você não pode contar só com notas perfeitas nas provas ou cartas de recomendação. Quero dizer...

Sydney deixou a frase morrer, obviamente percebendo a minha presença pela primeira vez. Deus que me perdoe se ela ia dar algum conselho para uma ingrata como eu.

— Olá, Leigh — disse ela.

— Oi, Sydney — falei. — Ellen.

Esperei que Sydney começasse a apresentação do projeto de sua tese, que parecia ser o assunto mais chato *do mundo*. Ela tentou incrementá-lo, intitulando seu cartaz de "Qual é o rumor entre as abelhas?", mas isso não mudava o fato de que era um tédio absoluto. Agora só parecia como um tédio da feira de ciências do segundo ano.

Mas aparentemente eu não era boa o bastante nem para isso.

— Já escolheu um tópico para o seu projeto final? — perguntou ela. — Você devia ter se reunido comigo a respeito disso, sabe. Eu sou sua professora-assistente.

— Eu sei — disse eu. — Mas conversei com a Harland. Vou fazer uma meta-análise de um bando de estudos usando o Banco de Dados Internacional de Desordens Alimentares.

Sydney fungou.

— Bem, boa sorte.

— Obrigada — falei, como se ela estivesse sendo sincera.

Seus olhos se estreitaram.

— Eu soube sobre você e Andrew — disse ela. — Sinto tanto. Estava realmente ansiosa para que eu e Nathan pudéssemos nos juntar a vocês dois, mas acho que isso não vai acontecer agora.

Esse tempo todo, eu estivera tão preocupada sobre o que os outros estavam pensando de mim que nunca me ocorreu realmente que outras pessoas também pudessem estar com medo. Eu não podia acreditar que já houvera uma época em que me preocupara sinceramente que Nathan pudesse gostar de alguém como *Sydney*. Ele era inteligente demais para não ver as cascatas dela e uma pessoa boa demais para respeitar alguém tão mesquinho e cruel.

Até uma semana atrás, ele também havia estado interessado demais em *mim* para Sydney ter uma chance.

Eu podia ter usado esse trunfo, ignorando o fato de que, na realidade, havia estragado a minha chance com Nathan. Teria quase valido a pena para ver a cara da Sydney. Mas, em vez disso, só dei a Sydney um sorriso beatífico.

— É realmente uma pena — falei. — Mas, ei, *ótimo* cartaz. Adorei a borda.

Dei meia-volta e me afastei, mas enquanto fazia isso, vi Ellen pelo canto do olho. Ela havia olhado para o cartaz da Sydney e empalidecido.

Eu estava na metade do caminho para a mesa de literatura inglesa e americana quando Ellen me alcançou.

— Leigh — disse ela. — Eu só queria dizer... o seu projeto parece ser muito legal. Com o banco de dados e tudo o mais. E eu realmente sinto muito em saber sobre você e Andrew.

Era estranho, mas ela parecia sincera mesmo. Mais estranho ainda — há duas semanas, só a menção do nome dele teria me levado a um surto emocional, mas agora eu sentia apenas um vago sentimentalismo. Era engraçado como as coisas podiam mudar rápido.

— Já estava para acontecer há muito tempo — me vi admitindo. — Estamos melhor assim.

As mãos da Ellen se agitaram em gestos bruscos de compreensão e percebi que a maior parte do que eu vira como crueldade era só inabilidade social.

— Como com o meu noivo e eu — falou ela. — Nós terminamos há alguns dias.

— Parabéns — disse eu, um sorrisinho tocando os meus lábios. Em vez de ficar ofendida ou chateada, Ellen só riu.

— É estranho não estar namorando ninguém, sabe?

É. Mas, se havia uma coisa que eu aprendera nesta última semana, era que o medo de ficar sozinha não é motivo suficiente para estar em um relacionamento. Com Andrew, eu levara a palavra *compromisso* a um nível completamente diferente. Era como se eu tivesse entrado na fila do supermercado e a pessoa na minha frente estivesse examinando com cuidado todos os cupons do suplemento de domingo antes de passar um cheque com o total. Eu sabia que talvez fosse melhor cair fora e tentar outra fila, mas sentia como se não tivesse outra opção a não ser ficar até o fim.

Com Nathan fora o oposto. Eu estava na fila certa mas, quando chegou a hora de pagar, simplesmente não consegui ir adiante.

O olhar da Ellen encontrou o meu inseguro.

— Ouça, sei que estamos no mesmo campo de estudos — falou ela. — E eu realmente preciso de um segundo codificador para comerciais. Você acha que quer me ajudar? Posso ajudá-la a encontrar artigos para o seu projeto, ou posso comprar café para você, sei lá.

— Humm... — Eu entendia perfeitamente que Ellen estivesse tentando estender um ramo de oliveira. Mas, com Ellen, não dava para saber se ela ia se virar e tentar arrancar seu olho fora com ele. Deus que me perdoe se eu não codificar seus comerciais da forma exata.

— Vou comprar no Dunkin' Donuts — falou ela. — Você gosta do café deles, certo? Sempre a vejo entrar na aula com um.

Mas esse era um ramo de oliveira bastante convincente, por outro lado.

— Claro — disse eu. — Negócio fechado.

★

Depois que eu havia passado pela área de cada departamento na mostra, decidi atacar os representantes de admissão das universidades de pós-graduação. Eu sei — havia bem uns três anos antes de eu ter que me preocupar com isso.

Mas talvez não fosse uma ideia tão ruim me adiantar. Eu estava de olho no estande da UCLA quando esbarrei em alguém.

— Ah, me desculpe — falei, e então olhei para cima.

Meu coração parou dentro do peito.

— Nathan? — falei, apesar de eu obviamente saber que era ele. Parecia igual: aquele cabelo escuro desalinhado, aqueles olhos verdes firmes. Mas também havia algo um pouco diferente. Aqueles poucos dias que eu havia passado com ele o haviam feito parecer tão familiar mas, ao olhar para ele agora, percebi que eu não fazia ideia do que estava passando por sua cabeça.

— Ei, Leigh — falou ele e, apesar de não estar realmente frio na sala, senti meus braços se arrepiarem com o som de sua voz.

— Ei — respondi, como uma idiota. Era em situações como essa que eu desejava que a minha mãe também tivesse sido corretora de imóveis. Porque, se havia um momento em que realmente precisava me vender era agora, e só o que eu conseguia pensar era *Quebrou, comprou.*

Isso pode funcionar com um unicórnio de cristal, mas eu não achava que funcionaria com corações.

— Como está... — perguntei no momento em que Nathan começou a falar e nós dois paramos. Eu dei uma risada constrangida que saiu desconfortavelmente parecida com um risadinha nervosa. — Você primeiro — falei.

Ele limpou a garganta.

— Como está Gretchen?

Era isso? Ele queria saber do meu carro? Tudo bem, da última vez que ele me vira, o meu carro estava cumprindo pena em um depósito. Mas ainda assim eu estava quase certa de que a maioria das declarações de amor eterno não começavam com uma pergunta sobre o carro de uma garota.

Gretchen voltara do depósito intacta, mas de certa forma mais triste. Sua placa especial declarava orgulhosamente que era uma antiguidade, mas na verdade só parecia velha e eu tinha consciência do fato de que ela estava passando da idade.

— Ela anda — falei, encolhendo os ombros. — Eu nunca lhe devolvi o dinheiro daquele café da manhã...

Nathan dispensou a dívida com um gesto, parecendo desconfortável só de pensar nisso.

— Não se preocupe com isso — disse ele.

Ficamos ali em silêncio por alguns instantes e eu estava dolorosamente consciente de como o velho Nathan teria preenchido aquele silêncio. Ele teria feito alguma piada a respeito de cream cheese de abacaxi ou perguntado como estavam meus bebês robóticos. Ele teria encontrado alguma coisa para me provocar. Teria me perguntado qual das universidades eu viera ver ali.

Mas este não era o Nathan de que eu me lembrava do Arizona e eu realmente não tinha ninguém em quem jogar a culpa a não ser em mim mesma. Porque eu havia mentido sobre como me sentia, este era o Nathan educado que tinha uma nova namorada que atendia seu telefone e tentava vender o futon por ele. Este era o Nathan que, apesar de sua educação impedir que ele dissesse, provavelmente me odiava com todo o coração.

— Conseguiu vender aquele futon? — perguntei casualmente.

— Consegui — falou ele, e então suas sobrancelhas se juntaram. — Você ligou para saber a respeito?

Merda.

— O quê? — perguntei, enrolando.

— Joanie disse que uma garota ligou e ficou algum tempo no telefone, perguntando sobre o futon. Achei que devia ser alguém que me conhecia, já que eu não coloquei meu número no e-mail. Mas foi você, não foi?

Nunca na minha vida eu ficara tão mortificada e tão extasiada ao mesmo tempo. Joanie, a *irmã* de Nathan, havia atendido o telefone! Ela devia estar de visita. Isso explicava tudo — o apelido, o desembaraço com que ela atendera o telefone, os planos para jantar. Eu me desculpei mentalmente por querer arrancar os olhos dela, por mais que tivesse sido só na minha imaginação.

Pensei em negar, mas achei que não havia motivo.

— Como adivinhou? — perguntei, dando a ele um sorriso pesaroso.

— Não adivinhei — falou baixinho ele. — Eu esperava.

Algo dentro de mim alçou voo com essas duas palavras. *Eu esperava.* Talvez houvesse uma chance de que ele não me odiasse, afinal de contas. E talvez, apenas *talvez*, ainda houvesse uma chance de eu conseguir consertar as coisas.

As pessoas estavam perambulando à nossa volta, mas nem Nathan nem eu percebemos enquanto os olhos dele procuravam os meus.

— Então, por que você ligou? — perguntou ele.

Havia um milhão de dúvidas naquela pergunta e pensei muito bem em como responder a todas. A velha Leigh teria soltado algo sobre precisar de um futon, mas eu não estava mais a fim de me esconder.

— Encontrei Andrew no café outro dia — comecei, e foi como se uma cortina tivesse descido por cima dos olhos de Nathan.

Eu soube imediatamente que havia cometido um terrível, terrível engano e me apressei para explicar.

— Na verdade, ele entrou — falei — e eu estava lá com Ami e Rebekah, passando o tempo. Eu estava muito a fim de um daqueles Joelhos de Abelha, sabe, o que tem mel? — Sacudi a cabeça, como se espantando fisicamente a necessidade de tagarelar. — De qualquer forma, ele veio até *mim* e começou a falar sobre como me queria de volta...

Nathan ergueu a mão.

— Tudo bem, Leigh — disse ele. — Já entendi. Fico feliz que tenha dado tudo certo para você.

Senti como se estivesse nadando em melado, tentando chegar a algum lugar, mas simplesmente incapaz de fazê-lo.

— Não, mas... — Alguém correndo para uma das mesas esbarrou no meu ombro e perdi o equilíbrio. Talvez se pudéssemos ir a um lugar tranquilo, algum lugar onde pudéssemos *conversar*, eu pudesse finalmente dizer a Nathan como me sentia de verdade. — É meio difícil falar sobre isso aqui — falei. — Quer ir tomar um café? Ou talvez um sanduíche de bacon? Não vou vomitar em você, prometo.

Eu abri o meu sorriso mais atraente, esperando que a piada interna o fizesse sorrir ou pelo menos me dar mais uma chance. Mas o rosto dele continuou completamente impassível.

— Olhe, tenho que ir — disse ele. — Tenho que estudar e um monte de coisa para desempacotar. — Ele olhou para mim e acho que provavelmente poderia dedicar o meu projeto final de Introdução à Psicologia à análise daquele único olhar. — Cuide-se, Leigh.

E, assim, ele foi embora. Eu queria gritar o nome dele, lhe pedir para voltar. Queria correr atrás dele e explicar tudo, ele querendo ouvir ou não. Mas em vez disso só fiquei olhando para suas costas, que se afastavam até ele desaparecer atrás das portas duplas.

Talvez o karma exista mesmo.

Sério, eu queria voltar para o quarto, chorar até morrer com Ami e me afundar em cada estereótipo feminino de coração partido das novelas e potes de sorvete. Em vez disso, perambulei sem destino pela mostra acadêmica, pegando catálogos e canetas grátis com a energia de uma morta-viva — e não como os zumbis rapidinhos dos filmes modernos, mas como a indolência persistente dos filmes originais de George Romero.

Encontrei Joanna perto do estande da UCLA, e não que ela fosse a última pessoa que eu queria ver (porque havia uma lista de um quilômetro *dessas* pessoas), mas eu só não estava a fim de conversar com ninguém agora. Pensei em simplesmente me virar e ir na direção oposta, mas ela já me vira e acenara.

— Ei, Leigh — disse ela. — E aí?

E tudo saiu. A forma como o meu namoro com Andrew havia acabado. A forma como eu estragara tudo com Nathan. A forma como ele me olhara agora, como se eu fosse uma pintura meio interessante em um museu, mas não uma da qual ele gostaria de comprar a reprodução.

— Uau — falou ela quando terminei. — Sabe, normalmente quando eu pergunto isso, recebo um simples "nada de mais". Mas, não, isso é muito melhor. Super respeito a sua sinceridade.

Isso só podia ser piada.

— Por que não vai até a mesa de matemática aplicada? — perguntou ela.

— Valeu — disse eu —, mas, sério, duvido que *matemática* vá me ajudar agora. Não sou nem tão boa assim nisso! Só gosto de estatística porque você pode usá-la nas respostas finais de outras coisas, em vez de números só por números.

Joanna riu.

— Não — falou ela. — Eu quis dizer, por que você não pergunta a alguém da mesa de matemática aplicada se eles sabem onde Nathan mora?

Está bem, como se eu pudesse me sentir ainda mais idiota do que me sentia antes.

— Ah. Você acha que eles saberiam? Quero dizer, só porque eles são de matemática não significa que sabem alguma coisa sobre Nathan.

Joanna me deu um olhar sem paciência.

— Você acha que somos a única matéria superinsular e cheia de panelinhas e fofocas sobre todo mundo? Acredite, se Nathan comprou uma marca diferente de pasta de dente, esses nerds de matemática provavelmente já sabem disso.

— Você está totalmente certa — disse eu. — Ah, meu Deus, Joanna, você é um gênio.

Joanna aceitou isso encolhendo os ombros de leve.

— Vamos — falou ela. — Eu vou com você até a mesa.

Muito bem, a primeira coisa que tenho que dizer sobre esses alunos de matemática é que eles têm teses *realmente* impressionantes. Tipo, eles fazem com que toda a minha ideia a respeito de imagem corporal passe a impressão de que preciso comprar cola branca e voltar para o jardim de infância. O cara que estava se apresentando tinha um mural com uma aparência muito profissional com um título superlongo sobre efeitos correlativos de binômios e logaritmos ou sei lá o quê. Não fazia sentido para mim, mas isso só o tornava mais impressionante.

— Humm... oi — falei, depois que Joanna me deu um empurrãozinho. — Alguém aqui conhece o Nathan Mcguire?

— Eu sou professor-assistente dele em análise regressiva — disse o aluno da tese.

— Ele está na minha turma de cálculo — se intrometeu outro aluno.

— Alguém aqui sabe... onde ele mora?

E foi fácil assim. Dois minutos depois, eu havia descoberto que ele morava no Dormitório C (esquisito), não fazia anotações em aula (provavelmente estava ocupado demais desenhando gatos) mas ainda assim parecia saber todas as respostas, e que ele morava no quarto 341. Anotei na mão para não esquecer.

Eu com certeza já tivera uma aparência melhor e ele basicamente me dispensara há menos de meia hora, mas quando tudo se encaixa, você não tende a pensar na coisa lógica ou sensata a fazer. Você *carpe diem*, o que eu tenho quase certeza que significa *aproveite o endereço* em latim.

Ou, como Rebekah diria, você só para de ser burra, reúne coragem e vai atrás do cara.

> EXPERIÊNCIA MÁXIMA: Uma experiência profunda e muito emocionante na vida de uma pessoa que tem um efeito importante e duradouro no indivíduo.

PRIMEIRO, eu havia me aventurado à mesa da matemática e agora eu estava andando pelo dormitório mais esquisito do campus. Fiquei imaginando se ele mantinha sua mesa dentro do armário. Fiquei imaginando o que ele achava de banheiros comunitários.

Isso definitivamente era amor.

Eu estava sem ar quando cheguei à porta. Pelo menos eu achava (esperava) que fosse a dele — o número de bronze oxidado dizia 341, como o número ligeiramente borrado na minha mão. Antes que eu pudesse me convencer a desistir, dei três batidas agudas na porta.

No início, pensei que talvez ele não estivesse em casa e senti uma grande onda de decepção passar por mim. Mas então ouvi sons lá de dentro e a minha ansiedade voltou na hora. Estiquei a mão para cima e tirei o elástico do meu cabelo, ajeitando-o com as mãos e deixando-o cair em volta do meu rosto. Um pouco de vaidade podia não ajudar, mas também não faria mal.

A porta se abriu só um pouquinho e uma fatia do Nathan apareceu. Eu lhe dei um sorriso hesitante.

Ele fechou a porta na minha cara.

Fiquei de pé ali, abismada. Está bem, então eu havia feito umas babaquices com ele. Basicamente, eu tinha sido uma babaca completa. Mas eu não havia percebido até aquele momento o quanto eu estivera contando que Nathan pelo menos me escutaria. Ele era educado demais para não escutar. Não era?

Eu estava olhando para o número na porta, pensando se devia bater de novo, quando a porta se abriu. Nathan estava parcialmente escondido por trás dela, mas ele a estava segurando, esperando que eu entrasse.

Foi então que vi o gatinho. Aninhado na mão do Nathan havia algo que mais parecia uma minúscula bola de pelo laranja do que um gato, e eu não conseguia tirar os olhos dele enquanto Nathan fechava a porta atrás de mim. De certa forma, era mais fácil do que olhar para ele.

— Você pegou um gato.

Grande Capitã Óbvia. Deve ter sido esse o motivo por trás da porta fechada. Ele não queria que o gatinho fugisse. Não devíamos ter animais de estimação nos dormitórios, mas a Stiles fingia que não via. Desde que não fosse um furão, quero dizer (eles eram *persona non grata* em Stiles, desde que a universidade tivera que pagar uma conta de dois mil dólares para limpar um quarto pós-furão).

— É, bem...

Ele se ajoelhou e o gatinho pulou de sua mão e fugiu para debaixo da mesa em um borrão de penugem laranja. A mesa do Nathan não ficava dentro do armário, como eu havia presumido. Em vez disso, ficava embaixo de sua cama, que agora era a parte de cima de uma beliche.

— Como ele se chama? — perguntei. Era sempre constrangedor, eu achava, dizer se um animal era macho ou fêmea quando

329

não se tinha certeza. Algumas pessoas, as mesmas que compram casaquinhos para seus cachorros, ficam realmente ofendidas.

Nathan não me parecia estar louco para comprar um suéter para o gatinho tão cedo. Fiquei imaginando se ele já havia desenhado um gato de suéter. Aposto que sim.

— Euclides — disse ele, o canto da boca subindo. — É coisa de nerd, eu sei.

Não vou discordar, mas também era incrivelmente adorável. A minha garganta parecia apertada.

— É um bom nome — falei. — Quero dizer, eu não poderia batizar o meu gato com o nome do pai da geometria. Mas só porque eu repeti no colégio.

— Duas vezes. Eu sei. — Ele ergueu o olhar. Até aquele momento, nós dois estivéramos olhando para a mesa, como se esperando que Euclides saísse. Ou, no meu caso, rezando para que saísse. Enquanto eu pudesse me concentrar no gato, podia ignorar o ritmo rápido do meu coração.

Agora não havia como ignorar. Era como um tambor tribal. Fiquei imaginando se Nathan podia ouvi-lo. Fiquei imaginando se você podia ter uma overdose de emoção.

— Deve estar se perguntando por que estou aqui — disse eu, me apoiando sem jeito na cômoda dele. A única forma de nos sentarmos juntos seria subindo para a cama e não havia maneira de sugerir isso sem que fosse *realmente* constrangedor.

— Isso passou pela minha cabeça. — Ele também não fez um movimento para se sentar, apesar de haver um cadeira de escritório padrão da Stiles bem a seu lado. Era como se não esperasse que eu ficasse muito tempo. Ou não quisesse que eu ficasse.

Um pouco da minha bravura desapareceu com a visão daquela cadeira de madeira. Olhei em volta do quarto.

— Então, é aqui que você mora? — perguntei, em uma imitação horrível de um tom casual.

— Por enquanto — disse ele.

Era ainda menor do que dizia a lenda e já tinha a cara do Nathan, e só por esse motivo, era o quarto mais convidativo e intimidante em que eu jamais havia estado. Percebi que Nathan não estava mentindo antes quando dissera que ia desempacotar algumas caixas — várias estavam espalhadas pela sala de estar e havia marcas de sujeira em sua camiseta branca.

— Então você vai morar sozinho?

— Talvez eu consiga um apartamento no ano que vem — falou ele. — Tenho algum dinheiro que o meu pai me deixou e dou aulas particulares algumas vezes por semana para ganhar uma grana extra.

— Ah. — Mais uma coisa que eu não sabia.

— Leigh?

Olhei para cima.

— Sim? — A minha voz estava arfante, cheia de expectativa.

— Eu realmente tenho muita coisa para fazer.

O resto da minha bravura sumiu como um balão desinflado um dia depois de uma festa de aniversário. Eu havia mesmo pensado que ele ficaria feliz em me ver? Ele preferia desempacotar caixas a passar cinco minutos comigo.

— Certo — disse eu, grudando um sorriso no rosto.

— Certo — repetiu ele, mais para si mesmo do que para mim.

Ele não precisava me acompanhar até a porta, já que ela ficava a mais ou menos dez centímetros de onde nós estávamos. Então, em vez disso, ele só se apoiou nela, a mão na maçaneta, e estávamos tão próximos que eu podia sentir meu corpo inteiro vibrar. Eu queria ser o tipo de pessoa que simplesmente se aproxima para dar um beijo. Em muitas formas, seria tão mais fácil do que tentar encontrar as palavras certas. Mas eu simplesmente não era assim.

Seus olhos estavam verde-escuros enquanto olhava para mim, como se me estimulando a... o quê? Beijá-lo? Ir embora? Eu não sabia dizer.

Diga alguma coisa, diga alguma coisa. Eu limpei a garganta.

— Vim aqui para dizer... — Pensei cuidadosamente nas minhas próximas palavras. Finalmente ergui os olhos para ele, sem deixá-lo se desviar. — Lembra-se daquele trabalho das Frases Incompletas?

Ele sorriu, ligeiramente, mas era um sorriso. Criei esperanças com isso.

— Lembro.

— Eu não sabia o meu momento mais feliz porque ele ainda não havia acontecido — disse eu. — Foi quando eu estava com você.

O rosto dele estava imóvel.

— Leigh...

Mas eu não ia ser detida, não agora. As palavras tinham que ser ditas e eu sabia que, se ouvisse o que ele estava prestes a falar, eu talvez nunca as dissesse.

— Eu queria que você soubesse — falei. — O que quer que aconteça... aquela noite, sentada com você debaixo das estrelas... aqueles momentos nos degraus da varanda... Eu estava muito, muito feliz.

Ele fechou os olhos.

— Leigh, *não* — disse ele.

Eu me lembrava de um outro momento em que ele dissera isso. Ele estava guiando as minhas mãos para longe do vidro quebrado do globo de neve, me protegendo dos cacos de Andrew e do meu relacionamento. Na época, sua voz fora suave, até mesmo carinhosa. Agora, ela só parecia triste.

Isso devia ter me calado. Devia ter me passado o recado. *Ele não quer ouvir. Ele não poderia se importar menos.* Mas algo na voz dele me disse que ele *definitivamente* poderia se importar menos — muito menos, e isso me fez continuar.

— Não, você precisa saber disso — falei energicamente. — Fiquei assustada com o quanto você parecia me entender, mesmo antes do Arizona. Isso fez com que eu quisesse me proteger, mesmo que tenha significado que eu não fui completamente sincera com você. Mas agora tenho que ser.

Eu respirei fundo. Sempre entrei na água devagar. Estava na hora de mergulhar de uma vez só.

— Há coisas que você deve saber sobre mim: às vezes, quando raspo as pernas, esqueço a parte de trás da canela. Eu choro no começo de *Meu Primeiro Amor* porque sei como vai terminar, e não transei com Andrew. Acho que na verdade eu não queria.

Algo nos olhos de Nathan se acendeu nesse momento, mas ele continuou em silêncio.

— E menti quando disse que nunca poderia pensar em você como algo além de colega de quarto do Andrew. Nathan, eu não consigo *parar* de pensar em você. Eu tentei, mas não consigo.

— Então, como vou poder confiar em você agora? — perguntou Nathan. Seu tom era leve, mas sua expressão era desconfiada.

Agora seria o momento ideal para aquele beijo, o meu cérebro sussurrou, mas eu não podia ser tão covarde.

— Porque — falei simplesmente — estou apaixonada por você.

A princípio, ele só ficou parado, olhando para mim. Por mais vezes que eu tivesse tentado dizer a mim mesma que o importante era ser sincera, e não necessariamente a forma como ele reagiria, eu podia sentir as primeiras dores da rejeição atravessarem o meu coração. Meu peito estava frio e trêmulo. Mas mesmo assim eu não queria retirar as palavras.

Finalmente, ele sorriu.

— Você não faz ideia — declarou ele — no quanto eu pensei em você dizendo isso.

E então ele fez o que eu não tivera coragem de fazer. Ele enfiou as mãos nos meus cabelos e me beijou.

Eu não teria problemas em ficar dando uns beijos pelo resto do dia, mas ele acabou se afastando. Suas mãos aninhavam meu rosto e seus olhos verdes estavam sérios nos meus.

— Eu te amo também. E sei o que estou dizendo. Eu sabia que queria ficar com você na primeira vez em que a vi, olhando para as estrelas.

Ele se inclinou para mais um beijo e por um momento senti alguns dos meus velhos medos e inseguranças voltarem. E se Nathan descobrisse que a realidade não correspondia ao ideal que ele fazia de mim? Poderíamos atravessar os quatro anos de universidade? E se nós não fôssemos para a mesma escola de pós-graduação? Será que o nosso relacionamento sobreviveria?

Mas aí sua boca cobriu a minha e todas dúvidas se evaporaram, e aquela agitação que formigava no meu estômago e que fazia o meu corpo se arrepiar todo aumentou. Que se dane. Passei os braços em volta do pescoço do Nathan e o beijei de volta.

— Nathan — sussurrei. Eu queria dizer a ele o quanto me sentia bem. Queria dizer o quanto ele me fazia feliz. Queria dizer que isso não era uma coisa passageira, que eu finalmente podia ver um futuro. E era ele.

— Eu sei — disse ele. — Eu também.

AGRADECIMENTOS

Por fazerem este livro brilhar, eu gostaria de agradecer a: Laura Langlie, Christian Trimmer, Alessandra Balzer, Sara Liebling, Nisha Panchal, Michael Yuen, Tooraj Kavoussi e de todos na Disney — Hyperion Books.

Por me manterem sã, agradeço a: mamãe, papai e meus irmãos, TJ, Brittany e Kyle; minhas amigas, leitoras e parceiras no crime, Charis, Jackie, Kristin, Mary e Marina; meus sempre hilários colegas de casa, Shane, Jon e Jeremy; e, é claro, ao pessoal da Dunkin' Donuts.

Por tudo, agradeço a Ryan: meu novo marido e melhor amigo.

Este livro foi composto na tipologia Bembo STD,
em corpo 11/16, e impresso em papel off-white
no Sistema Cameron da Divisão Gráfica
da Distribuidora Record.